光文社文庫

# ベンチウォーマーズ

成田名璃子

光　文　社

# CONTENTS

装幀　bookwall
挿絵　alma

# ベンチウォーマーズ

# プロローグ

アスファルトから、熱といっしょに夏の匂いが立ち上がってくる。

七月の下旬。夏休みに入って間もない仙台（せんだい）は、三十五度を超す猛暑日だ。あと十五分で、待ち合わせの午後三時になる。

　今この場所に立っていることが、どこか信じられなかった。

すべての始まりは、まだ梅雨にも入っていない六月一日の教室だった。あの日、駅伝のメンバーに選ばれ、七月十七日に本番が行われるまでの約一ヶ月半。その間に、私の運命は大きく舵（かじ）を切ったのだ。

　私だけじゃない。選ばれた他の四人のメンバーも、きっとそうだ。走りながら、日に日にコースを力強く蹴りながら、一人一人が、奇跡って呼んでもいいような、すごく、すごく特別な体験をしていたんだと思う。

他の誰に伝わらなくても、メンバー同士なら、多分すんなりわかり合える。

奇跡っていうのは、何かとてつもないことじゃなくて。たとえば教室の中や、校庭や、通学路で、ごく普通の出来事を装って近づいてくるんだって。

出席番号16

# 吉住朔

## 神に振られた男

「では最初に、駅伝のランナーを選びます。立候補したい人はいますか」

委員長の沢田浩二（さわだこうじ）が、壇上から教室を見回した。

教室は完全に沈黙している。当たり前だ。自分から〝落伝（おちでん）〟を走りたいやつなんて、いるわけがない。

他のクラスと同じように、二年C組でも週に一度、月曜日の五限にＬＨＲ（ロングホームルーム）が行われる。今日、六月一日のテーマは、七月の半ば、期末テストの後に開催されるスポーツ大会のメンバー決めだった。

サッカー、バスケ、バレー、バドミントン、ドッジボール、卓球、そして通称〝落伝〟と呼ばれる駅伝の全七種目に、必ず一人一種目以上参加しなくちゃいけない。なぜ駅伝が落伝と呼ばれているかっていうと、高校三年間のうち一度でもこの駅伝を走ると、受験に落ちるというジンクスがあるからだった。スポーツ科の俺は別にどうでもいいけど、特進科の連中は、けっこうこのジンクスを気にして毎年騒いでいる。

スポーツの得意な奴は二種目や三種目を掛け持ちさせられるのが普通だけど、落伝だけは例外だ。時間がかかる上にけっこう過酷だから、運悪く選ばれた生徒は他の競技には参加せず、落伝だけに専念するのが暗黙のルールだった。

リハビリ中の俺には、落伝なんて関係ない話だけどな。

去年は、部活でもやってるバレーとか、昼休みによく遊んでるサッカーにも参加してすげえ楽しかった。でも今年は、ドッジかバドあたりに立候補して軽く終わらせるつもりだ。みんな俺の足のことを知ってるし、誰も反対はしないだろう。

「立候補はないようなので、男子三名、女子二名をくじ引きで決めたいと思います」

沢田が、予(あらかじ)め教卓の脇に設置されていた机の前に移動した。机の上には、赤と白、二つの箱が並んでいる。赤の箱には〝女子〟、白の箱には〝男子〟と汚い字で書いてあった。

「この中に、みんなの出席番号が入っています。僕が引いても恨みっこなしってことでよろしくお願いします」

やや緊張気味の宣言に、生徒たちがざわめく。

副委員長の上野由紀(うえのゆき)がそばに控えていて、引かれた紙を沢田から受け取っては開き、教卓に並べていった。俺らからは、一体誰の出席番号が引かれたのかまだ見えない。

「ねえ、由紀ちゃあん。早く誰が当たったのか教えてぇ」

いつも俺とつるんでるヒデが、体を気色悪くくねらせながら上野に尋ねた。張り詰めていた場が和(なご)んで、どっと笑い声が上がる。

それまでぼんやりと教壇上のくじ引きを眺めていた俺は、一瞬、上野と目が合った。だけど、上野は気まずそうにさっと目を逸らす。

そういえば、一年生の時のバレンタインに、あいつからチョコを貰(もら)ったんだっけ。消え入りそうな声で告白されたけど、その場で断った。ああいう真面目で大人しいタイプって、俺、苦手なんだよな。

沢田が男子の箱から三枚の紙を引き終わり、つづいて女子の分二枚を引き終わった。

「それでは、選ばれた出席番号を発表します」

再び教室全体が緊張に包まれる。かすかなざわめきの中、沢田が紙に書かれた番号を読み上げていった。

「男子は四番、九番、十六番。女子は二十三番、三十一番」

選ばれなかったやつらが、一斉に喜びの声を上げる。

俺は、小さく舌打ちした。右膝の靭帯(じんたい)をやってから、何かにつけてツイてない。だけど、まさか落伝にまで選ばれるとは。

十六番は俺の出席番号だ。リハビリ中なのはクラス中が知ってるから、まさかこのまま俺が走ることにはならないと思うけど、俺の代わりに誰かが走ることになるっていうのが、なんか都合が悪いっていうか、面倒っていうか。俺が誰かに落伝を押しつけたみたいになるのが嫌だ。

できれば、最初から誰か他の奴に当たってほしかったのに。

再び上野と目が合って、今度は俺のほうが目を逸らした。

そうか。あいつさっき、俺が選ばれたのを知って思わずこっちを見たんだ。

「うっし。選ばれた五人、挙手」

壇上脇のパイプ椅子に座っていた担任の金(かね)やんが口を開くと、ゆっくりと教室の騒ぎが収まっていった。みんな、興味津々のちょっと意地の悪い顔をして辺りを見回している。

選ばれたやつは俺みたいにがっくりきてるのか、腕はまだ一本も挙がっていない。

「どうしたあ。挙手しなくても、結果は変わんねえぞ」

催促されて、金やんにアイコンタクトを送りながら手を挙げた。

何とかうまく俺を外してくれよな、金やん。

怪我をする前は、ボールを敵のコートに叩(たた)き込(こ)むためにぴんと開いていた手の平も、今は指先がだらんとすぼまっている。

肩の筋肉も、少し落ちたよな。こんな状態で落伝なんて冗談だろ？

幸い、担任の金やんはバレー部の顧問でもある。俺の事情も、知りすぎるほど知っていた。番号は呼ばれたけど、選ばれたのが俺だと知ったら、他の生徒と代わるように速攻で仕切ってくれるはずだ。担任が金やんで、マジ助かった。

だけど、事態は思わぬ方向に転がった。

俺を確かに見たはずの金やんは、何も言わずに他の生徒に視線を移したのだ。

「おお、また面白いメンツが揃ったなあ。よろしく頼むわ。みんな、拍手」

立ち上がった金やんが暢気に手を叩き、同時に教室中から拍手が湧き起こった。

おいおいマジか。何言ってんだよ、金やん。それでもバレー部顧問か？ 未来の主力アタッカーの膝を潰す気かよ⁉

残りの時間で他の競技のメンバーが決められていったけど、俺は気が気じゃなかった。よっぽど俺じゃなくて他の奴にって挙手しようかと思ったけど、なんかそれも悪目立ちするだろうし。

ホームルームが終わってさっそく金やんに抗議しようとすると、「吉住君、かわいそう」とか言って鼻声で近づいてくる女子とか、にやにや笑いで肩を組んできた悪友のヒデとナカちゃんに捕まった。

その間に、金やんが他の生徒を呼びつけて何かの相談を始めてしまった。じりじりと待ちながら、ようやくみんなを振り切って、教室から出て行こうとする金やんを追いかけた。こうやって歩いたり軽く走ったりする程度なら、俺だってもう平気なんだ。でもさすがにさ、この大事なリハビリの仕上げの時期に、十キロも走るわけにいかないだろ？

「先生！　ちょっと金やん！」

バレー部の生徒は、金子(かねこ)先生をおおっぴらに金やんと呼ぶ。歳も二十六歳で若いし、毎日部活をしているうちに、先生っていうより兄貴みたいな存在になってるからだと思う。

「おう、朔(さく)。落伝、よろしく頼むわ」

金やんは振り返るなりケヘヘと意地悪く笑って、追いついた俺の肩を出席表の角でとんとんと叩いた。二メートル近い金やんは、一八〇センチを超える俺のことも簡単に見下ろした。

「冗談っすよね？　だって俺、リハビリが――」

「もうほとんど終わってるだろ」

俺の抗議を遮って、金やんが突然まっすぐに言った。疚(やま)しいことなんてないはずなのに、なんでか俺は目を伏せる。

「終わってねーし」

金やんは鼻で息を吐くと、今度は片手で拝みこんできた。

「残り四人がさ、ちょっと頼りないメンバーだからさあ。お前がリーダーになって引っ張ってやってくれよ。膝に負担かけない程度に走るなら、お前だって、いいリハビリになるはずだしさ。どうしても無理なら、歩けばいいだろ？」

「でも――」

再び抗議しようとしたけど、金やんは背を向けて歩き出してしまった。

「頼んだからなあ」

出席表をひらひらと振る後ろ姿は、もう戻ってくる気はないと告げている。

金やんが片手で拝んできたら、何を言っても無駄だってことは良く知っていた。そういう時の金やんの判断は、かなり的確でもある。だけど、それは監督としての話だ。担任としてのこの判断はどう考えたって間違いだろう？

ふてくされて教室に戻ると、ヒデとナカちゃんが待ち構えていた。

「金子、何だって？」

「マジ最悪。走れってさ。おまけに、リーダー役まで仰せつかりましたよ」

俺の答えを聞いて、ヒデが大げさに笑う。こいつは、何を聞いても笑いすぎなんだ。でも今は、ヒデと比べて良識があると信じていたナカちゃんまで吹き出していた。

「お前らはいいよな、ヒデはドッジとサッカーの掛け持ちだろ。ナカちゃんだって、卓球とサッカーだし」

「まあそう腐るなよ。落伝なんて、たるかったら歩けばいいじゃん。まさか、ジンクスを信じてるわけでもないんだろ？」

ナカちゃんが、むくれて机に突っ伏した俺の肩を叩く。

「受験のジンクスとかじゃなくて、膝がさ。春高バレーにも間に合わなくなったらどうすんだよ」

呻きながら、黒板を見る。駅伝と記された脇に並ぶ俺の名前、吉住朔。チョークで走り書きされたその文字が、呪われているようで気分が悪い。

去年の秋まで、一年生ながらバレー部のエースアタッカーだった男は、とことん運に見放されてしまったらしかった。

俺の通う青葉ヶ丘学園は、宮城県仙台市の郊外にある私立高校で、俺の母親の母校でもある。けっこう歴史は古くて、藩政時代には士族の子弟が通っていた塾だったそうだ。

県庁所在地とはいっても、車で十五分も走れば畑や田んぼが姿を現し、のんびりとした風景が広がり始める。青葉ヶ丘学園は仙台平野を囲む丘陵地を越えた辺りに、広い敷地を擁して建っている。春には蝶（ちょう）が舞い、秋にはトンボが飛び交う田園のど真ん中だ。まあ、空気はうまいけど、学園の周りで遊ぶ場所は皆無だ。

入学する生徒には三つのコースが選択肢として用意されている。特進科は進学に特化した生徒たちが取るコース。ここは県内でも屈指の進学校に落ちたやつらが、大学受験での一発逆転を目指して入ってくる。スポーツ科は、文字通り俺みたいなスポーツに強い選手たちが取るコース。それぞれ、中学から推薦だったりスカウトだったりで入学している生徒がほとんどで、俺みたいにちゃんと受験でスポーツ科に入るやつはレアケースだ。それから、普通科。これは、どこかの大学には入学したいと、漠然と考えている奴らの選択するコースと思ってもらえればいい。

ほとんどの生徒は普通科で、特進科やスポーツ科は、高偏差値の大学への進学率を上げたり、インターハイやら甲子園やらで好成績を残して学校の名を売るための特別コースっていうわけだ。

人と交わり、成長するっていう教育方針のために、各学級は、三科の生徒がごちゃまぜになっていて、ホームルーム以外は異なる授業を受けるというシステムだった。だから、俺やヒデたちみたいな体育会系のちゃらんぽらんと、特進科の副委員長みたいな真面目ちやんが一緒のクラスになったりするんだけどさ。

元士族の子弟が通ったという歴史のせいか文武両道がモットーで、学園は武へのこだわりが未だに強い。母親が通っていた当時から、部活はもちろん、オリエンテーションやらスポーツ大会にはかなり力が入っていたという。

特にスポーツ大会における駅伝はその最たるもので、クラス代表の男子三名、女子二名が、それぞれ約五キロから十一キロの道のりを走りきる。

金やんにも訴えた通り、俺は、去年の十月にやった右膝前十字靭帯の怪我のリハビリで、大事な時を迎えている。

そんな生徒に、十キロも無茶して走らせるなんて、それでも部の顧問かよって話だ。

右足のふくらはぎは週二回のリハビリ通いと地道なトレーニングを積んでも、やはり細くなっていた。女バレのレギュラーの足より、頼りなく見える。

足だけじゃない。どんなに復帰するまで全身リハビリをしていたって、やっぱりコートで打ってないとあちこちの筋肉が衰える。戦闘モードの緊張感がなくなるんだ。

ばっちーんとさ、割と大きな音だった。噂(うわさ)には聞いたことがあったけど、自分の内側で響く音って不気味だ。ああ、やっちまったと思った。目の前が白く飛ぶくらい痛くて、とにかく冷えた床に伏せってた。

去年の春高バレーに出た強豪校と練習試合をした次の日だった。だから、俺も珍しく熱くなって、身体に余計な力が入ってたっていうのもある。正直、レベルにまだまだ差はあるけど、俺がチームの中心になってまとまっていけば、来年には敵わない相手じゃないって、ちょっとムキになってた。

俺は特別。不運だって俺を避けて通るなんて驕ってた。でもそうじゃなかった。

痛みですべての思考がぶっとんで、汗ばっかりやたらと出てたな。そのまま病院に運ばれて、レントゲン撮って、一週間後に手術して——復帰まで六ヶ月から八ヶ月かかるって言われた時の絶望感といったらなかった。何だかんだで、ほぼ一年丸つぶれじゃないか。

基本的に競技スポーツをしない人間だったら、靭帯を切っても手術しないでいいんだ。でも、コートで跳び続けたかったら、ちゃんとした治療が必要になる。今焦って、ちょっと固めてリハビリしたくらいだと、膝が確実に壊れて選手生命に関わる。

わかっていたから手術自体に迷いはなかったけど、やっぱり堪えたよなあ。

三週間に及ぶ入院、松葉杖の日々。それでも、杖なしで歩けるようになって、軽くジョギングくらいならできるようになって。ここまで半年もかかったんだ。

「もう、普通に走っても跳んでも大丈夫だよ。あとは主に度胸の問題だから」

リハビリセンターのトレーナーである酒田さんは、励ましのつもりかそんな乱暴なことを言う。学生の頃はレスリングをやっていたという気のいいおっちゃんで、正直リハビリを投げそうになった時に、何度も助けてもらった。腕も確かだって、金やんが紹介してくれた人だ。

でも、いくら太鼓判を押されたって、あの人が跳ぶわけじゃない。普通に走る？　普通に跳ぶ？　俺の普通は、普通じゃなかった。体育館の天井にだって軽く指先が触れる気がしたあの感覚は、普通の奴にはわかるはずがない。

空に浮いてるみたいだった。神様に支えてもらっているみたいだったあの独特の感覚は消え失せて、俺の身体は、バラバラになったままだった。

金やんに適当にあしらわれ、ヒデやナカちゃんからは笑われ、俺はぶすっとしたまま教室から部活へ移動しようと身支度をした。荷物を肩から下げて、間食用のおにぎりを持つ。

リハビリのトレーニング以外、大して運動もしてないのに、腹だけは常に減った。背も伸び続けていることが、目線の変化ではっきりとわかる瞬間がある。昨日まで見えなかった棚の上に積もった埃（ほこり）とかが、今日になって突然目に入るんだ。この身長で跳んだら、止められなかったボールも多分ブロックできるのに。

「朔、早く行こうぜ」

ヒデが教室の入口でナカちゃんとふざけ合いながら呼ぶ。通行の邪魔になってるけど、咎(とが)める奴はいない。女子も迷惑そうな顔をしてる割には、キャーキャー言いながら避けていく。ヒデもナカちゃんも、割とモテるほうだ。

「おう」

追いつこうとして一歩踏み出しながら、思わず顔をしかめた。最近、湿気が徐々に増してきたせいか、右膝の辺りが疼(うず)くように感じることがある。

じじいか、俺は。

「あの、吉住君。駅伝のこと、なんだけど」

苛立ったところへ、妙におどおどした男子が話しかけてきた。

「駅伝？　ああ落伝のこと？」

答えながらしげしげと相手を見下ろす。

見たことあるような気もするけど、こんな奴、クラスにいたっけ？

「金子先生が、吉住君に練習を見てもらえって」

「――は⁉　なんの？」

「サークーちゃん！　まあだあ？」

ヒデが気色悪い声を出しながら、身をくねらせている。

「追いつくから、先歩いてろよ」

適当に返事をして、目の前の名前も知らない同級生に向き直った。膝を軽くひねった拍子に、また疼痛がする。

思わず顔を顰めると、目の前の男子が怯えたように目をしばたいた。

メガネに短く刈った髪。細っこい身体。高校生というより中学生に見える。睫毛が、女みたいに長い奴だ。

「で？」

「えっと、あの、練習っていうのは落伝の練習なんだけど」

「練習なんて、いるのかよ」

まったく、金やんのやつ。リーダー役を押しつけてきたと思ったら、いつの間に勝手にそんな根回しまでしてたんだ？

焦りながらうっすらと思い出す。そうか、こいつ、見たことあると思ったら、さっき金やんが話してたやつじゃん。おそらくあのタイミングで、朝練とやらの指示を与えていたんだろう。ってことは、こいつも落伝のメンバーなのか。

「うん。吉住君以外、運動がそこまで得意じゃないし、女子もいるし。すぐにでも始めたほうがいいだろうって、先生が」

「もう始めるつもりなのか？」

驚くと、そいつの頬がかあっと赤くなった。

「金子先生が、吉住君に相談しろって」

金やんは、俺がどう考えるかを正確に予測して、予め逃げ場を塞いでいったみたいだった。そう言えば、こいつの他にいる三人のメンバーって誰だっけ？　どうせ参加するつもりなんてなかったから、他の奴らのことなんてろくにチェックもしていなかった。

「できれば、明日の朝から始めたほうが」

そいつがつづけて言った。怯えている割には、意外と引かない。

「それもどうせ、金やんが言ったんだろ」

そいつが、顔を真っ赤にしたまま頷く。朝練なんて勘弁してほしかったけど、サボったら金やんが再び干渉してくるのは目に見えている。取りあえず、適当に済まそう。ぱっとやって、ぱっと解散だ。

「わかった。じゃあ、朝の八時集合とかは？」

始業は八時半だ。三十分も練習すれば十分だろ？

そいつが、おずおずと答える。

「それだと、ストレッチぐらいしかできないから、七時くらいに集合しろって」

「ああ、もうわかったよ！　じゃあ、七時に校庭に集まればいいんだろ？」

いちいちお見通しの金やんにも、金やんのいたこみたいになってるそいつにも苛ついた。

腹も減ったし、膝も疼くし、なんだよその上、朝練って!?

大きめの声に、何人かの生徒がこちらに注目した。そいつもびくりと震えた。でもやっぱり、引かずに答えた。

「じゃあ、他のみんなにもそう伝えておくから」

結局、金やんの思い通りかよ。

無性にイライラとして、金やんのいたこにも何か一言返してやりたくて、俺は尋ねた。

「っていうかお前、誰だっけ」

二、三秒してから、ようやく返事が返ってくる。

「あ、ご、ごめん。僕、くどうこうた」

おどおどと告げるそいつを見て、何人かの女子がクスクスと笑っている。

黒板を見ると、確かに俺の名前の隣に、工藤康太（くどうこうた）と書いてあった。

クラス替えから二ヶ月経つ。もう生徒たちの間では大体のグループ分けが終わり、卒業するまで明文化されることのないヒエラルキーが成立していた。

工藤は、おそらく下層に位置しているんだろう。よりによって、こんな奴がメンバーかよ。

俺は何も答えずに、そのままげんなりとした気分で教室を出た。


部活が始まっても、俺は体育館のコート脇で、自分だけの緩いメニューをこなす。ストレッチとランニングの次に、二人で組んで、パスとレシーブ練習。それが済むと、コートの中に入って、セッターの上げた球を順番にアタックする。膝を壊す前は軽く流していた、いや、むしろ手を抜いていた基礎練習が、今は人並みにこなせない。

俺だけ、膝のご機嫌を伺うような特別メニューに甘んじていた。仕方がないことなのに、これがだんだんみんなへの負い目になっていった。誰も口には出さないけど、こう思ってる気がしてくる。なんでお前だけ、楽してんだよ？　いや、それならまだいい。お前もう終わりだなって笑われてるんじゃないかとか、根暗に疑ってる時もある。

キュッキュッとシューズが床をこする摩擦音、オウとエイの中間の野太い掛け声、まとわりついてくる汗。当たり前に馴染んでいた部活の全部が、俺とは無関係なのが辛い。アイシングスプレーだって、みんなと同じのを使っているはずなのに、俺のだけ何だか匂いが違う。

酒田さんが、脚以外にも全身の筋力が衰えすぎないように組んでくれたトレーニングを終えると、俺は部活を見守る金やんの隣に腰掛けた。

コートの中では、すでにアタック練習が始まっている。ここのところ、四月に入部した一年のアタックの精度がどんどん高くなっていた。特に本多は、入学した頃とは見違えるほど上の位置から力強い球を決めるようになった。

あいつ、背も少し伸びたんじゃないかな。

「朝練って、どういうことっすか」

熱心にコートを見つめる金やんに向かって、俺は突っかかっていった。

「お〜、こわ」

ケヘへと笑って、金やんがおどけてみせる。

「ふざけないでくださいよ」

ふてくされる俺を無視して、金やんが三年のキャプテンに声を掛けた。

「長岡、もっと声出していけよ。あと、また上半身のけぞってるぞ」

見てないようで、金やんはみんなのことを嫌になるくらい良く見てる。俺もコートに入っていた頃は、気を抜くとすぐにこの声が飛んできた。

インターハイの県予選に向けて、そろそろレギュラーを決め込む時期に入っていた。

野球で言う甲子園に当たるバレー部の花形試合は、秋に県予選が行われる春高バレーだ。インターハイは、その行方を占う意味でも大事な前哨戦（ぜんしょうせん）になる。今の俺は、インターハイはもちろん絶望的。春高バレー予選での復帰にも、間に合うかどうかっていう瀬戸際に立たされている。

「酒田さん、心配してたぞ」

金やんがぽつりと言った。

「何をっすか？」

小柄だけどがっしりとした、酒田さんの豪快な笑顔を思い出す。

いつもながら、俺について酒田さんと金やんが連絡を取り合っているというのが、何だか監視されているみたいで居心地が悪い。

「お前、まだ膝に疼痛を感じるんだってな」

先週、リハビリセンターに行った時にぽろりと漏らした言葉だ。あんな小さなぼやきまで筒抜けで伝わっているのか。

「もう俺、じじいっすよ」

金やんは、俺の冗談にくすりとも笑わない。やけに気まずくなって無理矢理に言葉を継いだ。

「じじいが、朝練とか駅伝とか、無理っすよ」

金やんがようやくこちらを向いて答えた。

「お前、怪我する前は、無理って絶対言わない奴だったよな」

――そうか？　けっこう言ってた気がするけど。

でもなぜか、今は金やんの言うことを否定しちゃいけない気がした。そういうズルい空気を醸し出すのが得意なんだ、金やんは。

「ま、とにかく頼むよ。真面目な話、あいつらだけじゃ頼りないだろ？　駅伝」

すかさず片手で拝む振りをしてくる。こんな時だけ、人懐っこい顔をしてやがる。そのくせこれが、もうこの話は以上終わり、の合図なんだよな。

それにたった今、金やんが頼りないと評したメンバーって、教室では確か面白いメンツって言ってたよな。つくづくこういうところがズルいと思う。

納得いかないままだったけど、それ以上とりつくしまがなくて、俺はしぶしぶ頷いた。

「でも俺、走りきるつもりなんてねえから。膝大事だし。朝練だって、一応出るだけだから。陸上部でもないのに、走り方なんて教えられねえし」

「そうか、そうか」

満面の笑みで顔を上げると、金やんは再びコートに視線を戻して拍手をした。

「坂本、今のよく拾ったなあ！」

最初はボール拾いをしてた同学年の坂本が、今はコートきわきわの難しい球をレシーブで拾う選手に成長している。

膝を、大事にする時期だ。また高く跳ぶために。あのコートの上で俺が特別な存在になるために、今が我慢の時なんだ。もうリハビリが終わってるなんて、普通に走っても跳んでもいいなんて、軽く言うなよ。

心の中で誰にともなく毒づいてみせる。

気がつくと、照明の残像が目の前をちらついていた。いつの間にか天井を見つめていたらしい。

ほんと、天井が遠くなったな。

本多が、相手方のブロックを超える高い打点からアタックを決めた。その誇らしげな顔を打ち消すように、蛍光色の残光がちらついていた。

＊

落伝メンバーに選ばれた次の日、火曜日の午前六時五十分。どっかの高校に遠征に行った日以来の、早朝登校をした。

これがスポーツ大会まで続くなんてうんざりする。金やんが頼りないメンツって言ってた奴らと関わるのも面倒だった。

校門をくぐって五分ほどは、銀杏並木がつづいている。遅刻ギリギリに来るとこの五分が命取りになるけど、余裕を持って登校すれば、けっこう雰囲気があっていい道だ。だけど今は、一本一本、蹴飛ばして歩きたい気分だった。

俺がこんなに早起きしているのに、校舎はまだ眠ってるみたいにしんとしているのも腹立たしい。まあ、建物の向こうにあるグラウンドからは、朝練をやっている部活の熱心な掛け声が響いているけど。

どこも、インハイ予選が近いしな。

バレー部は、金やんの方針で朝練はない。その代わり、自主練してる選手は何人かいるらしい。俺にはそんなの必要なかったから、朝練なんてしたことがなかった。

用務員のおじさんが、欠伸を嚙み殺しながら玄関前に打ち水をしている。

「おはよう、早いね」

「おはようございます」

ぶすっとしたまま軽く頭を下げて玄関をくぐる。下駄箱で靴を履き替えていると、廊下のほうから声を掛けてきた女子がいた。

「朔君、おはよう」

「あれ、花岡？」

同じクラスの花岡伊織だった。同学年の男子どころか、全学年の男子から人気抜群の、すっげえ可愛い女子だ。

目が顔の輪郭からはみ出しそうに大きくて、顔は神様がきゅっと握ったみたいに小さい。モデルっぽい整ったスタイルで、セーラー服を少しだけアレンジして着こなしてる。俺には良くわかんねえけど、女子の間では、スカートの丈とかスカーフの結び方とかに、微妙に流行りがあるらしい。

とにかく、他の女子たちとの差は歴然としている。そのせいか、女の友達は少ないみたいだった。まあ妬まれやすいよな、これは実際。

首を少し傾げて、花岡がこっちを見上げてくる。女というよりおっさんに近い母親や姉を見て育った俺でも、くらっときそうになる。

騙されるな、俺。女の現実を嫌ってほど知ってるだろう？

「何？　サッカー部の朝練？」

尋ねると、花岡がぷっと唇をとがらせて答えた。

「違うよお。伊織は朝練出ないもん。そうじゃなくて、今日は落伝の練習でしょ？」

「え？　花岡も選ばれたの？」

「もう。昨日、発表したじゃん。それと、花岡じゃなくて伊織って呼んで。今日からよろしくね。他は良く知らない子ばっかりで心細かったんだよね」

目を潤ませながら、花岡、じゃなくて伊織が答えた。でも顔立ちが整いすぎているせいか、なんか現実感がないっていうか、良くできた人形みたいな気がする。前にヒデに言ったら、それは俺の頭がおかしいって言われたけど、ナカちゃんはわかる気がするって頷いてた。

俺が女という生物に対して穿った見方をしすぎているのかもしれないけど、その印象はずっと変わらない。

「着替えてからグラウンドに行くね」

「おう、わかった」

小枝みたいに細い足が小刻みに前後して、廊下の端を曲がっていった。筋肉なんてほとんどついてなさそうだ。今から走りこんでも、五キロを完走なんてとても無理なように思える。

大丈夫かな、あいつ。

万が一倒れられでもしたら、なぜか俺が非難されそうだし、勘弁してほしい。

俺はジャージで来たから着替える必要はなかった。教室に鞄だけ置くと、ランニング用のシューズだけ持って、グラウンドへと出る。

昨日の夜はにわか雨が降ったのに、今日は朝から晴れていた。ただし、グラウンドはぬかるんでいる。競馬好きの酒田さんが見たら、やや重だなとか言いそうな土の状態だった。やっぱ、グラウンドじゃなくてアスファルトの上を走るか。実際のコースは学校の外だし、汚い土の上も走りたくないしな。

グラウンドの向こうに、きのう教室で話し掛けてきた工藤とかいう奴と、挨拶もしたことのない男子、それとけっこう背の高い女子が固まっているのが見えた。知らない男子のほうは、ぽっちゃり、というよりかなり太めだった。女子のほうも、何となく顔を知っている程度で、名前までは覚えていない。一七〇センチはありそうなガリガリ体型で、まだ本格的な夏前なのに良く日焼けをしているのが遠目にもわかった。

まいったな。女子のほうはともかく、ぽっちゃり君も走りきれそうにない。途中歩きを交ぜるにしても、無事にタスキを渡せるかがかなり危ぶまれる体型だった。

「おっす」

何となく工藤と目を合わせづらくて、俯きぎみのまま声を掛けた。ばらばらとテンシヨンの低い挨拶が返ってくる。

「吉住君、ほんとに来てくれたんだ」

工藤が、メガネの奥で長い睫毛をばさばさとさせた。きのう俺があんな態度を取ったのに、なんでちょっと嬉しそうなんだよ。

どう答えていいのかわからなくて、「ああ」と短い返事をする。

ほとんど馴染みのない四人の間に、しんと気まずい沈黙が流れた。お互いを探り合う見えない触手が、空中でうごめいてるのがわかる。

そこへ、伊織が合流した。

「遅れてごめんなさあい」

屈託のない明るい声に、少しだけほっとする。

金やんから頼まれた手前、全員が揃ったところで仕方なく口を開いた。

「じゃあ、ストレッチやってから、取りあえずどれくらい走れるのか、自分のペースで走ってみる？　校庭はまだぬかるんでるから、校門を出て青葉公園まで走ろうと思うんだけど」

校門から農作業用の耕耘機くらいしか往来しない農道を抜けて、青葉公園まで約一キロ。折り返せば往復でちょうど二キロだった。いきなり二キロだと、伊織とぽっちゃり君あたりにはちょっとキツいかな。そういう俺も、怪我する前のペースでは走れそうにないけど。

「ちょっと待てよ。なんでいきなり、吉住がリーダー気取りなわけ？」

ぽっちゃり君が、憮然とした表情で文句を言った。特大のおにぎりみたいな顔には、思いきりへの字に下がった口がぶらさがっている。ぱつんぱつんのTシャツの胸元に、井上勇樹と書かれた布が縫い付けてあった。

こいつ、小学生かよ。

あまり接しないタイプの個性に、いろんな意味で面喰らう。再び場が静まり返った。

「えっと、それは、金子先生の指示なんだ」

工藤がおろおろしながら割って入った。

「先生がそう言ったら、何でも従うのかよ」

井上がなおもしつこく食い下がる。

――こいつ、ウザッ。

「俺は別にリーダー役とかじゃなくていいんで、もし井上がやりたかったら井上に任せるよ。で、俺たち、どうすればいい？」

投げやりに言うと、井上がムッとした表情で黙った。

何だよ、ノープランかよ。

自分の適当さはさておき、いきなりペースを乱されて苛つく。

「っていうか勇樹君、こういうのって先生の言うことを聞いたほうが良くない？　金子先生にも何か考えがあって、朔君をリーダーに指名したんだと思うの」

伊織が首を傾げて井上を見上げた。途端に、井上のへの字口がだらしなく開く。

「そうだよ。一応、僕らのことを考えて金子先生が提案してくれたんだし」

すかさずフォローに入った工藤のほうは一切見ずに、井上がでれでれの表情で伊織に答えた。

「うん、そう言われてみるとそうだよねえ。伊織ちゃんの言う通りだと思う。あ、俺、伊織ちゃんって呼んでいいかなあ」

「もちろん！」

伊織が微笑むと、もうそれで決まりだった。井上が餌をもらった犬よろしく大人しくなる。

なんだよ、こいつ。

一方で、さっきから黙っているもう一人の女子は、困惑気味に立ち尽くしていた。うん。これが普通の反応だよな。目が合ったから軽く会釈すると、途端に不機嫌そうな顔になって、露骨に目を逸らされた。

おいおい、何だよ。俺、何かしたか？

「あの、さ。お互いそんなに良く話すってわけでもないし、えっと、先に自己紹介しない？」

工藤が、まだぎこちない空気の中で提案してきた。それともこれは、俺が昨日、工藤の存在を知らなかったことに対する当てこすりなんだろうか。

「じゃあさっそくだけど、俺からいいかな？」

みんなが同意する前に、井上が早口で〝俺〟についてうきうきとしゃべり出した。

「知ってると思うけど俺、井上勇樹。勇ましいに、樹木の樹ね」

ジャージに名前、縫い付けられてるけどな。

「卓球部だけど、それは仮の姿っていうか、まあ、本来の俺の居場所じゃない。好みのタイプはカナピー☆スカッシュ。少し体重を絞れば余裕で走れると思うんでよろしく」

予想を上回る面倒くささに、運動する前から汗ばんでいる井上の顔をしげしげと眺めてしまった。ひゅうひゅうと息が荒いのは、気道が贅肉(ぜいにく)で塞がれているせいだろう。とにかく少し絞れば何とかなるレベルの体型じゃないし、弱小の卓球部で仮の姿って何だよ。

「へえ、卓球部に入ってるんだ。じゃあ、インハイ予選の練習も大変じゃない？」

感心した様子の伊織に、井上の目が一瞬泳いだ。

「いや、まあ、俺は監督みたいなもんだから、こっちの朝練優先で平気。練習はレギュラーのやつらに任せてるんだ」

監督だあ？　それって――。

「おまえ、もしかして、あの弱小卓球部でベンチかよ？」

つい、思ったことが口をついて出た。井上がムッとした声で言い返す。

「俺は司令塔タイプだって見ればわかるだろ？」

運動してねえってことぐらいしかわかんねえよ！

言い返そうとしたけど、面倒くさくなってやめた。こんな奴相手にムキになっても仕方がない。

「じゃあ次、伊織ちゃんね」

井上は勝手にその場を仕切り出した。もう好きにしてくれ。

「はあい。花岡伊織です。伊織って呼んでください。っていうかあ、みんなのこと下の名前で呼び合わない？　せっかくチームになったんだし」

伊織がにっこりと微笑むと、ひゅうひゅう言いながら勇樹が頷いた。

「伊織はサッカー部のマネージャーしてまあす。運動はそんなに得意じゃないので、迷惑かけちゃうかもしれないけど完走できるように頑張ります。きょうこちゃん、女子同士仲良くしてね」

突然、話を振られた女子が、びくりと肩を動かした。きょうこって言うらしい。そう言えばクラス替え初日、同じクラスに、やたらと背の高い女がいるなって思ったっけ。

「え？　あ、うん」

きょうこは、そのまま一本の棒みたいに固まって突っ立っていた。

「じゃあ、次はこのまま、きょうこちゃんの自己紹介でいいよね？」

伊織が言うと、きょうこが慌てて答えた。

「あ、呼び捨てでいい。ちゃんとか、似合わないし」

確かに、ちゃんって感じではなかった。改めてそばで見ると、女子っていうより、少年に近い風貌だ。ショートボブの髪は、さらさらだけど僅かに寝癖がついてる。一直線に伸びた頑固そうな眉毛の下にはすっと横に長い目が並んでいて、地面ばかりを見つめていた。きょうこの体は薄すぎて、横からみるとほとんど線って感じだった。それにしても、ほんとに良く日焼けしている。

「きょうこって、テニス部か何か？」

伊織の提案通り、下の名前で話しかけると、すかさず勇樹が否定した。

「違うよ。テニス部にはいないよ」

なんで勇樹がそこまで自信たっぷりに否定するのかわからなかったけど、理由を尋ねる気にもならない。

当のきょうこは、日焼けした肌でもわかるほど顔を赤くしていた。

「あ、私、かざみきょうこ。名字は風を見るで、名前はタレントの山きょんと同じ漢字。日焼けしてるけど、テニス部とか陸上部じゃなくて、ラクロス部。私もレギュラーじゃなくてベンチだけど、良くグラウンドに出るからそれで——。よろしく」

ぼそぼそと早口で言うと、それきり黙った。山きょんって山本恭子(やまもときようこ)のことだよな。きょうこは恭子か。いずれにしても、山きょんみたいには愛想のいいタイプじゃないらしい。

隣に並んでいた康太がつづけてしゃべり出した。

「僕は、工藤康太です。健康の康に、たは太いって書きます。バスケ部所属で、僕もレギュラーじゃなくてベンチです。足はあまり速くないんだけど、よろしくお願いします」

ヒデに爪の垢(あか)を飲ませてやりたいほどの真面目なしゃべり方(かた)だった。きっとこのまま、見たまんまのやつなんだろう。うちのバスケ部はけっこうな強豪だし、レギュラーを取るには少し身長がキツい。細っこい体は、相手のブロックで簡単に吹き飛ばされそうだった。ばさばさと、気の弱そうな長い睫毛が上下する。

最後に俺の番が回ってきた。

「俺は、吉住朔。大吉の吉に、住むに、文学史に出てくる萩原朔太郎の朔。バレー部で――」

ベンチ、という言葉が出てこなかった。

「右膝の靭帯を切って、リハビリ中。怪我する前みたいなペースでは走れないかもしれないけど、無理のない範囲で走りたいと思うんでよろしく」

聞いた限り、ここにいるのはみんなベンチの人間だった。でも俺は違うだろ？　本来なら俺は、コートの中の人間で、こいつらとは事情が違う。それに、嫌な言い方かもしれないけどクラスでのポジションだって全然違う。

勇樹がこちらを見て、勝ち誇ったような顔で笑った。

ナンダ、オマエモベンチジャネーカヨ。

こいつ、田んぼに落っことしてやろうか。

自己紹介が終わると、康太がおずおずと言い出した。

「この先、連絡が必要になることもあるだろうし、SNSでつながらない？」

ほんとに面倒くさいことを言い出す奴。仕方なく、それぞれのIDを教え合うことにした。恭子は今どきスマホもケータイも持っていないらしく、家電の番号を知らせるとぶっきらぼうに言う。よく知らない同士でSNSなんて、余計なしがらみが増えたみたいで、朝練初日から、すげえ面倒な気分になった。

つづけて康太が尋ねてくる。

「どうする？　ストレッチ、はじめる？」

校舎の中心に設置された時計を見ると、何だかんだでもう七時半近い。

「そうだな」

頷いて、みんなに声を掛けた。

「じゃあ、それぞれストレッチやってから走ろう」

だけど実際にはじめてみると、みんな運動部に所属してるっていう割には、筋の伸ばし方からして良くわかってないみたいだった。

康太はまだましだけど、おそらく頭で思い描いている正しい姿勢に体がついていってない。伊織や恭子は半端な姿勢でポーズを取ろうとするから、本来伸びるはずの筋とはまったく別の場所に力が入ってる。むしろ体に負担がかかるだけのポーズだ。勇樹に至っては、体を一方に曲げようとしても、腹の贅肉が邪魔をして筋が伸びるほど曲げられないようだった。

みんな、鈍くさすぎだった。大したストレッチもせずに、どうして今まで部活で怪我をしなかったのか不思議なくらいだ。どうせ、それくらいの働きしかしてこなかったってことなんだろう。

俺と康太で他の三人にストレッチを教えたあと、青葉公園じゃなくて高台寺あたりで折り返してくることになった。距離にすると往復してもたったの一キロちょっと。準備に手間取ったせいで、二キロも走る時間が残らなかったのだ。

走りに関しては、全員がもうお話にならなかった。みんな持久力がお粗末すぎだ。伊織は五〇〇メートルあたりで音を上げたし、勇樹のひゅうひゅういってた息も、すぐに生命の危機を感じさせるレベルまで大きくなった。恭子の表情はあまり変わらなかったけど、校門に戻ったあたりで、真夏でもないのに大汗を掻いてあごが上がりかけていた。康太だけが安定した走りをした。こいつ、普段からけっこう走り込んでるんだろうな。それでも見た目よりはって程度だろうけど。

校庭に再び集合した時には、みんな無言になっていた。十キロとか五キロとか、それぞれただの数字でしかなかった距離が一体どれくらいの長さなのか、一キロ走ってみて、ようやく現実として理解できはじめたんだと思う。何にしても全員、気管も筋肉も話にならない。

だけど一番の問題は、俺自身だった。

いつの間に俺は、たかが一キロ走ったくらいで、ふくらはぎが張るようになったんだ?

それだけじゃない。いつまたあのブチって音を聞くことになるかと、どこかでびくついている。

金やんのやつ、酒田さんが俺のことを心配してたって言ってたな。一体、何を心配してたんだろう。あの時は落伝のことに気を取られていたから良く考えもしなかった。でももしかして、俺の膝はもうダメなんじゃないだろうか。もう、前みたいに跳ぶことは無理なんじゃないだろうか。

今ではすっかりおなじみになった不安が、頭をもたげてくる。

もう普通に走っても跳んだりしても大丈夫だ。そんな風に言われて以来、むしろ暗い想像がふくらむようになったのはどうしてだろう。

みんなから離れて、校庭脇の水飲み場でぬるい水をがぶ飲みした。例の疼痛が出はじめていた。

市立青葉台病院付属のリハビリセンターに週二で通うようになってから、もう半年が経とうとしていた。学校の後、部活を休んで火曜日、それと土曜日に、酒田さんとマンツーマンでのトレーニングをする。

松葉杖が外れた時は嬉しかった。あのまま一気に元通りになる気がしてたんだからお気楽だよな。

トレーニングルームに入ると、「おう」と酒田さんがごつい腕を上げた。元レスリング選手だ。身長は俺のほうが二十センチくらい高いけど、あの腕で締められたら、五秒もしないで気を失いそうだ。白いトレーナーも、厚い胸板でぱんぱんに張っている。

こんな還暦、よそで会ったことねえよ。

床屋に行ったばかりなのか少しだけ白髪の交じったスポーツ刈りが、青々として見えた。

「来たな、青年」

顔に深い皺を刻んで笑いかける酒田さんに、「ちわっす」と挨拶を返す。

「どうだ、膝の具合は？　十キロ走るんだろ？」

「なんだ、もう聞いてたんすか」

どうやら金やんと酒田さんとの連絡は、俺が思っていたよりずっと頻繁に行われているらしい。

「途中で歩きも入れますよ。せっかく普通に走っていいって言われた矢先に、いきなり十キロはやばいっしょ」

「その判断するのは、お前じゃねえよ。ここの医者と俺だ。細かいこと気にしてねえで、とにかく走ることだけ考えろや。朝練、してるんだろ？」

「まだ一日しかしてねえし」

でもあんなの、朝練って言えるんだろうか。みんなして、すぐに息があがるし、歩いたり走ったりの繰り返しだし。このままじゃ、繰り上げにならずに走りきれるかどうか微妙なところだ。朝練なんてつづける意味があるのかよ。そう思うから、余計に気合いが入らない。俺がバカみたいに走ってる間にも、バレー部の中には朝練してる奴がいるっていうのに。

怪我をする前は気にも留めてなかったけど、今日の朝、落伝の練習が終わってからそっと体育館を覗きに行った。コートに、本多や坂本がいた。菅原も、中本も。っていうか、半分以上の部員が熱心に練習してて、あの姿を見たらけっこう焦った。

俺、朝が来る度にみんなから遅れて、夕方の部活でもみんなから遅れて。一体、怪我してからこっち、どれだけみんなから遅れてるんだろう。

「で、どれくらい走れてる？」

尋ねてくる酒田さんに、一キロでふくらはぎに来たと報告するのは癪だった。確かこの人は、朝から十キロ走っているという話を聞いたことがあったからだ。

「走り終わると、膝が疼くんすよ」

距離のことには触れずに、どっかの年寄りみたいに痛みだけを訴えた。酒田さんの顔が曇る。その顔を見て、俺の心の中にも不安が広がった。

なあ、この膝がダメならダメ、復帰の可能性が低いなら低いって言ってくれよ。

「そうか。まあじゃあ、今日はじっくりストレッチやって、その後筋トレするか。そろそろ、腕と肩も強化するから覚悟しとけよ」

「——ういっす」

その日のトレーニングは、かなりキツかった。スクワットの回数が増えたし、肩の準備のために、バーベルの重さも増やされた。腹筋も背筋も五十回増やされて、永遠に終わらないんじゃないかって気になった。筋肉痛確定の内容だ。明日あんまり痛みがひどかったら、朝練、休もうかな。

にしても、なんでいきなり、ここまでバージョンアップするんだよ。

クーラーの効いているリハビリセンターの中でも、汗の量がすごい。タオルで顔を拭っていると、酒田さんが紙コップに水を汲んで持ってきてくれた。

「どうだ、今も疼いてるか？」

何気ない風を装って、酒田さんが尋ねてくる。装うとか、振りをするとか、そういうのは全く向いてないから、がらがらの声にも皺のくっきりした顔にも、緊張が滲みまくっていた。

「疼いて、ないっす」

「ほんとか？」

「ええ、今んとこは大丈夫っすよ」

「ほんとだな？」

もう一度、酒田さんが尋ねる。

「なんすか一体。疼いてないっすよ」

「大事なことなんだよ！」

突然、酒田さんの太い腕が伸びてきて、俺のジャージの胸ぐらを摑んだ。

襟ぐりが締まって苦しい。他のスタッフが慌てて駆け寄ってこようとしたけど、酒田さんがはっとしたように腕を放した。

「酒田さん⁉」

わざとらしく咳き込んでみせると、萎れた声で謝ってくる。

「すまん」

「一体、どうしたんすか。膝、たまに疼くことがあるけど、それって普通のことでしょ？　手術して半年だし」

俺なりにネットで検索もしたけど、怪我の後の疼痛なんて珍しい症状でもなんでもない。

酒田さんだってそれくらいわかってるはずだ。それなのになぜか、切なそうな顔で俺を見る。

何だよ、おっさんに、そんな顔で見つめられたくねえよ。

「お前な、大した努力もしねえでずっとモテてきただろ?」

唐突に、酒田さんが話題を変えた。ごつい体が、一回り萎んで見える。

「はあ? なんの話っすか、いきなり」

それはまあ、告白されたり、チョコをもらったり、数は少ないけど可愛いって言われてる女子と付き合ったりもした。モテるかモテないかって言われたらモテるほうだと思う。

でもそれとリハビリと、なんの関係があるって言うんだよ。

「下らない話なら、俺もう帰りますよ」

入口へ足を向けると、酒田さんがため息をついた。

「お前、モテてきたんだよ、バレーの神様にずっと」

「バレーの神様に?」

「もう何十年も選手のリハビリに付き合ってるとなあ、だんだん統計がとれてくるもんだ。皮肉なことに、神様にモテてきたやつっていうのは、モテてこなかったやつよりずっと復帰が難しいんだよ」

酒田さんによると、神様にモテてきた人間は、もともと持っているものが多いから、努力して色んなものを獲得してきた経験に乏しい。それに比べて、モテてこなかった人間は、それまで必死に頑張って欲しいものを手に入れているものらしい。

「だからなあ、誰に見出してもらえなくても、自分を磨き抜いて光らせる技を身につけてるんだよ。その技が、リハビリの時も効いてくるんだ。たとえすぐに上手くいかなくても、努力で復帰できるイメージってのを持ち続ける強さがあるんだな」

憐(あわ)れむように酒田さんに見つめられると、居心地が悪かった。

俺って今、復帰するのが難しいほうのカテゴリーに入れられてるよな。

急に命綱を切られたような気分になって、リハビリセンターの床を見つめた。その床が抜けて、底のない穴にどんどん落ちていくような錯覚に囚われる。

「で、おまえはその真逆だ。神様からモテて、モテて、モテまくって、いきなり突き放された。どうだ。そっから這(は)い上(あ)がる努力の仕方がわかんなくて、パニクってるだろ。どう頑張っていいかもわからなくて、ただ焦ってるんだろ」

「別に、言われたこと、ちゃんとやってるだろ？　焦るとか、意味わかんねえよ」

床についた小さな汚れを、じっと睨(にら)みつづける。もう酒田さんの話を聞きたくなかった。

でも、今この部屋から出ていったら、なんか酒田さんの言ってることを認めたようなもんだろ？

「疼きの原因はな、焦りだよ。神様に振られた焦りだ」

いきなりそんなことを言われて、息が詰まった。思わず顔を上げて、一直線にこっちを見据える酒田さんから、再び弱っちい犬みたいに目を逸らす。

「疼くのなんて、当たり前だろ？　靭帯やったんだから」

ようやくそれだけ言い返すと、今度こそ俺は、早足でトレーニングセンターを後にした。切なげだった酒田さんのあの気色悪い視線を、嫌っていうほど背中に感じながら。

＊

俺も含めて一応みんな集まってはいるけど、最初からテンションが低めだった朝練は、三日目の木曜日にしてもうダレはじめていた。まともにやってるのは康太くらいで、もともと走る気がないらしい伊織と勇樹は、一キロも進まないうちに歩き出す。いつも不機嫌そうでやや挙動不審な恭子は、初日を除く二日間は遅刻してきた。しかも走りながら欠伸するって、どれだけ夜更かししてるんだよ。

俺も人のことは言えない。相変わらず頭と体はバラバラで、かすかに右膝に違和感を抱えながら走っている。そのせいで、左足にも変に力が入って、結果的に左右ともふくらはぎがすぐに張ってくる状態がつづいていた。

情けないことに、三キロを超えるあたりで、もうこれ以上はやめろと両脚が抗議をはじめる。やっぱり疼くんだ。結局、今日も三キロちょっとで終了だ。

酒田さんが一緒のリハビリでは、ベンチとか、片脚スクワットとか、けっこう膝に負荷のかかるトレーニングもこなせるようになった。ランニングマシーンを使った軽いジョギングだって、もう二ヶ月くらい前からはじまっている。酒田さんがそばについて見ている時なら、マシーン上をスローペースで二、三キロ走っても、こんな風に疼くことはなかった。だから正直、もっと走れると思っていた。

マシンと違って下がアスファルトだし、ちゃんとしたフォームで走ってないせいで、余計な負荷がかかりすぎているのかもしれない。

とにかく、今の状態では全員、本番の完走なんてとてもじゃないけど覚束ない。おそらく、伊織と勇樹、それに下手をしたら俺まで、一時間半の持ち時間を途中でタイムアウトし、タスキを繰り上げで渡す危険性があった。

辛うじて康太と恭子が完走できるかどうか、というところだろう。今日、康太は、スローペースながら六キロを完走していた。

力を抜きながらゆっくりとグラウンドを歩いていると、康太が遠慮がちに話しかけてくる。

「朔君、ちょっといいかな」

「何？」

康太の頭のてっぺんが、汗で濡れていた。小さくて細っこいやつだなとしか思わなかったけど、よく見ると腕や脚にはきっちり筋肉が付いている。細マッチョってやつだ。康太の全身から走りきったという充足感みたいなものが伝わってきた。

豪快にアタックを決めた時に俺が味わっていたあの感覚を、こいつはたかが六キロ走りきっただけで感じているんだろう。

「あのさ、朝練のメニューのことなんだけど」

康太は、隣を歩きながら、折りたたまれた紙をメッシュパンツのポケットから出して差し出してきた。

「僕たちそれぞれ走れる距離も違うし、個人個人でメニューを変えたほうがいいんじゃないかと思って、親戚のランニングトレーナーに相談してみたんだ」

「え？　何、メニューって」

受け取った紙を開いてみると、五枚の紙に、それぞれ一人ずつのメニューが書かれていた。

ざっと目を通すと、他の四人はともかく、俺のことまで分析されている。バレーのアタッカーは、瞬発力に関係する速筋は鍛えるけど、持久力に必要な遅筋は弱い。その遅筋を鍛えるための筋トレが必要なこと。俺としては十分だと思っていたアップの時間を、今よりもっとじっくり取ったほうが良いという指摘までご丁寧にしていただいている。

でも俺、大事な速筋さえ弱くなってるんだけどな。

心の中で自嘲気味に呟くと、康太のほうを見た。康太はメガネ越しに、おどおどとした目で見返してくる。

「俺はリハビリ専門のトレーナーがついてるから、その人に相談する。他のやつらには渡してやればいいんじゃね？　所詮あと一ヶ月ちょっとだし、そんなに効果が出るとも思えねえけど」

俺のも含めて、受け取った紙を突き返した。我ながら、先のとんがった声だった。口の中がグラウンドの土埃のせいで砂っぽい。

「あ、そうだよね。ごめん、僕、つい頭でっかちに考えちゃうクセがあって」

さっと紙を引き取ると、康太が俯いた。見る間に、耳まで真っ赤になっていく。そういえば、最初に話した時も、こんな顔をさせたことを思い出す。

「あんまりさ」

康太はもう黙っているのに、ますます何か言ってやりたい気分になった。

「熱くなるなよ。たかがスポーツ大会だろ？　こんなの、本気でやる奴いねえし」

康太の肩を上からぽんぽんと叩いて俺は笑った。相変わらず指先はすぼまっていて、自分の手じゃないみたいだ。

「そうだよね。僕、ほんとごめん」

康太が、もう一度小さく呟いて、弱々しく頷く。

「じゃあ、お互いほどほどにってことでよろしく」

康太が、さっきの紙をもう一度メッシュパンツにしまったのを確認すると、俺は水飲み場へと移動した。

どいつもこいつも、なんか苛つく奴ばっか。

蛇口をひねって、上に飛び出して弧を描く水をがぶ飲みする。

向こうから恭子がやってくるのが見えた。水を止めて顔を上げると、ちょうど目が合う。俺のほうへわざわざ近づいてきたらしいのに、こっちが見た途端、なぜか狼狽したように後ずさった。

なんだよ、なんでそんな挙動不審なんだよ。

でかいせいか動きが目立って、余計に癇（かん）にさわる。

「あの――」

恭子が視線を泳がせながら口を開いた。怯えるような口調だ。

もしかしてさっきの俺と康太のやりとりでも見て、何か言いに来たのかな。

でも正直、放っておいてほしかった。

「急いでるから」

まだ何か言いたそうにしている恭子を突き放して、グラウンドをさっさと立ち去る。恭子はもう、それ以上追いかけてはこなかった。

梅雨に近づいた湿った空気が、いつまでも不快にまとわりついてきた。

授業の後、バレー部の練習試合が行われた。朝練では晴れていたのに、結局、午後になって小雨が降り出し、気温はさほど高くないまでも体育館の不快指数はかなり高い。

相手校の中陵（ちゅうりょう）高校は去年のインハイ予選でも当たったことのある強豪で、その時は1−1で迎えた3セット目を21−25で落とし、惜敗している。

ブロックに隙がないし、ボール回しが速いチームだ。レシーブはそこまで上手くなかったから、俺や当時三年だった杉本（すぎもと）先輩がもっと上手く相手をかき回してアタックできていれば、勝てない試合じゃなかった。

でも実際は、向こうから時間差なんかでこちらの守りを巧みに崩され、最後の最後に地力の差を見せつけられた格好になった。

相手チームの監督は、金やんの大学時代の先輩だとかで、日頃は脱力系の監督である金やんも、この試合にはいつになく力が入っている。閉じた扇子の先を手の平にとんとんと落として、ベンチの周りに集まったスタメン候補の連中に最後の指示を与えていた。めきめき上達している一年の本多と、これまで控えだった同期の坂本はやはりコート入りを果たした。

「いいか、練習を思い出せ。坂本、内野、体張って拾いに行け。菅原、小川、三枚で跳ぶ時の連携、しっかりな。大丈夫、強豪って言っても去年の話だ。練習通りに力を出していけば、今年は俺たちの敵じゃねえぞ」

金やんが柔らかな口調で、そのくせ強気な言葉で、選手たちを鼓舞する。その度に、とんとんと扇子の先が鳴った。

試合直前の選手の胸は乾いた砂漠だ。相手チームの弱点をつくミラクルな秘策とか、絶好調でプレイできるアドバイスとか、とにかく何か絶対的に自信をくれる指示を欲しがっている。

巧みな指示の仕方はいくらでもあると思うけど、金やんの柔和な声は、張り詰めている選手たちの胸に、いつもおいしい水になって染み込んでくる。コートに一歩踏み出す時には、大丈夫だ行けると根拠もなく思わせてくれるんだ。

選手たちが太い腕を伸ばして手を合わせ、野太い声で気合いを入れた。コートに飛び出していく仲間たちの背中が、すぐに遠くなる。

その日の試合で、本多は三枚ブロックだけでなく、高さを活かしてアタックもきっちり決めてみせた。隙の見つけにくい中高のブロックをうまくかわして、フェイントをかけてみせたのはナイスプレイだ。金やんも「ううん」と満足気に扇子を打った。

坂本のレシーブも冴えていた。あの喰らい付きはすごい。坂本のおかげでボールがつながって、本多が相手コートへボールを打ち込む。俺がコートにいた時にはできなかった新しい連携が、きっちり生まれている。俺の時はタイミングのずれることが多かった三枚ブロックも、きれいに決まっていた。

その見事な試合の間、俺はといえば、ただ黙ってベンチに座っていた。

声を出せよ、俺。何度か自分に、心の中で呟いた。ここにいて出来ることなんて、応援くらいだろ。

でも、舌がしびれたみたいになって、言うことを聞かなかった。ベンチに押しつけられたケツの下にじんわりと不快な汗を掻いたまま、俺は試合が終わるまで、バカみたいに無言で座っていたんだ。

本当なら説教ものの態度だったと思うけど、金やんは何も言わなかった。

結局試合は、接戦を制してうちが勝った。インハイ予選を目前に控えて、去年負けた相手に勝てたのはでかい。ここではずみをつけ、今年こそ春高で全国に行くのが金やんの野望だ。そして怪我をするまでは、俺の夢でもあった。

ベンチから立ち上がり、コートから戻ってきた選手たちと機械的にハイタッチを交わす。

金やんと中高の監督が何か話し込んでいる間に、みんなでストレッチをした。本多がふざけて、他の一年とじゃれ合っている。

あいつ、疲れを残して怪我しても知らねえぞ。上り調子の時が、いちばん危ないんだ。何でもできる、何しても大丈夫だって思ってる時が。

最近はあんまり絡んでいないけど、入部当初は弟みたいに可愛がってた後輩だ。そばまで行って声を掛けた。

「おい、ストレッチちゃんとやっとけよ。怪我すると洒落（しゃれ）になんねえから」

本多が動きをぴたりと止め、俺の正面に向き合って立った。

「大丈夫っす。こう見えても俺、先輩がサボってる分、ちゃんと動いてますから。先輩は、落伝に集中してくださいよ」

ついこの間まで、気持ち下にあったはずの口元が、たかだか二ヶ月の間に、ほぼ俺と同じ高さにまでなって歪んでいる。俺以上のペースで、背が伸びてるってことだ。

「本多！　調子にのんなよ」

セッターの森田が、割って入った。

「はあい」

森田の言葉には素直に従って、本多が座って膝とふくらはぎを伸ばし始めた。

「気にすんな、あいつ、まだガキだからさ」

俺の背中をぽんと叩いて、森田が言う。

「早く戻ってこいよ。俺、おまえにトスしてえよ」

広いおでこの下に並ぶ丸い目に浮かんでいるのは、憐れみだろうか。俺は唇を噛んだまま、踵を返した。

「先輩、落伝、応援してまあす」

本多のふざけた高い声が追ってきた。

「おい本多、いい加減にしろよ！」

しんとした体育館に、森田の声だけが響いていた。

＊

金曜日、今週最後の朝練へと向かいながら、俺は鬱々と考えていた。

そもそも朝練なんてあり得ねえし、リハビリでも酒田さんと揉めるし、部活では本多に生意気な態度取られるし。本多の態度を思い出すとまだムカつく。

サボってるだって？　落伝に集中しろだって？　ちょっと前まで犬ころみたいに俺に懐いていたくせに。

忘れようとしても、あのバカにしたような笑い顔を繰り返し思い出してしまう。その度に、本多に対する怒りが増していった。

グラウンドに着くと、昨日の小雨の影響で土はまだ濡れていた。すぐに康太と伊織がやってくる。その向こうから、どたどたと勇樹が歩いてくるのが見えた。恭子は今日も遅刻らしい。

「おはよう」

ポニーテールの伊織が小首を傾げる。テールの先が、ぶらぶらと揺れた。

お前、いつもその髪、走ってると緩んできて結い直してるじゃん。いい加減、下に結べよ。

「おう」

言葉を飲みこんで、短く返事をした。

昨日、練習メニューを却下したせいか、康太が「おはよう」と機嫌を伺うように笑いかけてくる。その顔、やめてくれ。俺が悪者かよ。

「みんなおはよう」

勇樹は、遅れてきたヒーローのように、大物感たっぷりの態度を取った。つーか、走る気ねえんだったら、いっそ仮病つかって休んでくれ。

とにかく、無性にイライラした。仕方なく話してるけど、こいつらとは、友達でもなんでもねえし。

もっとアップの時間を取れと言ってきた康太へのあてつけじゃないけど、いつもより短めにストレッチをやって、みんなを振り切るように走り出す。

俺、なんでこんな場所にいるんだ。なんでこんな奴らと朝からつるまなくちゃいけないんだ。

毒づきながら早々にグラウンドを出て、校門へとつづく並木の辺りにさしかかった。

康太は、バスケ部で足腰が出来ているのか、早い段階から地道に俺を追い抜き、もう校門を出ようとしている。別にいい。俺の近くにいないでくれたら、全然いい。っていうか、お前がリーダーやれよ。練習メニューまでつくってるんだからさ。

他のやつらを振り返ると、伊織と勇樹がお決まりのコントみたいにぜえぜえ言いながら走っている。

校門まで着くと、ようやく恭子が登校してきた。走ってきたのか息があがっている。

「ごめんなさい！」

またかよ。いい加減、生活のリズム整えろよ！

いったんそこに立ち止まると、とうとう、文句が口をついて出た。

「おまえさ、なんでいつも遅刻してくるわけ？　みんな眠いのは一緒なんだけど」

「ほんと、ごめん――」

何を考えているんだか良くわからない仏頂面のまま、恭子が謝る。逆ギレか？

「文句があるなら、はっきり言えよ」

心の中で呟くつもりが、これも口に出していた。目の前では、恭子が細い目を見開いてこちらを凝視している。

「恭子ちゃん、おはよう！」

伊織が追いついてきた。案の定ポニーテールがほどけかかっていて、立ち止まって結び直そうとしている。後ろには勇樹もくっついていた。

「あ、うん。おはよう」

恭子が、気まずそうに目を逸らして俯いた。

ようやく様子がおかしいことに気がついたのか、伊織が俺と恭子を交互に見る。

「なんだよ朔、こんなところに突っ立って。今日はここまでが限界かよ？」

勇樹が口をとがらせて突っかかってきた。

なんでお前にそんなこと言われなくちゃいけねえんだよ！

もう、我慢の限界だった。

「うるせえよ。一キロも走れないやつに言われたくねえんだよ」

勇樹を見下ろして、軽く肩の辺りを小突くと、贅肉が押し返してくる。

「だらしねえ体だな。ちょっとは痩せろよ」

「おまえ、何様のつもりだよ」

勇樹が、俺の胸ぐらを摑んできた。気がつくと俺も、ムキになって肩を摑み返している。

「いちいち俺に文句言うなよ」

「ちょっとやめてよ、二人とも」

まだ髪を結び終わっていない伊織が、髪をほどいたまま言った。

「髪ぐらい下に結んでおけよ。やる気あんの？」

俺の言葉に、伊織の顔が怯えたように凍りつく。

「伊織ちゃんに謝れよ！」

勇樹がつばと汗をいっしょに飛ばしながら、摑んでいる俺の肩を揺さぶった。

「汚ねえな。ちょっと歩いたぐらいで汗搔いてんじゃねえよ！」

今度は強く突き飛ばすと、あっけないほど簡単に勇樹が地面に尻餅をついた。鞠みたいに体がバウンドしている。

「どうしたの⁉」

先に行ったはずの康太が、騒ぎに気づいたのか慌てて戻ってきた。

「余計な首突っ込まなくていいから、走ってろよ」

こいつらみんなウザいし重い！　俺は膝のことだけで精一杯なんだよ！

「おまえらさ、みんなしてやる気ないんだろ？　だったら、練習なんてしなくても、本番でビリケツで歩けばいいんじゃね？　ただのスポーツ大会なんだしさ。わざわざこんな朝早くから集まる必要ねえよ」

自分の声がかすかに反響していた。汚い声だと思った。

「そういうお前こそ、やる気あるのかよ。大して走れないし、リーダーらしいことだってしてくれないし」

樽（たる）のような体を辛うじて捻りながら立ち上がると、勇樹が涙交じりに責めてきた。

「朔君はリハビリ中で――」

康太が庇（かば）う。でもそれは、俺がそんなに働いているようには見えないという勇樹の文句を、肯定している言葉でもあった。

「もうおまえら、勝手にやってくれよ。俺は本番だけ合流する。それでいいだろ。康太、お前にリーダー譲るわ」

「なんで康太がリーダーなんだよお」

勇樹が不満気に口を尖らせる。

「知るか！　どっちでもいいよ！」

捨て台詞を吐くと、再び勇樹がかっとなって摑みかかってこようとした。康太が必死に押しとどめる。

恭子は、黙って俯いていた。伊織は、ハンカチを目に当てて泣いている。

チクショウ、チクショウ、チクショウ。誰を呪っているんだかわからない言葉が、胸の中で暴れ続ける。まだ文句を言っている勇樹をひと睨みすると、俺はその場を立ち去った。

頬に冷たい粒が当たる。

重苦しい空から、小雨が再び降り出していた。


その夜、部活を終えて家に帰っても、気分は全く晴れなかった。もう朝練だってないのに、解放感はゼロだ。

夕食を終えて、風呂に入って部屋にこもると、ベッドに寝っ転がって天井を睨んだ。

今日の部活で、ベンチに座って見た本多のアタックを思い出す。悔しいけどすげえきれいに決まってて、焦りが募った。本多の奴が、金やんやセッターの森田がいないところで、俺に憎たらしい態度を取るのも腹が立つ。

膝さえ本調子に戻ったら、本多にあんなこと言わせねえのに。その肝心の膝は、湿気のせいか、良くなるどころか日に日に疼きが酷(ひど)くなっている気がする。頼みのリハビリでは、酒田さんと気まずく別れたままだ。この間軽く揉めたこと、金やんはとっくに聞いてるはずなのに、当たり障りのない話ばっかで、何も言ってこない。

朝練の後、教室に戻ってからは落伝メンバーの誰とも話さなかった。自分がみんなに発した言葉が何度も胸の中で甦(よみがえ)ってきて、うんざりさせられる。

あいつらだけで、朝練、続けるのかな。

ぼんやりと思ったけど、もう俺には関係ない。

「俺、間違ったこと言ってねえし」

天井に向かって、呟く。そもそも、朝練なんてやったって上達しなそうだったし。

余計な考えばかりが浮かんできて、何度もごろごろと寝返りを打つのに、眠れる気がしなかった。最近の色んなことがごっちゃになって、出口のない迷路に放り込まれたみたいだ。

何だよ俺、どうしちゃったんだよ。

お気に入りの漫画を読んでも、スマホでアニメを見ても一向に眠くならず、結局明け方近くまで、俺はベッドの上で自分を持て余しつづけていた。

＊

土曜日の朝、夢から浮かび上がってくるのと同時に、じんわりと昨日の記憶が甦ってきた。

「だっせ」

ベッドの中で思わず呻く。口の中がやたらとねばついていて、胸の内側を虫が這っている感じだ。ほとんど覚えていないけど、ついさっきまでものすごく嫌な夢の中にいた。

まあ現実も、悪夢みたいな状況になってるけど。

枕に顔をうずめてうだうだしていると、ノックもしないで姉ちゃんが部屋に入ってきた。

「朔、起きてる？　この間言ってた漫画貸してよ」

仙台市内の大学に通っている姉ちゃんは、すっぴんにグレイのスエット姿で色気もくそもない。それでも、一応モデルなんかのバイトをしているせいか、そこそこモテるらしい。この姉ちゃんに会いたくて家に遊びにくるヒデやナカちゃんも、今の姿を見れば女の現実がわかるんじゃねえの？

「どうせ寝てても入ってくるんだろ？」

「はいはい、おはよう」

頭を掻きながらずかずか部屋に入って漫画を物色している姉ちゃんも、たまに失恋して泣いたりしてて、可愛いところもあるけどな。

そう言えば昨日、伊織も泣いてたな。恭子は俯いてて、全然こっちを見なかった。

勇樹や康太にも相当なことを言っちゃったけど、俺、女子にまで何言ったんだよ。

一晩置くと、自分の発した言葉で、胸がずっしりと重くなる。

ああ、マジでだっせ。

「あった、あった。これ、借りていくね」

言いながら本棚から振り返った姉ちゃんが、まじまじと俺を見つめた。

「あんた、どうしたの？　彼女とケンカでもした？」

寝起きの顔で何がわかるんだか、女の勘は実際に恐ろしいところがある。

「今は彼女いねえよ」

目を逸らすと、姉ちゃんが、からからと笑った。

「ほほう、今は、ね。相変わらずプライド高いやつ」

「うるせえな。もう漫画見つかったんだろ？　早く出て行けよ」

「へいへい。あんたもそろそろ起きないと、リハビリに遅れるよ？」

「──今日は行かない」

あの後、酒田さんからも連絡がないし、どんな顔でリハビリセンターに行けばいいのかわからなかった。今日はサボりだ。

「へえ。なんか知らないけど、朔様もいいクスリを飲んだわけだ。まあ、何とか頑張ってくれたまえ」

姉ちゃんは、嫌味ったらしくわかったような口をきく。

「うるさいなあ。俺、着替えるんだよ」

「はあい」

バカにしたように返事をすると、俺もまだ読み終わっていない漫画本までごっそり抜き取って、姉ちゃんは出て行った。

一人に戻ると、またすぐに気分が塞いでくる。

あいつら、俺に言われたこと、気にしたりしてねえよな？

朝の並木道で俯いたり泣いたりしていた、落伝メンバー一人一人の顔が浮かんできた。やっぱ、気にしてるかも。

取りあえず、今日が土曜日で助かった。朝練に行くのはもうなしだとしても、昨日の今日でみんなと顔を合わせるのも、さすがに気まずいものがあるし。

ヒステリーを起こしたみたいに、みんなに色々言っちまった。

でも、仕方なくねえ？　だって俺、あんなやる気のない奴らのこと考えてる場合じゃ、マジでねえしな。膝、今が正念場なんだよ。俺、前みたいに跳びたいんだよ。

リハビリをあとどれくらい頑張れば、神様はまた俺のほうを振り向いてくれるんだろう。前みたいに、体育館の天井に手が届きそうなほど、高く跳べるんだろう。

アタックを決めた本多の姿が浮かんできて、他人に対してあまり感じたことのなかった悔しさが胸の中で膨らんで破裂しそうになる。

ああ、もう、わっかんね。

そのままうだうだとし続けて、いつの間にか昼になった。外に出る気も起きずに、ベッドに寝っ転がったままでいる。大して腹も空かなかった。十二時半頃、部屋を覗きにきた母さんに昼飯を断ると、母さんは心配するどころかけろりと笑って言った。

「あら、ちょうどお父さんもいないし、お昼の準備、助かっちゃった」

我が家の女たちは、まったくいけ好かない。

そういえば午前中のリハビリを黙ってサボったのに、酒田さんからも連絡なしだ。

いや、かまってちゃんか、俺は。

がばっと起き上がって本棚のほうを見ると、姉ちゃんが好きな漫画を持ち去っていったことを思い出す。

「何だよ、休みに読もうと思ってたのに」

大してそんなつもりもなかったくせに文句を言いながら、だらだらと起き上がって本棚の前まで行き、あぐらをかいた。

見慣れた漫画本のタイトルを見るともなしに見ながら、どんどんネガティブになっていく自分を止められなかった。

落伝のメンバーも、俺なんかが抜けてラッキーだったよな。俺だったら、こんな根暗なリーダー、絶対に嫌だし。

あぐらをかいたまま無理矢理スマホで観たい映画を探して、床に寝っ転がってうだうだと画面を眺める。中身が半分くらいしか頭に入ってこないままぼんやり観ていると、いつの間にかうとうと眠ってしまったらしい。

喉が渇いて再び目が覚めた頃には、すでに部屋全体が茜色(あかねいろ)に染まっていた。

「もう夕方か」

部屋の影の位置は変わったけど、俺の気分はどんよりと濁ったままだ。

大きくため息をつくと、窓を開けて外を眺めた。向かいの家の屋根の向こうに、青葉山(あおばやま)が佇(たたず)んでいる。ガキの頃から見慣れた風景だ。でもこの景色を、こんな最低の気分で眺めたことなんて、かつてあったっけ。俺、人生がこんなに上手く進んでない感じって初めてかも。

——どうだ。そっから這い上がる努力の仕方がわかんなくて、パニクってるだろ。どう頑張っていいかもわからなくて、ただ焦ってるんだろ。

この間の酒田さんの声が、狙い澄ましたアタックみたいに甦ってくる。あの時は、何わけわかんねえこと言ってんだよって心の中で突っぱねたけど、もしかして俺、酒田さんの言う通りの状態に陥ってるよな。

一旦あの言葉を受け入れてみると、今の自分がふいに外側から見えた。

夕空はもう紫色に染まり始めている。窓を閉めた後、少し引いて見た自分の姿が情けなさすぎて、また落ち込んで、しばらく動けないでいた。

何だかもうこっから下はないってとこまで来た気がして、気がつくとすでに真っ暗になった部屋の中でのろのろと立ち上がっていた。

Ｔシャツとジーンズに着替えて、とにかく外に出かけることにする。部屋を出て階段を下りる途中で母さんとすれ違った。

「どこ行くの？」

「ちょっとぶらっとしてくる。晩飯もいらないから」

「へえ、珍しいわね。行ってらっしゃい」

まったく。行き先も聞かずに、気軽に送り出していいのかよ。

心の中で軽く文句を言いながら家を出ようとすると、それでも「気をつけなさいよ」と階段の上から声が降ってきた。

相棒のロードバイクに跨がって、右膝をかばいながらゆっくりと漕ぎ出す。昼間はあったかいけど夜はまだ肌寒くて、腕の辺りに軽く鳥肌が立った。

通りすがりの公園で何気なく時計を見ると、八時過ぎだった。俺、朝からこんな時間までうだう考えてたのか。

気がつくと、怪我をする前、いつもロードワークをしていたコースを漕いでいた。あの頃は膝の存在なんて意識もしないで、足の裏で地面を軽快に蹴って前に進んでいたっけ。十キロなんて余裕だったのになあ。

そのまま国道まで、だらだらと自転車を漕ぎつづける。走っていた時よりかなり遅いペースだ。

それでも、しばらく走ったおかげで、軽く汗ばむくらいには体も温まってきた。リハビリもサボったし、ちょうどいい運動になったかも。

国道に入ると、通り沿いのシネコンを過ぎ、運送会社の配達センターに差し掛かった。ロードワークで普通に走ってた時は、今のだらだら漕ぎより二十分は速くここまで到着できていたはずだ。

ポケットからスマホを出して時間を確認しようとしたけど、手がつっかかって上手く取り出せず、一瞬下を向く。ようやく取り出して顔を上げると、いつの間にかじいさんの乗った自転車が向こうからふらふらと来ていた。慌ててブレーキを踏む。一瞬、右足で地面につくのをためらってバランスが崩れ、左足をついて何とか転ばずに済んだ。

じいさんも、よろめきつつも体勢を立て直したようで、ふらふらと去っていく。

マジ危なかった。今転んでたら、右膝がまたやばいことになりそうだし。

視線をじいさんから前方に戻そうとすると、運送会社の前に立っている警備員の姿が目に入った。そう言えばここって、交通整理の人、いつもいたんだっけ。顔は陰になってて良く見えなかったけど、多分、こっちを見ている。ゲートの前であわや衝突事故って感じだったから心配させたんだろう。

「すみませんでした」

謝ったけど、相手は何も答えず、慌てたように顔を逸らした。そのまま自転車を漕ぎ出そうとしたけど、何かが心に引っかかった。

ぎくしゃくと顔を背ける挙動不審な動作、最近、どっかで見なかったか？

もう一度見ると、警備員はすでに業務に戻っていて、きびきびとトラックをゲート内に誘導している。

この仕事が長いんだろうか、夜目にも色あせた制服だ。背は一七〇くらい。男にしては華奢（きゃしゃ）で、薄汚れたヘルメットの下に覗いている顔は、よく見るとけっこう若い。かなり日に焼けてて、喉仏が小さいっていうか——ほぼ、ない？

さらにまじまじと相手を見てしまう。相手のほうはもう、こちらを見ようともしなかった。むしろ、敢えてこちらを避けているように感じるのは気のせいか？

目は横に細くて、鼻がすっと通った和風の顔立ちだ。仏頂面で黙々と手を動かし続けている姿は、もはやベテランの風格すら漂わせている。

　こいつって――。

　信じられないことに、俺はその人物に見覚えがあった。

　恭子だ。朝練に遅刻ばっかしてくる風見恭子だよな⁉　なんでこいつが、こんなところで、こんな格好をしてるんだ？　うちの学校はバイト禁止のはずだ。休日にこっそりやってるやつを何人か知ってるけど、ほとんどが男子で、それもファストフードの店員とか、ウェイターとか、いかにも高校生のバイトって感じのやつだ。

　なんでいきなり、女子がガテン系のバイトなんだよ⁉

「おまえ、恭子か？」

　それまで淀みなかった警備員の動きがぴたりと止まって、肩がぴくりと反応する。

「やっぱり、恭子だよな」

　トラックがゲート内に入りきる。通行人の途絶えた国道沿いの歩道で、俺は恭子と無言で向かい合わせになった。

　驚いて声を掛けたはいいものの、この状況も良くわからないし、金曜日の朝のことを思い出して気まずいったらない。

と、恭子がゲートの内側に向かって駆け出した。

「おい!?」

咄嗟に呼び止めると、恭子が動揺した様子で振り返って言う。

「ごめん、待ってて」

そのまま恭子はゲートの中に姿を消し、俺は自転車から降りると運送会社の前でぼんやりと立ち尽くしていた。

マジ、びっくりした。あいつ、本当になんでこんなところでこんなバイトしてるんだろう。それに、あいつが戻ってきたら俺、どうすればいいんだ?

でも、二分経っても、三分経っても、恭子は全く戻ってくる気配がない。

もしかして、あのまま逃げたのかな。

バイトについてバラされるのを恐れて姿を消したか、俺のことを嫌いなあまりばっくれたか、もしくはその両方か。

いつの間にか、恭子の代わりに守衛らしき人物が交通整理を始めている。

それでもさらに二、三分待っていると、やがてゲートの内側からこちらに向かって小走りにやってくる人影が見えた。ヘルメットを脱いだ警備服姿の恭子だった。

俺の自転車のライトで、警備服に大きくあしらわれた蛍光反射ラインが派手に光る。

近づいてくるにつれ、恭子が例の不機嫌な顔をしているのがわかった。そういう俺は、今どんな顔をしてこいつに向き合ってるんだろう。

怒ってるよな、俺のこと。

昨日、感情にまかせて八つ当たりをして、遅刻の事情も聞かずに怒鳴りつけた。ろくに話したこともないくせに、おまえ呼ばわりまでして俯かせた。

謝ったほうがいい、よな。

遅刻は褒められたことじゃないけど、ただ単に機嫌で怒ったことを、恭子も多分わかってるはずだ。

それなのに、こっちが口を開く前に、恭子が頭を下げてきた。

「いつも遅刻してて、ごめん」

少しサイズが大きめらしい警備服が、ごわついた音を立てる。

先に謝られて、「あ、いや」なんて、我ながら間抜けな声を出す。

いつもの仏頂面がきれいに消え去って、ほっとしたようなあどけない顔がこちらを見つめていた。

「怒ってないの？」

――やっぱ、すげえ気にしてたんだよな。

「俺、人のこと怒れるほど、ちゃんとリーダーしてなかったし。っていうか、そっちこそ、俺のこと怒ってるだろ？」

自転車のハンドルを右手で支えたまま、今度は俺が頭を下げた。どう謝ろうとか、うだうだ考えてたのに、今さっきの恭子の表情を見たら、自然に言葉が出てきた。

「嫌な言い方して、悪かった」

「やめて、困るよ」

そっと顔を上げると、恭子が真っ赤になって慌てている。

そのままぽつぽつと話して、少しだけ早めにバイトを上がらせてもらえたっていうから、二人でシネコンのあるモールまで行ってマッグバーガーに入ることになった。一度姿を消したのは、早上がりの許可を取るためだったらしい。

私服に着替えた恭子は、グレイの半袖パーカーに、カーゴパンツ。俺より日焼けした顔に寝癖のついたショートボブで、いつもより余計に少年っぽく見えた。背が高いから、スニーカーを履いてても目線は俺より少し下ぐらいだ。

マッグバーガーに到着して、二人でハンバーガーのセットを注文して席に着くと、ぎこちない空気のまま話し出した。

「にしても、警備服姿で立ってたのが恭子だって気づいた時には驚いた」

「誰にも気づかれたこと、なかったんだけど」

恭子が少し目を伏せる。確かに、俺もまったく気がつかなかった。

「俺、怪我の前は良くあの辺りをロードワークで走ってたのになあ」

「――そうなんだ？」

恭子は、すでにいつもの不機嫌な表情に戻っていた。

この顔って、普通なのかな？　嫌われてるのかと思ってたけど、そうだったらさすがに一緒にマッグバーガーに来ないだろうし。

「なんでバイトなんてしてんの？　欲しいものでもあるわけ？」

ふと思いついて尋ねると、恭子が黙って首を振った。そのまま、理由を言おうかどうか迷っているらしい。でも結局、ぽつりと呟いた。

「家、お金ないから」

「だから、小遣いじゃ買えない欲しいもの、あるんだろ？」

高いブランドものとか欲しがるタイプには見えないし、もしかしてバイクとか？　少年っぽい出で立ちからそんな想像をしていると、恭子がきっぱりと言う。

「違う。学費と部費、足りないから」

思わず、つまんでいたポテトをもう一度トレーの上に置いた。

「学費って、マジ？」

私立とはいえ、そこまで費用のかかる学校じゃないと思っていた。でも、いざその金額を自分でまかなえるかといえば、もちろん無理だ。それをこいつは、たとえ全額じゃないとしても、自分で稼いでるのか。

他にバイトしてる奴も、小遣い稼ぎのために働いてるだけで、学費を稼いでる奴なんて聞いたことがない。

「公立に行けば良かったんだけど、両親の母校だから行ってほしいって言われたこともあって」

恭子は小さい頃から、青高がいかに素晴らしい高校かを聞かされて育ってきたのだと苦笑いした。それでも、両親の希望を聞いていざ青高に入ってみると、小さな漆塗りの工場に職人として勤務している父親とパートに出ている母親の稼ぎだと、やっぱり経済的に余裕はないらしい。

勤め先の会社が小さいやつなんていくらでもいるし、考えすぎだと思うんだけど。もしかして借金とかあって大変だったりするのかな。

それより俺、すごい踏み込んだ家庭の事情とか聞いちゃってる気がするんだけど、いいのか？

「学費、何とかなるって言われてるんだけど、本当にぎりぎりなの知ってるし。親戚が社長やってる運送会社の配達センターで交通整理のバイトに雇ってもらったんだ」

男にしか見えないしバレると思わなかったと、恭子は俯いた。

バイトのことを知っているのは、学校関係では今のところ、俺と金やんだけらしい。金やんは家庭の事情を知って、目を瞑（つむ）ることにしてくれたそうだ。

「バイト、ずっとつづけるつもりか？」

「ラクロス部も、けっこうお金かかるし」

「そっか」

頷き返しながら、俺はようやく思い至った。

シフトは月水金日。六月はシフトが少し変則的で、何度か土曜日も出ることになったそうだ。それって、週末もちゃんと休めてないってことだよな。加えて平日は、朝練に部活まである。もしかしなくても、すげえ疲れるんじゃねえの？

「あの、さ。お前の遅刻って、深夜バイトのせい？」

恭子が慌ててかぶりを振る。

「違う、違う。親戚の子だし、高校生だし、夜の九時ぐらいまでしか働かせてもらえないよ。ただ、バイトの後に帰ってから宿題とかやりかけで眠っちゃったりしてて。それで

――。

「みんな頑張ってる時に、遅刻してごめん！」

「九時まででも、大変じゃん」

けっこう、ショックだった。俺って、すげえアホかも。

どうせやる気がないから、だらしがないから、起きられないだけだと思ってた。部活で俺が一番嫌いなタイプだって、決めつけて責めたんだ。

「ほんとに、何も知らなくてスマン」

改めて、謝った。夜の九時ぐらいまでならバレー部も練習をしてるけど、俺は学費とか自分で稼いだことないし。男子だから、体力もあるし。

すげえ頑張ってたんだな。

昨日、顔が真っ赤になるまで走って校門までやってきた恭子の姿を思い出す。

それから小一時間くらい、二人で話した。ポテトがいつの間にか冷えて、不味くなってる。でも俺、だべってるうちに冷えたポテトって、けっこう好きなんだ。

バイトで腹が減ったのか、恭子のLサイズのポテトは見事になくなっていた。

この気取らない感じ、楽だなと思った。今まで付き合ってきたタイプの女子には、こういう子はいなかったから新鮮だった。

「朔君、朝練、ほんとにもう来ないの？」

無言でポテトにぱくついていると、恭子が尋ねてきた。

「ああ、それは、うん」

恭子には謝ったけど、朝練に戻るかどうかはやっぱり別の話だ。

伊織に、康太に、勇樹。他のメンバーの顔を思い出しても、俺にリーダーが務まるとは思えなかった。首を左右に振ると、恭子が再び口を開いた。

「朝練、やめないでほしいんだ。私、遅刻しないようにするから。私のせいで朔君来なくなっちゃってみんなに迷惑かけるとか、ほんとに悪いし」

「いや、別に恭子のせいじゃないよ」

それにみんなも、俺みたいのがリーダーなんて、鬱陶しいだけだと思う。

「でも、さ。さっき朔君、私に謝ったよね？」

「え？　まあ、うん」

「ってことは、私に対して悪いと思ってるってことだよね？」

「それはまあ、そうだけど」

でも、事情も知らなかったから、仕方ない部分もあるんだし。

心の中で言い訳していると、恭子がつづけた。

「だったらお詫びの印に、やっぱり朝練に来てほしいんだ」

「お詫びの印にって」

思わず、恭子を見つめた。恭子は相変わらず不機嫌そうな顔のままで見つめ返してくる。

「月曜日から、また朝練に来てください。お願いします」

再び、恭子が頭を下げてきた。

「いや、やめろって」

周囲にいる客が、興味深げにこちらを見ている。なんか俺、後輩いじめしてる先輩みたいに見えてるんじゃないかな。

「俺が朝練に行ったって、みんな嫌だろ？　あんな態度取っちゃったんだし」

恭子が、頭を上げて生真面目な顔で肯く。

「私はともかく、みんなには謝ったほうがいいと思う。朔君、酷かった」

思わず、肩を落とした。はっきり言ってくれるよなあ。

「でも、朔君がいてくれたほうが、絶対に私たちのためになるし。ストレッチを習ったみたいに、もっと教えてもらえること、あるはずだし」

「でも――」

みんながそんな風に感じるとはとても思えない。渋っていると恭子がさらに言った。

「みんなには、私からも連絡しておくから。ほんとに悪かったと思ってるなら、つづけて」

あ、その言い方、ずるい。

俺は唇を噛んだ。断ったら、俺が反省してないことになってしまう。

少年っぽい見かけをしてるけど、こいつも女だ。うちの姉ちゃんや母さんみたいに、理屈が通じないと思ってると、妙に理詰めでこっちを責めてくるんだ。

まあ、それにしては、打算のないまっすぐな目をしてるけどな。

まだ首を縦に振らない俺にしびれを切らしたのか、恭子が再びやたらとでかい声で言った。

「ほんと、お願いします！」

「ちょっと、だからよせって」

こいつ、人の目とか外聞とか、気にしないのかよ。

周囲の客もいよいよ興味津々で、こっちに注目しているのが感じられた。恭子は俺がうんと言うまで顔を上げるつもりがないらしい。

ああ、もう、何なんだよ！

「わかったよ、わかったから」

とうとう、根負けして頷くと、恭子がほっとしたように肩の力を抜いて椅子にもたれかかる。

「良かったあ。ほんとは明日の日曜日、朔君に連絡するつもりだったんだ」

「そうだったんだ」

こいつと話すのが今日だろうが、明日だろうが、なんか、してやられたって感じだ。

それにしてもなんでこいつ、そんなに俺に戻ってほしいんだろう？　別に走るの速くないし、熱心でもなかったし。

理由を尋ねようとした時、恭子が店内の時計に視線を走らせた。いつの間にか十時近くになっている。

「ごめん、家の人が心配してると思うから、もう帰らなくちゃ」

最後は追い立てられるように店を出た。俺の気が変わらないうちに、さっさと帰ろうとしているみたいだ。

帰り際、ふと思い出して恭子に言う。

「そういえばさ、俺の母親も、青高出身」

一瞬ぽかんとした後、駐輪場の街灯に照らされて、恭子が嬉しそうに笑った。

「そうなんだ⁉　うちのセーラー服、昔から人気あったんだってね。ほんと、可愛いよね」

言った途端に、恭子の顔が赤く染まる。

「あ、似合ってないの、わかってるから。私、全然女らしくないし」

別に、そんなこともないと思うけど。もごもごと口ごもっていると、恭子が再び念を押してきた。

「みんなにはちゃんと言っておくから、絶対に月曜日、来てくれるよね」

「うん、まあ」

俺の返事を聞くと、恭子は珍しく微笑んで、きびきびとした動作で自転車に乗って去っていった。小さくなるパーカーの背中を見送りながら、ああ約束しちまったなと思う。

俺も自転車に跨（また）がって、左足で地面を軽く蹴ると、再び夜の道を漕ぎ出した。来た時よりも、ペダルが軽く感じられる。

自転車が、緩やかなカーブに差し掛かった。

どうなるかなんてわからないけど、取りあえずやってみようか？

ペダルを漕ぎながら、メンバーの顔を順番に思い浮かべてみる。勇樹と、康太と、伊織と、恭子と、俺。すげえ異色のメンバーだ。みんなしてタスキをつなぐ姿を想像すると、大丈夫かなって改めてため息が出る。

だって、走りきれる気がしねえんだもん。

カーブの向こう側に広がる市街地の明かりが、徐々に見えてきた。

――できるのかな、今の俺でも。

自問すると、俺が朝練をつづけるって言った時に恭子が見せた、ほっと微笑む顔が浮かんできた。

不機嫌な顔をしてたかと思うと、突然ああやって笑うし。不機嫌な顔って言っても、怒ってるわけじゃないみたいだし。なんか、恭子って変なやつ。

湿った向かい風を受けながら、ゆっくりと自転車を漕ぎつづける。

行ってみるか、月曜日。ほかのメンバーにも謝らないとな。

自転車がカーブを曲がりきると、再び大きなカーブが現れた。

向こうの景色は、まだ見えない。

出席番号31

# 花岡伊織

## 素数と素の私

三という数字が好きだ。

安定、調和、二という一対一の関係からの発展型。三は私に、両親のそろった平凡でも仲睦まじい家庭を想像させる。

物心ついた時から、私は三に憧れていた。三の一部になりたかった。だがそれは決して手の届かない幻だった。

しかし今、私は非力な幼い子供ではない。容姿という武器を持った十六歳だ。今度の日曜日には誕生日が来て、十七歳になる。

三はとっくに、手の届かない幸福の象徴ではなく、明確な目標へと変わっていた。

せっかく朝練がなくなると思ったのに、結局、復活してしまった。落伝まであと一ヶ月と二週間弱。ずっと早朝からの練習がつづくのかと思うと、朝の通学路を歩きながら、さすがにうんざりしてくる。

　このバッドニュースを知らせてきたのは恭子だ。日曜日の午前中に突然、着信があって、出てみると愛想のない声が聞こえてきた。

『もしもし、風見恭子と申しますが花岡伊織さんですか？』

「伊織だよ。恭子ちゃん、どうしたの？　電話をくれるなんて嬉しい」

　学校で演じている愛されキャラの伊織ちゃんに戻って、少し甲高い声を出す。

『あの、朝練、月曜日から再開することになったんだ。朔君、来てくれるって。私、もう遅刻しないから。今までごめん』

　普段いっしょのグループにいるわけではない上に、恭子は人見知りだ。緊張のにじむ声で、たどたどしく喋っている。

「うわあ、本当？　仲直りしてくれたんだね」

　はしゃいで返事をしながら、げんなりしていた。朝練の再開なんて、迷惑以外のなにものでもない。

　それに、朝練とクラス以外で接点のなさそうな二人が、一体どうやって和解したのだろう。恭子から連絡したとか？　まったく、余計なことをしてくれたものだ。

「みんなでまた練習できるんだね」

こめかみを揉みながら、必死にはずんだ声で返す。

『うん。それじゃあ、月曜日に』

「わかった。楽しみにしてるね」

そんな理由（わけ）で結局、週明けの今日も朝練へと向かっている。

自宅の最寄り駅までバスでのろのろとしか行けず、さらに駅に着いても電車の本数が少ない。五時過ぎには家を出て、いつも朝練三十分前には到着している。今日も六時半には校門をくぐった。

構内はうすく靄（もや）がかかっていて、校門からつづく銀杏並木の向こうが淡く霞（かす）んでいた。どこかから、かっこうの鳴く声が聞こえている。

部活の朝練に向かう生徒たちに混じりながら、ぶらぶらと並木を抜け、校舎まで歩いた。どうせまだ誰も来ていないだろう。

だが、更衣室でジャージに着替えてからグラウンドに出てみると、陸上部員たちに混じって、朔がすでに来ていた。康太も一緒だ。今までぎりぎりの時間に集合していたのに、一体どういう風の吹き回しだろう。

今日は朔に怒られたポニーテールをやめ、大人しく下に束ねてきた。小走りで近づくと、俯き加減で反省している様子をアピールする。

「あ、伊織さん、おはよう」

真面目な康太は、ちゃんづけや呼び捨てではなく、私を伊織さんと呼ぶ。どんなにちゃん付けにしてと頼んでもできないらしく、もう諦めていた。

「おはよう」

反省の中に怯えがにじむような、女子らしいズルい声を出す。

朔が、ばつが悪そうに俯くと謝ってきた。

「金曜日は、ひどい言い方してごめん」

謝るなら朝練を再開したことについて土下座してほしかったが、もちろん伊織ちゃんキャラはそんなことを言わない。

「ううん、私こそごめんね。朝練をつづけてくれるんでしょう？」

上目遣いで見つめると、朔は無言で頷いた。

私を見る時、朔は少し読めない表情をする。他の男子のように無闇とデレデレしないのだ。話しているといつも観察されている気分になって、少しやりにくい相手だった。こっちの言うことを何でも聞いてしまう勇樹や、女子というかそもそも人間に免疫のなさそうな康太とは違っている。

それだけに、先週の金曜日、子供のように皆に八つ当たりをしたのは少し意外だったのだが。

勇樹がぶすりとした表情のままやってきたが、朔に頭を下げられると、まんざらでもなさそうな様子だった。

「気をつけろよ」

文句を言いながらも、口元が緩んでしまっている。いつも高飛車な態度を取っていた朔が頭を下げてきたことが、よほど嬉しいらしい。ほんとに簡単なやつ。

「遅れてごめん！」

最後に、恭子が息を切らしながら到着した。

「いや、まだ七時になってないよ」

朔が慌てて答える。なるほど、確かに仲直りしたようだ。

全員そろったところで、改めて朔が皆に告げた。

「俺、走るの専門ってわけでもないし、みんなも別に望んでないかもだけど。金やんに頼まれたこともあるし、リーダー、このまま俺でいいのかな？」

みんなに話す朔の口調は硬い。あれだけみっともなく取り乱したのだから、当然だろう。

「わあ、ありがとう。嬉しい」

伊織ちゃんキャラは天然だから、間髪(かんはつ)を容(い)れずに、高い声ではしゃぐ。

「別に、やりたいならやれば？」

勇樹が頭を掻きながら言った。恭子は嬉しそうに頷き、康太は「いいと思う！」とまばたきを繰り返している。何がそんなに喜ばしいのかは全く不明だ。

まあ、金曜日の怒り方も意外だったけど、プライドの高い朔が、みんなに対して頭を下げたのにも少し驚いた。所詮は人のいいおぼっちゃんってとこか。ものすごく積極的にリーダーを再開したという感じではないが、先週までのこちらを見下すような物言いもなくなっている。

一瞬、会話が途切れると、康太がいつものおどおどした口調で切り出した。

「あの、落伝まであと一ヶ月ちょっとだし、個々の能力に合ったトレーニングをしたほうがいいと思うんだ。それで、親戚に相談してみんなのメニューをつくってみたんだけど」

言いながら、小さく畳まれた紙をポケットから取り出す。

「良かったらみんな、やってみないかなって」

何でも康太の親戚にはランニングのコーチがいて、それぞれの条件を伝えて特別にメニューをつくってもらったらしい。まったく、存在感ゼロのくせに余計なことをしてくれる。

私にも、やたらと折り目の付いたＡ４の紙が手渡された。

「俺にもくれよ」

朔が康太に声を掛けると、少し驚いた後、嬉しそうに手渡している。

「トレーニングの仕方でわからないことがあったら、僕で良かったら答えるから」

「もし康太の手が空いてなかったら、俺に聞いてくれてもいいし」

康太につづいて、朔が淡々と告げる。

「はあい、がんばります!」

面倒で仕方がない気持ちを必死に押し殺して返事をした。勇樹もうんざりとした顔つきで渡されたメニューを眺めていたが、恭子と康太はやはり嬉しそうだった。

やる気ムードというほどではないが、先週よりやや前向きな雰囲気がメンバーに流れ始めているのが鬱陶しい。

何となく取り残されて、うっかり勇樹と目が合ってしまった。だらしなく頰を緩めて笑いかけてくる勇樹に、仕方なく愛想笑いをする。

すぐに勇樹から目を逸らして、レポート用紙に書かれたトレーニングメニューに改めて目を通してみた。

スクワットや腹筋という言葉が躍っていて、思わず目眩に襲われる。

冗談じゃない。こんなことをしたら、脚が太くなってしまう。小学生の頃から、曲がらないように、太くならないように気を遣ってきたというのに。

「あ、それとあの。女子のみなさんに伝えてくれって言われたんだけど」

康太がおずおずと付け加えた。弱気な態度を見ていると、メガネを取ってどこかに隠してやりたくなる。

「正しく筋肉をつけて正しいフォームで走れば、脚は太くならないんだって」

思考を見透かされたようでムカついた。顔を上げて、高い声を出す。

「わあ、良かったあ。伊織、ちょっと心配だったんだよねえ。それなら頑張れそう」

康太がほっとしたように微笑んだ。存在そのものが薄いんだから、そのまま消えてくればいいのに。真面目な話、落伝にいっしょに選ばれるまで、康太が同じクラスにいたことにさえ気がつかなかった。

「なあ、なんで俺のだけ二枚あるんだよう」

勇樹が不満を唱えはじめた。いつものことだ。チームの雰囲気が微妙に変わっても、こいつだけはまったく変わらない。

「それは、ええと食事を――」

気弱に答えようとした康太の言葉を、朔が継いだ。

「十キロ完走するには、ちょっと痩せてもらったほうが楽だと思う。二枚目は、ダイエットメニューだよな、康太？」

康太がおずおずと頷いたのを確認すると、朔がつづける。

「家の人に頼んで、昼の弁当含めてつくってもらえそうか？　無理そうだったら、俺のお袋に頼んでみるけど」

ダイエットという言葉に、勇樹が一瞬、ぽかんとした。ややあって我に返ったのか「そんなの無理！」と悲鳴を上げる。自分がやる気になれば何だって可能だという趣旨の発言ばかり繰り返しているくせに、いざ現実になると逃げたがる。いつものパターンだった。

「まあ、できる範囲から始めてみれば？」

朔が突き放す。さらにぐずろうとする勇樹を放って、みんながそれぞれウォーミングアップに取り組み始めた。

やはり私と勇樹だけが取り残された格好になって、再び目が合う。

「練習、がんばろうね」

無理に笑顔を繕って、私も仕方なくストレッチを始めた。芝生の上に立って前屈しながら忙しく考える。どうやったら、一生懸命やっているように見せかけられるだろう。筋肉をつけるなんて冗談じゃない。伊織ちゃんは、華奢で折れそうな手足を維持しなくちゃいけないのに。

『とりあえず3キロ完走！』

さっき受け取ったメモの一番上には、康太の四角い文字で走り書きされていた。

三、か。

調和、安定、家族。

この学校に通う生徒たちは、まさに三だ。似たような経済力を持つ両親がいて、不足を知らずに育ち、みんなが同じような未来への価値観を持ってここを出ていく。一部のスポーツ科の生徒たちを除けば、偏差値に多少のばらつきはあるものの大学へ進学し、卒業して就職し、結婚し、意識することすらないまま、やがて温室育ちの柔和な顔を再生産していくのだろう。

私は彼らのように、無意識に学校生活を送るなんて許されない。極めて意図的に、自分をその温室サイクルの中に組み込まなくてはいけないのだ。

母のように、愛人として子供を産むなんて絶対に嫌だ。子供の養育費を使いまくり、満たされない顔で日々を過ごすのはごめんだ。自分を本当には思っていない相手と、短い間だけ関係を結んで捨てられることを繰り返すなんて最低の人生だ。

私は誰かと出会って、平凡な、普通の家族を作る。三を作る。

そのために私は、自分を押し殺して、愛されキャラの伊織ちゃんを演じつづけていた。幼い頃は無意識に、小学校高学年くらいからは意識的に。

具体的には、本当は超理系であることを隠して、文系を装っている。成績は中の下くらいになるようにコントロールしている。サッカー部のマネージャーで、たまに気の利かないドジをやる天然系の可愛い子。家の事情は絶対に秘密だ。私は、男にだらしのない母親に育てられたなんて微塵も感じさせないような、育ちの良さを醸し出しているはず。彼氏は誠実なサッカー部のキャプテン。高校を卒業したら男子受けのいい私立の四大、もしくは短大に進学するつもりだ。

「もしかして、メニューきつすぎる？」

突然の声に、思考が散った。いつの間にか康太が、腿のストレッチをしていた私を心配そうに見つめている。男子にしては華奢な康太は、身長一五〇センチの私から見ても、目線が少し高いくらいだ。

「ううん、大丈夫」

さっと微笑みを浮かべると、ストレッチを再開する。知らない間に、表情が険しくなっていたのだろう。伊織ちゃんキャラは、どんな時でも恐ろしげな顔をしてはならないのに、油断した。

いつの間にか朝霧はすっきりと晴れ、快晴の空には雲一つ浮かんでいない。世界にまで取り残された気分だ。

家に帰ったら、ストレス解消に因数分解しまくろう。

心の中でそっと呟くと、こめかみを汗のしずくがつうっと流れていった。

＊

月曜日から再開された朝練は、週の半ばになってもなくなる気配がなかった。おまけにこのところ、サッカー部も活気を増している。

先々週でインハイ予選が終わり、皆が選手権大会を見据えているのだ。予選では惜しくも県の準決勝で敗れてしまったが、課題さえ克服すれば、十月から始まる宮城県予選を突破して全国が狙えるはずだ。少なくとも、キャプテンである芹沢（せりざわ）先輩以下、部員たちはそう信じている。

私は――どっちでもいい。

マネージャーは朝練に参加しなくていいことになっているが、部員たちは朝七時からほぼ毎日練習に励んでいた。今、落伝の集合場所に使っている陸上部のグラウンドとは別に、校内の歩道を挟んだ向こう側にサッカー部と野球部のグラウンドが広がっている。サッカー部のピッチからは、陸上部のグラウンドまで、聞き慣れた部員たちの掛け声が響いてくることも多い。

全国的にも注目度の高い高校サッカーで強豪校の仲間入りをすれば、青高の名も全国区になる。そのため、校長の肝いりで名の知れた監督や選手たちが集められていた。男子のマネージャーもいて、そちらはピッチに入ってシュートやパスなど基礎練習のサポートを行ったり、試合ではスコアブックに記録を付けたりする。対して女子マネは、スポーツドリンクを用意したり、ボールを磨いたり、選手のユニフォームやタオルを洗濯したりするのが主な仕事だ。いわば、男子マネージャーのマネージャーといったところだった。

日々の練習や練習試合などでは女子マネもベンチに座っているが、公式の試合では入場人数の限られるベンチに入ることはほぼない。その他大勢の控え部員たちと同じように、スタンドに座って応援する。

あまり本気で関わるつもりもないから、そのくらいの立ち位置がちょうど良かった。マネージャーと言えば先回り思考が大切な資質だが、ごくたまに気を利かせ、あとは惚けているほうが私のキャラ的には正解だ。

もともと三年生に美代子先輩という良く気のつくマネージャーがいたし、この四月には一年に沙也加という子が新しく入ってきた。どちらもしっかり者のため、私はフォローしてやらなくてはいけない奴という立場を上手くつくって、他のマネージャーたちの指示に合わせて動くようにしていた。

キャプテンナンバーである十番を背負って、先輩がピッチを動き回っている。一心に部活に打ち込む姿は、嘘くさいほど爽やかだ。

格好良くて優しい、サッカー部のキャプテン。伊織ちゃんの彼氏は、そのまま旦那さん候補でもある。先輩となら、きっと堅実に、普通の家庭を築くことができる。

二人の仲は順調なはずだが、先週くらいからは、部活が忙しいせいで二人で帰れないことも良くあった。帰れたとしても先輩が疲れきっていて、前みたいに話のはずまないことも多い。

どんな時でも私はそばにいて、励ましつづけるだけだ。この日曜日、私の誕生日デートでは、先輩の家に夕食の招待もされている。

ドリンクの補充は美代子先輩に任せ、後輩の沙也加と一緒に部室の裏手に回ってボール磨きをすることになった。まずはボールを湿らせた後、中性洗剤で土埃を洗い落としていく。単純だがなかなか根気のいる作業だ。

「伊織先輩って、芹沢キャプテンと付き合ってるって本当ですか？」

すっかり黒くなったボールにホースで水をかけながら、突然、沙也加が尋ねてきた。少しキツめの大人っぽい整った顔が、じっとこちらを見つめている。何人かの部員が、美人だと沙也加の入部を喜んでいたっけ。美代子先輩に良く似た気の利くタイプだが、顔立ち同様に性格もかなりキツいところがあり、しっかり者の美代子先輩とは良く言い争いになっている。

「うちの部は男女交際禁止でしょう？　ま、一応ってことだけどね」

小首を傾げて、虹色の返事をする。

沙也加が、わざとらしく反対の方向に首を傾げた。

「じゃあ、付き合ってないってことでいいですか？」

――ナニガイイタイノコイツ？

まっすぐに挑んでくるような猫目。この子、先輩狙いなの？

「そう言われちゃうと、困っちゃうなあ。先輩に聞いてみて」

今までも他の女子に告白されるたびに、芹沢先輩がうまく彼女の存在を匂わせて断ってきた。女が言ってもダメなのだ。先輩からきっぱり断ってもらうほうが、こういうストレートなタイプにはいい。

「先輩は、付き合ってないって言ってくれました。可愛いだけの子より、しっかりしてて、気の利く頭のいい子が好みだって」

沙也加の形のいい弓型の眉が少しだけ上がる。

いつの間に、二人はそんな会話を交わしたのだろう。しっかりしてて、気の利く頭のいい子？　初耳だ。

かなり驚いたが、表情には出なかったと思う。ボールを拭きながら心を落ち着かせる。大丈夫、今のはこの子の嘘。私の気持ちを乱すための作戦に違いない。

「へえ、そうなんだあ。知らなかったあ」

あくまでとぼけて見せたが、沙也加の視線は揺るがなかった。

「伊織先輩は出る気がないみたいですけど、私、朝練にも参加してて。先週の月曜日、二人きりで部室にいる時、こっそり聞いたんです」

二人きりという言葉に嫌らしくアクセントが置かれた。

先週の月曜日って――。そう言えばその辺りから、先輩と二人で帰れないことが多くなった気がする。でもまさか。偶然の一致だよね。

「へえ。先輩、私には、あんまり気の強くない可愛いタイプが好きって言ってた気がするけどなあ。本当に先輩が言ってたの？」

天然を装ったまま、僅かな動揺を隠して、柔らかな声で尋ねた。途端に沙也加の顔が歪んだ。なあんだ、そこまで確信を持って信じられる答えではなかったらしい。

それでもいつにない胸騒ぎを覚えながら、強くボールを磨く。

今日、いっしょに帰れたら、先輩にそれとなく探りを入れてみようか。

まったく、朝練の再開といい、沙也加の牽制（けんせい）といい、最近何かと面倒なことが多い。

ストレス発散に、頭の中で円周率を延々と展開しながら、私は沙也加と上っ面だけの会話をつづけたのだった。


部活の後、いつも待ち合わせている喫茶店の前まで移動して待っていると、先輩からメールが入った。

〈ごめん。もう少し残って練習していく。先に帰ってて〉

〈わかりました。練習、頑張ってね〉

伊織ちゃんらしい絵文字たっぷりのメールを返しながら、仙台駅の構内へと向かう。

そう言えば、今週はまだ一日もいっしょに帰っていない。

練習が忙しいだけだと思っていたけど、まさか、沙也加の影響じゃないよね？

ボール磨きの時の会話を思い出して、細かいことが気になり出す。

上手くいっていると思って、油断しすぎていただろうか。いや、先輩の気持ちはしっかり摑んでいるはずだ。今は多分、部活が忙しいだけ。

考えているうちに、早く家に帰って新しい円周率の公式でも考えたくなった。答えの出ないことに意識を向けるより、美しい数式を次々と生み出して、ノートに書き連ねているほうがずっと楽しい。

数字以外、この世界は、つまらないことばかりだった。


青葉ヶ丘学園までバスと電車で一時間半ほどのベッドタウンにある洒落た一軒家。白い壁に赤い屋根。黒い鉄門には蔦が絡まっていて、庭先にはバラが咲き乱れている。この少女趣味な家が、私の自宅だ。母親は庭いじりなどマメにできるタイプではないから、父親から仕送りされてくる私の養育費が、庭師にも流れている。

玄関に鍵を差し込もうとしていると、隣のおばさんがちょうど出てくるところだった。そつのない笑顔で挨拶をする。

「あら、伊織ちゃん、今帰りなの？　お母さんも久しぶりに帰ってきてるみたいね」

新しい男と。本当はそう言いたいのをこらえているに違いない。いつも窓辺に腰掛けて家の事情を見張り、近所に言いふらしてくれるゴキブリみたいな奴だった。

「ええ、お土産何かなあ。失礼しまあす」

無邪気を装って、もっと色々と聞き出したそうなおばさんを振り切り、家の中へと滑り込む。

派手な赤いパンプスと、大きなスーツケースが玄関に放置されていた。パンプスの隣には、見慣れない男物の靴が並んでいる。気持ちが悪くて腕がかゆくなってくる。

「伊織ちゃあん、帰ったのお？」

玄関正面の居間の向こうから、酔っ払っているような声がした。母親がいる間は、ほとんど居間に寄りつかないことにしているから、返事をせず、まっすぐに階段を上った。聞いたことのない男の笑い声がつづいて響いてくる。ずいぶん若い声だった。

母親が旅行に出たのは確か一週間くらい前だ。どうせなら世界一周でもして一年でも二年でも留守にしてくれればいいのに。

二階にある部屋に入ってドアを閉め、鍵をかけた。だがどんなにきっちりと締めても、ドアの隙間から母と新しい男の声は忍び込んでくる。昼も、夜も、お構いなくだ。

家の中の他の場所と違い、私の部屋は無機質だった。白い壁に、家具は黒で統一されている。机とベッドとドレッサー、それに本棚。余計な飾りは一切ない。

すべてを忘れるために、読みかけだったリーマン予想についてのドキュメンタリー本を開いた。リーマン予想とは、簡単に言うと、1・3・5・7・11・13・17……と規則性のないように見える素数の出現パターンに関して、規則性を捉えようとした仮説のことだ。その仮説が正しいのかどうか、現在でも証明はされていない。幾度か試みられてはいるものの、いずれも反証されてしまったのだ。この証明に挑んだ多くの天才たちが精神を狂わせているため、悪魔の数学とか、魔性の難問などと呼ばれている。恐ろしげな呼ばれ方をするだけあって、リーマン予想の世界は、とてつもなく魅惑的だった。ドキュメンタリーを読んでいるだけでワクワクする。

正直、特進科の生徒の中でも、このリーマン予想について私と同等に話し合える相手はいないと思う。

上辺では頭の軽い天然女子を装っていても、私の脳内はいつも数字で溢れている。会ったこともない父親は、東大理学部卒の政治家だという。この頭脳は、おそらく父親から譲り受けたものなのだろう。

本を読みふけっていると、乱暴に階段を上ってくる足音がした。足音の主が、鍵のかかったドアノブを、がちゃがちゃと乱暴に回す。

「伊織ちゃあん、ちょっと開けてよお」

母親の発する無秩序なノイズが、数式を蹴散らしながら脳を侵食してきた。ガチャガチャとしつこくノブが動きつづける。仕方なく本を閉じて扉の前まで移動し、鍵を回して開けた。

途端に、ぷんと酒臭い匂いが鼻をつく。

「なあによお、ママが戻ったのに、顔も見せないで部屋に閉じこもっちゃってえ」

相変わらず派手な化粧だ。濃すぎる口紅に太いアイラインがどぎつい印象を人に与える。勝手に出かけておいて、勝手に戻って、勝手に顔を見せろと言う。この人は、私がもうすぐ十七歳になることも多分知らない。

「おかえり」

短く言って扉を閉めようとすると、母親がもたれかかってきた。

「やめてよ。お酒臭いんだけど」

「今度の男は、二十五なのお。けっこうイケメン」

「——どうせまたすぐ捨てられるんでしょ？」

気持ち悪い。自分は一体いくつだと思っているんだろう。睨みつけると、母親の目に、凶暴な光が宿る。

「偉そうに。父親と同じ目ね。でもあんただって、そのうち彼氏に捨てられるわよ。私の子だもの」

「一緒にしないで！」

母親の肩を軽く押しただけで、後ろにのけぞったまま転んだ。手を差し伸べる気にもならない私は冷たいんだろうか。

「何すんのよ！」

立ち上がろうとするのに、酔いが回っていて足に力が入らないらしい。

「もう下に行ってよ。早く消えて」

囁くような声で言うのがやっとだった。転んだままの母親を放って扉を閉め、鍵をかける。

「いつかあんたも、私を平気で捨てる気でしょ！　あんな冷たいやつの血が流れてるんだもの。何よ、二人して私のことバカにして！」

狂ったような叫び声が扉の向こうで響く。

そうだよ。あんたみたいな母親、本当に捨ててやりたい。何度も、何度も、数え切れないほど、そう思ってきた。

のろのろと机の前まで行き、鍵のかかる引き出しから、一枚の名刺を取り出して眺める。所属する党名の下に並ぶ文字は、仲之井幸太郎。この人は父親ではなく、その秘書だ。

この名刺は、偶然手に入れたものだった。

中学生の時に母親が突然旅行に出かけた。旅行に出るのはいつものことだったが、母親はなんと私にお金を残していくのを忘れていたのだ。お小遣いも尽き、お腹が空いて学校をサボった。その時に、偶然訪ねてきたその人は、私に出前を取り、さらにご飯代と名刺を置いていったのだった。

なぜ父親の秘書が突然現れたのか、私の知らないうちに母親は父親と交流を持っているのか、色々と尋ねたかったが空腹でその気力もなくなっていた。

「困ったことがあったら、いつでもすぐにご連絡をください」

誠実そうな三十代くらいの男性だった。あれから何度も困ったことはあったが、ここに書かれた番号に電話をかけたことはない。

母親は今度の男と、どれくらい続くだろう。「捨てられた、伊織しかいない」と縋(すが)りついてくるまで、どれくらいの時間があるのだろう。そうして私はなぜ、何度も裏切られつづけているのに、この家にとどまっているのだろう。

母親を軽蔑している。嫌っている。憎んでさえいると思う。

私と母親は、多分、ものすごくいびつな二だ。向き合ってもいないのに、絡み合ってこんがらかって、離れられないままでいる。一じゃないのに、一でいるより多分、それぞれがずっと孤独だ。

母親からの愛情なんて期待していない。彼女は私の中の父を憎んでいる。

だけど母親を斬り捨てた私は、どんな数字になるんだろう。一だろうか。それとも、一以下だろうか。

それが怖いから、母親を捨てずにいるのだろうか？

考えても混乱するばかりで、すっきりとした美しい解は出ない。多分、そんな解は存在しないのだ。ロジックのない問いについて考えるのは、苦手だ。

再び本を開いて、リーマン予想の世界に没入する。何も聞こえないくらい集中して、読みつづける。

＊

六月十四日。日曜日が来て、十七歳になった。十三歳以来、久しぶりの素数に当たる歳で、柄にもなく心が浮き立つ。

ウィークデイは結局、一度も先輩と帰ることはできなかったから、今日のデートは久しぶりの二人の時間だった。

午前中は部活で、待ち合わせはお昼過ぎだ。

外は晴れで、日差しを受けて透ける葉の葉脈を見て、その不規則性を数式で表せないかとうきうき考える。この世の全ての形、あらゆる現象を数式で説明できたらどんなにすっきりするだろう。

サッカー部のキャプテンである芹沢公貴先輩とは付き合って一年になる。十六歳になった誕生日に、先輩のほうから告白されて付き合い出した。

ただし、告白させるようにうまく仕向けたのは私だ。部内の恋愛は禁止されていたが、私たちの付き合いは、一年経った今では半ば公然の秘密と化していた。顧問も、私と付き合い出して以来、先輩の調子が伸び出したおかげで、敢えて何も言わないのだと思う。

そう。私たちはお似合いのカップルだ。沙也加がつけいる隙なんてないくらいに。今夜は、先輩のお宅に初のお呼ばれもしている。先輩のお母さんを味方につければ、私たちの関係はさらに強固なものになるだろう。

「夕食でも一緒にどうですかってお袋が。誕生日に気を遣わせちゃって悪いんだけど」

今月の初め、いつになく申し訳なさそうに先輩に誘われた。

先輩の母親くらい、上手く転がしてみせる。私にはその自信がある。

「お母様にお会いできるなんて、緊張しちゃうけど嬉しい」

私は小首を傾げて微笑んでみせた。

待ち合わせ場所に到着すると、少し遅れて先輩が現れた。

今日は前から行きたいと嘘をついていた、可愛らしい喫茶店に連れていってもらうことになっていた。ふりふりのレースがかかったカーテン。男子が一目で入るのを躊躇するような少女趣味の喫茶店だ。

「待たせてごめん」

「ううん、大丈夫」

デートが始まると、いつも通り、完璧に可愛い伊織ちゃんを演じて過ごした。

先輩は少し疲れているようだったが、それでもいつもの先輩だった。

やっぱり沙也加のことは、心配しすぎだったかも。

喫茶店の席に着くと、さほど面白くもない話題がつづいた。先輩の好きなテレビ番組、受験勉強のちょっとした愚痴、選手権予選に向けたチームの課題のこと。それら興味のないネタに、いかにも関心を示しているように頷き、適切な頃合いで質問を投げかけ、いつものようにいい気分で話させておく。

「これ、誕生日のプレゼント」

会話が一段落したところで、先輩から小さな四角い箱を手渡された。

ピンクの箱に白いリボン。この店に良く合う少女趣味のラッピングだ。

「嬉しい！　ありがとう。開けてみるね」

ラッピングをほどいて中の箱を開けると、ピンクゴールドのチェーンに一粒のパールがついた子供っぽいペンダントだった。がっかりしながら、とびきりの笑顔で喜んでみせる。

このくらいの趣味の違い、三になるためならなんでもない。

「可愛い。すぐに着けてみてもいい？」

少しはにかんで上目遣いをしながら、ネックレスを着ける。

「似合う？」

尋ねると、先輩が照れたように笑って頷いた。

「うん、すごく可愛い」

私たちは、誰が見ても理想のカップルだ。

それから仙台駅そばのモールをウインドウショッピングして、夕方前に先輩の家へと向かった。玄関まで辿り着いて、彼ママに会う少し緊張気味の伊織ちゃんを演じてみせる。

親受けを考えて、紺色の大人しいワンピースを選んできた。パールのペンダントとも良く似合っている。

「ちょっと待って。深呼吸してからお邪魔するね」

「伊織なら大丈夫だよ」

先輩が苦笑する。

初めて訪れる先輩の家は、仙台市内の泉区(いずみく)にある真新しい一軒家だった。この辺りは市内でも開発が活発に進んでいて、東京の企業が手がけるタワーマンションなども建ち始めている。

どことなく人工的な街並みの家々には、大学教授や医者、大手企業の転勤者などが多く住んでいると聞いたことがあった。

「ただいまあ」

先輩が、重そうな木製の玄関ドアを開けたのと同時に、白いブラウスにベージュのスカートをはいた若い母親が現れた。髪は夜会巻き、メイクはうっすらとしたナチュラルなものだ。うちの母とは対照的な、三の世界の顔だった。

「まあ、可愛らしい。伊織さんね。ずっとお会いしたかったのに、なかなか公貴が連れてきてくれなかったのよ。さ、入ってちょうだい」

おっとりとした口調に、感じのいい笑みを浮かべている。

うん、やっぱり簡単そう。

家の中は小ざっぱりと片付けられていて、リビングの棚にはブランドものの洋食器が飾られている。家具も嫌味のない高級感があった。

この家に似合うように、品良く、お行儀良く。あの母の影なんて、微塵も感じさせないように。

ソファに腰掛けると、母親が紅茶を運んできた。

「おいしい！　とってもおいしいです、この紅茶」

一口含んで、大げさに褒める。

「あら、伊織さんも紅茶がお好きなの？　嬉しいわ」

「ええ。でもこんなに美味しくは淹れられなくて。今度コツを教えてください」

母親はときどき探るような目でこちらを見ているが、概ね、会話は盛り上がっている。好感を持たれているのか、いないのか、今のところはまだわからない。

「お袋、紅茶にはすごくうるさいから、伊織も嫌になっちゃうと思うよ」

先輩が母親を見て笑った。母親も先輩を見て微笑む。自分の作った作品を満足気に眺める芸術家みたいだ。

「そうそう公貴、アルバム取っていらっしゃい。みんなで見ましょうよ」

母親が先輩に言った。

「わあ、ぜひ、拝見したいです」

「マジ!?　なんか恥ずかしいなあ」

先輩が頭を掻きながら二階へ上がっていくのを見届けたあと、母親が改めて私に向き直った。

空気が、急に変わった。

母親の顔つきが、一瞬で険しいものになる。そのままキツい表情を緩めず、一言一言、確かめるような口調で尋ねてきた。

「今、公貴はすごく大事なところなの。わかってくださるでしょう？」

毒のある言い方だった。少し驚いたが、慌てるほどのことではない。息子に依存気味の母親であれば、珍しい態度でもないだろう。取りあえず、様子見のために小首を傾げて無難に微笑む。

すると母親は、一気に牙を剝いてきた。

「だから、できれば似たような環境で育った方たちと、過ごしてほしいと思っているのよ」

なに、似たような環境って？　この人まさか、家のこと知ってる？　でもどうして――。

不覚にも笑みが崩れてしまった。すぐに心細げな顔を取り繕う。

「可愛い方だし、私も仲良くしたかったのだけれど。でも、ねえ。お母様のお立場のこと、公貴みたいな素直な子にはなかなか理解できないと思うのよ」

ここは、あなたみたいな愛人の子が来るような場所じゃないのよ。帰りなさい。

冷たい目が、そんな風に威圧してきた。やはり、知られていたらしい。いずれ広まるかもしれないと覚悟はしていたが、思ったよりずっと早かった。

何のために、家から一時間半もかけて青高に通っていたんだか。幼稚園、小学校、中学校の同窓生が誰も通っていない高校を選んだのに、結局こうなった。絶望というより、倦怠感が襲ってくる。

先輩には、父親は早くに亡くなっていて、母が女手一つで私を育ててくれていると伝えてあった。私の中では、少なくともそれは一つの真実だ。生まれた時から、父は死んでいたも同然ではないか。

それにこう言っておけば、万が一、私が愛人の子だという噂が流れても、私はその事実を知らず、父親は死んだと聞かされて育ったと言い張ることもできる。

「もうすぐ主人が帰ってくるの。あなた、少し具合が悪そうだわ。夕食は無理しないでいいのよ?」

母親がさらに追い詰めてきた。先輩に対するのと同じように、ここは何も知らない無垢な少女を演じたほうが得策だ。ただし、大きな賭けだが——。

冷たい目でこちらを見つめる母親に、訴えた。

「母は父が亡くなってから、女手一つで私を育ててくれています。確かに至らないところもある母かもしれませんが」

ほんの少し、先輩の母親の視線が迷うように揺れた。思わず誰もが同情してしまうような、逆境に負けずに健気（けなげ）に日々を過ごす少女。そんな子の演技くらい、お手の物だ。

それでも、相手の表情はすぐに硬いものに戻る。

「ええ、それはそうでしょうとも。でもねえ、育った環境が違いすぎると、あなたも辛い想いをすると思うの」

なるべく可憐に、震えるように、憐れみを誘うような返事をしよう。そうして、ここは一旦、帰ろう。そう思う自分もいたが、ふと魔が差した。そうとしか言いようがなかった。先輩の母親に対して出てきたのは、思っていたものとは正反対の言葉だったのだ。

「私、お母様の誤解を解いて仲良くなりたいんです。具合も悪くありません。ぜひ、お夕食を一緒にいただいていきます」

明らかな悪手だ。しおらしく帰ったほうが、絶対に賢明なのに。

だがその一方で、どうにでもなれと思う自分もいた。毒には毒を、だ。今日は誕生日なのに、私は本当の母親から祝われず、彼氏の母親からは呪うような目で睨まれている。多分、少し腹も立っていて、この上品ぶったおばさんの一番嫌がることをしてやりたかった。

案の定、私の言葉を聞いた顔が、さらに凍りつく。まずいと思う一方で、気分が良い自分もいた。

「そう。嬉しいわ」

ちょうど、先輩が戻ってきた。

「何が嬉しいって？」

何にも知らない無邪気な声が、バカみたいに響く。

「紅茶の話をしていたのよ」

母親が、さっと話題を変えた。

「へえ、もう仲良くなったんだ」

頷く先輩の前で、私も可愛らしい彼女を再び演じた。母親が、おっとりとした世間知らずの主婦を演じつづけていたように。

よくよく考えると、先輩は母親に良く似たタイプの女を、無意識に選んだのかもしれない。帰ってきた父親は、先輩と同じ雰囲気を醸す、いかにも温室育ちらしい品のいい人だった。

いっしょに夕食を食べ、先輩の家を辞して自分の家に辿り着いた頃には、もう十時を回ったところだった。

とにかく散々な誕生日になった。何だかぐったりと疲れているのに、母親の笑い声が階下から響いて神経を逆撫でしてくる。

私の母親のような立場、と先輩の母親は言った。

それはつまり、うちの母親が、十七年前に父の愛人として私を産んで、父親との関係が終わった今でも私への養育費がたっぷりと入ってくる身分である、ということを指しているのだろう。

私のような愛人の子は、先輩の母親の言う似たような環境の子たちの輪からは、最も遠い場所にいるというわけだ。

そういうことを言われたのは、初めてじゃない。さすがに同級生たちから言われることはなかったが、田舎者らしい保守的な考えの母親たちやもう少し上の祖母世代からは、言葉ややり方を変えて、同じメッセージを受け取ってきた。

「おまえは、異分子だ。うちの子に近寄るな」

先輩の母親も、そう言いたくて、ご丁寧にも私の誕生日にかこつけて私を呼び出したのだろう。

だが、私はもう、ただの子供じゃない。自分の武器に、気がついている。容姿だ。皮肉なことに、私の最大の弱点である母親から受け継いだものだ。この見た目と演技力で、私はもっとうまくやれたはずなのに。

先輩は、私が三になるための夫候補であるとともに、愛されキャラでいるための大事な駒の一人だ。母親に下手に騒がれて、家のことが広がるのはまずい。

今日は冷静に対処しなければいけなかったのに、バカな反抗をして、事態を悪化させてしまった。

私は何故あんな言葉に腹が立ったのだろう。あんな大人、今までだっていくらでもいたはずなのに。

数式を解いても、解いても、今日の自分の行動が理解できない。

先輩にお礼のメールを送ったが、いつもならすぐにくる返信がなかった。電話をしたのに、つながらない。

あの母親から、私に関して何らかの話をされたのかもしれない。

作り上げてきた完璧な世界が、一瞬の感情の乱れで、軋んでいく。

テキストを抱えたまま、気がつくとベッドに突っ伏して月曜の朝を迎えていた。

＊

誕生日から明けた月曜日も本格的な朝練が行われた。昨日、眠りが浅かったらしく、今いち目覚めきっていない。何だか体も少しだるい。テンションがいつにも増して上がらなかった。

みんながだらだらとしていた頃からトータルで数えると、朝練も、今日でもう二週間になる。だが最初の頃のように、堂々と走るのをサボれる雰囲気ではなくなっていた。

康太は淡々と走っているようで、さらに完走距離を延ばしつつある。朔も五キロ完走を当たり前にするようになった。練習にも熱心に取り組んでいる。恭子も遅刻しなくなり、三キロ以上走ってもあまり苦しくなさそうだ。

私と、ぽっちゃりの勇樹だけが、この流れに乗り損ねていた。不本意だが、私たちはセットで走ることが多い。勇樹が併走してくるのだ。息があがり始めるペースも、だいたい一緒だ。毎朝毎朝、隣からひゅうひゅうと苦しそうな息が絶え間なく聞こえてきて、ノイローゼになりそうだった。

今日の朝練は、雨のため体育館で行われることになった。バレー部の数人とバスケ部が朝練を行っている。梅雨間近のむっとした空気がこもっていて、何だか気分が悪くなりそうだ。加えて隣のひゅうひゅうがうるさい。昨日の今日だし、寝不足で朝からイライラが募っているせいか、いつもより余計に耳障りに感じた。

勇樹と少し距離を置きたくて、まださほど苦しくない地点で歩き出すと、私に倣うように勇樹も歩いて付いてくる。ため息が出るほどウザかったが、伊織ちゃんキャラでいるためには顔に出すことができない。

「疲れるよねえ」

荒い息づかいの合間に、ようやく勇樹が言葉を発する。

どうにか笑顔で答えた。

「そうだねえ。伊織、全然走れるようにならなくて心配だなあ」

勇樹が、ひゅうひゅう頷く。

まずい、これ以上いっしょにいたら、本当にぶち切れるかも。

「ちょっとお手洗いに行ってくるね」

耐えきれなくなって、体育館を抜け出した。腿の筋肉が痛い。ストレッチと筋トレを、どんなに手を抜こうとしたって限界がある。腿にしっかりと負荷が掛かってしまったのだろう。

先輩からは、今朝もまだメールの返事がこない。電話もない。

これからどうしたらいい？　どう動くのが得策なんだろう？

どこかへ進もうにも、自分が半透明の膜に包まれたようで、全方向の見通しが悪い。

考えれば考えるほど答えは見えず、苛立ちだけが増していく。

女子トイレまで行く廊下の途中に、掲示板があった。何気なく横目で見ると、数式をプリントした藁半紙（わらばんし）が貼ってある。右下には、『数理研究部　部員募集！　これが解ける人、一緒に数学オリンピックに出よう！』と書いてあった。これが解ける人という条件にしている割には簡単な微積分計算問題だ。解を因数分解した形で表せという指示があった。

解答を書くためか、ご丁寧にマーカーが紐（ひも）にくくられてすぐ脇にぶらさがっていた。

右手がむずむずと動く。素早く廊下の左右に視線を巡らせた。誰もいない。頭の中では早くも式が展開し、因数分解された解がはじき出されていた。なんて美しいんだろう。

衝動的にマーカーで藁半紙に書き込む。

$$\frac{n(n+1)^2(n+1)}{12}$$

少しだけすっきりして、思わず満足の吐息が漏れる。急いで立ち去ろうとしたその時だった。

康太がほんの一メートルほどの距離に立って、こちらを凝視していた。口元がだらしなく開いている。

見られた⁉

いつの間に、こんなにそばに立っていたのだろう。急いで伊織ちゃんスマイルをつくり、小首を傾げてみせる。

「あ、お疲れさまあ。ちょっとサボってるとこ見られちゃったかな。お手洗いに行ったらすぐに戻るね」

康太は口をパクパクとさせたあと、ようやく言葉を発した。

「すごいね」

——やはり見られた。

舌打ちをこらえて、とっさに判断する。幸いにも、相手は気の弱い康太だ。強く口止めしておけば、それ以上詮索してくることもないだろう。

手招きをすると、大人しく康太がすぐそばまでやってきた。私は、にっこりと微笑んで告げた。

「バラしたら、殺すからね」

「え⁉　あ、あの、そ、そ——」

「壊れたオモチャか、ばあか」

誰もそばにいないのを確かめて、康太に向かって凄んでみせる。あまりの私の変貌ぶりに、康太はメガネレンズのせいで小さく見える目を、白黒させている。

「今見たことは、忘れなさい」

康太が、無言で何度も頷いた。

まあ、たとえ康太が今のことを話したところで、誰も信じはしないだろうけど。

立ち去ろうとすると、康太が腕を摑んできた。

「何よ？」

「あの——、数学、好きなの？」

長い睫毛の奥の瞳が、メガネを通してこちらを見つめている。いつものように嘘をつけばいいものを、なぜか私は素直に頷いていた。相手は影人間のようなやつだ。そのせいか、妙に人を油断させるところがあるのだった。

「まあね」

「良かった」

康太がほっとしたように笑う。

「なによ、良かったたって」

訝しむと、康太は慌てて何でもないと首を横に振った。だが、さらに睨みつけると、わけのわからないことを言う。

「あの、僕、小さい頃から人の顔色を窺っちゃう癖があって。そのせいで、人の気持ちが透けて見えるようになっちゃったっていうか」

「なにそれ、キモいんだけど。透けて見えるってどういうことよ」

「あ、いや、そんな超能力みたいなことじゃないんだ。でも、何となく感じるっていうか」

他人のあんたが、一体何を感じるっていうのさ。

腕を組んで、康太を睨みつづける。じろじろと観察されていたのが不愉快だった。

「伊織さん、いつも笑ってるけど、いつもつまらなそうだったから」

「はあ？」

凄んでみせながら、少しだけ動揺した。微笑みを絶やしていないつもりだった。いつも天然の、毎日に満ち足りてる女子を完璧に演じていたつもりだったのに。

――勝手に人の機嫌を読まないでよ。

おどおどとしている割に言いたい放題の康太に向かって、蹴りでも入れてやりたい衝動に駆られる。だが、今度はひゅうひゅうという荒い息づかいが背後から聞こえてきた。

「おうい、二人で何をサボってるんだよう」

まずい、あいつだ。

「とにかく、誰にも言わないでよね」

康太がもう一度頷くのを確認すると、私は急いでお手洗いへと逃げ込んだ。

ジャージのポケットに入れてあったスマホを取り出し、メールをチェックしたが、やはり先輩からの返信はなかった。

仕方なくトイレから戻ったあとも、真面目にトレーニングメニューをこなした。寝不足がたたって、いつもより走るのがキツい。だが、ひゅうひゅうを避けるためには、必然的に勇樹がついて来られなくなるまで走るしかなかったのだ。

汗をかいて、息があがっても、勇樹の影を近くに感じるたびに頑張って走り続けた。その結果、腹の立つことに、うっかり完走距離が延びてしまった。先週まで一キロも走れなかったのに、気がつけば二キロも休みなしで走り抜いてしまっていたのだ。

「頑張ってるな、伊織」

両手を膝に押しつけて息をついていると、朔がスポーツドリンクを飲みながら近づいてきた。

「少しは走れるようになったけど、まだまだだよ」

一応、走れなくて悔しい伊織ちゃんの顔をつくりながら、康太がこちらを見ているのに気がついた。見ないでよ、と密かにメッセージを送ると、慌てて別の方向へ顔を向ける。

「朔君はすごいよ。リハビリ中なのにもう五キロ完走でしょう?」

「まあ、怪我する前は余裕だったけどな」

朔が、右手を天井のほうに上げて、苦笑いする。それでも、どこかいじけた様子だった初めの頃に比べて、角も取れていっている気がする。

同じ体育館では、バレー部の部員が何人かで朝練をしていた。サッカー部と違い、朝練は有志で行われているのだそうだ。体育館で走っている時に、朔が何度か後輩らしき背の高い人物に嫌味を言われているのを見かけた。リハビリ復帰に時間がかかっているせいで、レギュラーの座を奪われたらしい。

「伊織さんもすごい頑張ってると思う」

突然、康太が割って入ってきた。みんなの前だと睨みつけることができなくて、余計なストレスがたまる。

「そうだよなあ」

朔が感心したように頷いた。別に走りたくて走ってるわけじゃないのに、褒められても困る。

乱れていた息が徐々に整ってきた。タオルで汗を拭くと、大きく深呼吸する。

走るのは嫌いだ。だが走り終わると、週末からごちゃついていた胸の中が、少しだけすっきりとしていた。不本意だが、これは意外な効果だった。

「恭子もどんどん走れるようになってるし、女子二人はすごいよ」

朔が、やや離れたところでストレッチをしている恭子を見ながら言った。その表情に妙な熱がこもっている。

——あれ、この顔って、何？

「それ、直接言ってあげなよお。ねえ、恭子ちゃあん」

朔が慌てて止めようとしたが、構わずに恭子に向かって手を振る。恭子が、顔をタオルで拭いながら近づいてきた。

「いや、別に呼びつけてまで——」

慌てる朔の顔が、やや赤らんでいた。

そばまで来た恭子は、相変わらず意味不明なほど日焼けしていて、鼻の上にはそばかすが浮いている。

「朔君が、伊織も恭子ちゃんも頑張ってて、女子二人はすごいって褒めてくれたよ。ね、朔君」

微笑んで、わざと恭子の腕を取る。女子っぽい絡みに慣れていないのか、恭子が戸惑ったように後ずさった。背の高い恭子と腕を組むと、自分の頭の辺りにちょうど肩がくる。

朔が曖昧に頷いてみせた。

「恭子ちゃん、本当にすごいよね。だって、もう五キロくらい平気で走ってるもんね」

「私は普段、ラクロスで走り込んでたから」

そういえば、恭子はグラウンド競技だった。だからこんなに日焼けしているのか。

「恭子は努力家だしな。完走は楽勝だと思う」

朔が、目を見ないまま恭子を褒める。その頬は、やっぱり少し赤らんでいた。

まさか、そういうこと?

恭子は何も気がついていないようで、いつも通りの少しぶっきらぼうな頷き方をした。

それにしても意外だった。朔は、けっこう面食いだ。この学校や他校でも、可愛いと評判の相手と付き合っていたはずだったのに、いきなり恭子か。

今までのカワイイ系の女子とは少し異なるタイプだ。どちらかというと、女子から告白されそうな、きりっとした顔立ちをしている。人付き合いも良くなく、他の女子たちからは、少し変わり者扱いされていた。何でも家庭の事情だとかで部活も週に何日かは早退しているという。

ずいぶんと長いトイレ休憩から、勇樹がどたどたと戻ってきた。それを遠目から見て、朔がぼやく。

「あいつ、痩せねえなあ。家の人に頼みに行ってみるしかないかな?」

「うん、そうかもね」

康太も頷いている。

いつの間に、こんなにちゃんとした練習になってしまったのだろう。たかがスポーツ大会とバカにしていたのは、朔自身だったのに。

皆から少し離れる。スローダウンのためのストレッチを始めながら、先輩のことを考えた。今日、先輩と話すチャンスはあるだろうか。あったとして、何を話せばいいのだろう。答えの代わりに、じっとりと不快な汗だけが浮かんできた。

午後からは雨が本降りになり、サッカー部も体育館で練習することになった。

〈今日は部活少し早く終わるから、一時間くらい早めに待ち合わせない？〉

部活が始まる前に、先輩からメールが入った。

思わず胸を撫で下ろす。まだ油断はできないが、取りあえず一緒に帰る気はあるらしい。

雨の日はボール磨きもないから、私たちマネージャーも選手の筋トレを手伝ったりする。だが、芹沢先輩の手伝いをするのは私のはずなのに、今日はなぜか沙也加が堂々と先輩に近づいていった。

「ちょっと、沙也加」

美代子先輩の言葉を無視して、沙也加が先輩の背中を押し始める。

かなり驚いたが、出しゃばったりするのは私のキャラじゃないから黙認する。

それでも気になって先輩と沙也加を見ると、先輩は気まずそうに目を逸らし、沙也加はこちらを見て勝ち誇ったように口角をにいっと上げた。

「伊織、こっちに来て」

美代子先輩が声を掛けてくる。二人で部室へと向かい、軽く掃除をしながら、美代子先輩が色々と教えてくれた。

「気にしないで。朝練でいつもやってるから、今日も何となくその流れで手伝ってるんだと思う。付き合ってるんでしょ？　芹沢と」

もう公然の秘密だし、美代子先輩には頷いてもいいだろう。おずおずと首を縦に振ってみせると、日頃から沙也加を良く思っていない美代子先輩が、ここぞとばかりに鼻息を荒くする。

「あの子、ずうずうしいところがあるから。朝練でもさ――」

美代子先輩の悪口が延々とつづく。かったるいし、どうでも良かった。自分しかマネージャーがいないみたいに振る舞うとか、雑用を押しつけてくるとか。二人で勝手に解決すればいい。

それより、今も二人はペアを組んでいるのだろうか。沙也加は先輩の背中を押しているんだろうか。あの面倒な女の笑顔で。

ちょうど美代子先輩の悪口が途切れたところで、弱々しく笑ってみせた。

「そうなんですね。ちょっとビックリしちゃったけど、大丈夫です。今日は先輩と早く待ち合わせてるし」

「そっか。上手くいってるんだったら良かった。私、伊織の味方だから」

体育館へ戻ると、ちょうどストレッチを手伝い終えた沙也加がゆったりと近づいてきた。首を傾げてみせると、くすりと笑って耳打ちしてくる。

その言葉に、耳から全身までゆっくりと凍った。あと少しでも衝撃を加えられたら、バラバラに砕け散ってしまいそうなほど完璧にだ。

何かを言い返そうとしたが、唇がわなわなと震えたまま、何も言葉が出てこない。自分の中に、そんなに脆い一点が存在していたことが許せなかった。

部活を切り上げた後、いつもの待ち合わせ場所である仙台駅そばの喫茶店の前へと向かった。

少し遅れて、先輩はやってきた。

沈んだ表情に、少ない口数。私と先輩は、もう終わりだ。ずっと三を目指してきたけれど、沙也加の言葉を聞いた瞬間にすべてが無駄だったと知ったのだ。

――先輩、両親から愛されて育った子がいいって。

沙也加の言葉が、楔のように突き刺さってくる。

やはり先輩は、母親から私の家庭の事情を聞かされたのだ。そして母親と同じように、私を異質なものだと認識し始めたのだろう。私がどんなに無垢なキャラを演じようが、私が同じ温室育ちではないと知った時点で、心は離れてしまったのだ。

私は、温室の中の何を信じようとしていたのだろう？

先輩が、ふいに歩みを止めた。気がつくと、仙台駅から延びる歩道橋の上に二人して向き合っていた。

「あの、さ。俺、伊織のことは、本気だった。でも――」

今答えたのは、伊織ちゃんだろうか。それとも、私？

「でも、何ですか？」

「すごく男遊びが激しいって噂してる奴がいるんだ」

そんな根も葉もない噂まで、仕込まれていたのか。どうせ、先輩の母親か、それとも沙也加の仕業に決まってる。

母親があぁじゃねえ。やっぱり血は争えないっていうでしょう？

先輩が敢えて口にしなかった部分まで、先輩の母親の声になって聞こえてくる。

私は、温室の中へと無理矢理に侵入しようとする異物だ。どこまで行っても、何年経っても、家の呪縛から逃れられないのだ。

なぜ家族から自由になれないのだろう。両親には放っておかれたのに、なぜ世間は両親と私を結びつけようとするのだろう。

「そうですか」

否定もせず、私は頷いた。疲れたような声だった。

「本当、なの？」

「先輩、私の母のこと、聞いたんでしょ？」

少し迷った後で、ゆっくりと先輩が頷く。

「それは本当ですよ。私、愛人の子です。そんなの、嫌ですか？」

見つめると、温室の向こうで先輩の視線が泳ぐ。

「さよなら、先輩」

両親から愛されて育った子を、探せば？

無言の先輩を後にして、踵を返す。

少しして、思い遣り深い誠実な調子で、先輩の声が響いた。

「俺、誰にも言わないから！」

その言葉に、かっと頭に血が上った。私は、憐れまれているのだ。人には言えないほど恥ずかしい家庭環境の子だと。

自分でも何をしているのかわからないまま走って引き返し、驚いて棒立ちになっている先輩の端正な顔に、通学バッグを思いきり叩きつけていた。愛人の子だから、愛されて育たなかったから、感情のコントロールができない情緒不安定な子に育った。顔をかばっている先輩が、後々そんな同情をするのが目に見えるようだったが、そんなことはどうでもいいと思った。

なんてこと、するわけがない。

ここまで積み上げた人格を、そう簡単に手放してたまるものか。

先輩の温室面をバッグで叩く代わりに、私は歩道橋の上でバカみたいに笑い出していた。後ろを振り返ってはいないが、先輩はきっと、ぎょっとした顔で立ち尽くしているだろう。自分がおかしかった。あんなに自分を押し殺して頑張ってきたのに、ほんの一瞬ですべてが崩れてしまった。

呆然（ぼうぜん）としているであろう先輩を今度こそ置き去りにして、歩道橋から仙台駅に駆け込み、電車に飛び乗った。

駅が遠ざかるにつれて、何だか夢を見ていたような、しらけた気分になる。ただ心が麻（ま）

痺（ひ）しているだけなのか、なんなのか、自分でも良くわからなかった。

先輩は、ただの駒だった。駒だったはずだ。

なぜ自分に何度も言い聞かせなければいけないのかも、さっぱりわからなかった。

＊

先輩と別れた翌日、学校を休んだ。当然、朝練も休んだ。

朔にメール連絡を入れ、それでお終い。階下で響く母親と彼氏の声にも耳を塞いで、ただひたすら家の中にいた。だがどんなに耳を塞いでも、母親の甲高い笑い声は耳の奥まで入り込んでくる。

あんたは私から逃れられないのよ。

その笑い声は、いつの間にか歩道橋で聞いた自分の笑い声と重なっていき、重くどろどろとした夢の中へと私を引きずり込んでいった。

やがてしつこい着信音で目が覚め、画面も確かめずに、ぼんやりとした頭で電話に出てしまった。

『あ、あ、あの――、もしもし？』

誰？

「はい、もしもし？」

答えながら、目覚まし時計を確認する。夜の九時過ぎだった。

『僕、康太だけど』

相手が康太だとわかって、遠慮無く不機嫌な声を出す。

「何？　具合悪くて眠ってたんだけど」

『あ、ごめん。てっきり仮病だと思ってて』

嫌味ではなく心底申し訳なさそうに謝って、康太が慌てて電話を切ろうとした。

「いいよ、もう。何？」

なんだかすべてが気怠い。急かすように尋ねると、康太は意外なことを告げてきた。

『数理研究部から、すごく難しい数式が公開されたんだ。学校の掲示板に。僕、どうしても解けなくて、数学の穴井先生も唸ってて。これはきっと伊織さん解きたくなると思って』

喋っているうちに康太の口調が熱を帯びてくる。地味な奴なりに興奮しているらしい。

でもなんで私が、わざわざ数学の問題を解きに行くなんて思ったのだろう。

「へえ。それだけ？」

素っ気なく尋ねると、康太が『あ、うん』と慌てて答えた。

なに、こいつ？

それ以上何も言わずに通話を切る。はずみで本性がばれてしまった相手だが、本当におかしな奴だった。

つづけてスマホを見てみると、メールが沢山届いていた。サッカー部の部員たちや朝練メンバーたちからのお見舞いらしい。

一つ一つ開いている途中で、再び着信音が鳴る。

康太のやつ、しつこい。

しかし着信画面には、工藤康太ではなく、風見恭子と表示されていた。少し迷ったあと、伊織ちゃんキャラに戻って通話ボタンを押す。

「もしもし？　恭子ちゃん？」

『あ、伊織ちゃん？　恭子だけど』

言ったまま、恭子が黙る。なんの用事だろう。かけてきたんだから、何か言えばいいのに。

「どうしたの？　ごめんね、朝練休んじゃって」

『あ、ううん。具合悪いとこ、こっちこそごめん。あの、大丈夫かなと思って』

「うん、大丈夫。ちょっと疲れが出ちゃったみたいで」

『そっか——実はちょっとクラスとかでも噂になってて』

それ以上は言いにくそうに、恭子が言葉を切った。

「噂って？」

まさか、家のことが広まってしまったのだろうか。

『その、伊織ちゃんが彼氏と別れたらしいって』

「ああ、そっか。もう知ってるんだ」

憔悴した声で告げる。学校であれこれみんなが噂しているところを想像して、うんざりした。

『朔君が、朝練、無理しなくていいからゆっくり休んでって』

「ありがと」

みんなの気遣いが煩わしくて仕方がなかった。放っておいてもらえるのが一番ありがたいのに。

それから二言三言あたりさわりのない会話をすると、恭子は電話を切った。

場末のスナックかと思うようなだらしのない嬌声が、階下から昇ってくる。

学校を休んだものの、この家にいるのも気詰まりだった。

出口がない。行く場所もない。底なし沼にどんどん落ちていくだけのような気がする。死ぬまでの時間がただ引き延ばされて、世界の醜さを見せつけてくる。

彼氏と別れたのに、漫画やドラマのようには涙が流れなかった。

先輩は彼氏じゃなく駒だから、出ないのは当然か。

ぼうっとしている間に、再び浅い眠りについたり、起きたりした。母親の笑い声が起きるたびに絡みついてきて、朝になるまで逃れることができなかった。それともあれは、悪い夢の中で聞いた声だったのだろうか。

＊

朝の四時半頃に目が覚めたが、ただ最低の現実が待っているだけだった。

もう一日学校を休もうか迷ったが、午後になると母親が彼氏と起きてくる。学校と家、どちらにいたくないかを天秤にかけ、結局家を出ることにした。

のろのろと登校の準備をし、玄関から出ると解放された気持ちになる。

だが、雨に濡れる緑の木々も、コンクリートを打つ雨音も、今朝は数式で表したいとは思えなかった。

バスで在来線の駅まで移動し、トータル一時間半かけて登校すると、学校が口を開けて待っていた。出口も入口も開けっ放しなのに、牢獄(ろうごく)のように閉ざされた場所だと思う。家にも、学校にも、私の逃げ場所は存在しないのだろうか。

ふと気がつくと、いつも朝練の時間ギリギリに姿を現す恭子が、校門の前に突っ立っていた。朝から思いきり不機嫌な顔。彼女が緊張している時の癖だ。

「おはよう」

「おはよう、早いね」

「うん。もしかして伊織ちゃん、来るかもしれないと思って」

「そうなの?」

昨日の電話で、そんなことを匂わせたつもりはなかったが。小首を傾げて恭子を見つめると、困った顔をして俯いた。

「本当に来るとは思わなかったけど」

変な子。言ってることとやってることが矛盾しまくっている。

二人でいっしょに校門をくぐる。

背が高くコンパスも長いくせに、恭子の歩くスピードはゆっくりだった。

「あのさ」

俯いていたかと思うと、恭子が思い切ったように口を開いた。

「伊織ちゃん、彼氏と別れても、可愛いし、すごく羨ましいし。だから、全然落ち込む必要なんてないと思う」

必死な声で見当違いの慰めを口にする恭子を、思わず見上げた。

私の容姿が何だというのだろう。容姿に恵まれていても、三は遠い。そのことが、良くわかったのだ。

まっすぐな、温室の外の世界があるなんて想像もしていないような恭子の目を見ると、無性にイライラとさせられた。それでも、伊織ちゃんは微笑んでみせなくてはならない。

「ありがとう」

「ううん、ごめん、上手く言えなくて。でも、ほんと、可愛いし、女の子らしいし。私の欲しいものを全部持ってるよ、伊織ちゃんは」

当たり前だ。そんな風に見えるように必死に演技してるんだから。あんたの前でも、こんな風に微笑んでみせてるんだから。

――そんなことないよ、私なんて全然ダメ。ドジだし。いつも失敗ばかりで。

本音を殺して思ってもいないことを並べ、しょげた振りをするつもりだった。いつも、簡単にできていたことだった。

だが今朝は、いや、今朝もダメだった。

だって、必死で演技をしたって、三からはじき出された。拒絶された。蔑まれて、同情された。

気がつくと私は、先輩の母親や康太に対してそうしたように、伊織ちゃんではなく、伊織のままで答えていた。

「欲しいもの、全部持ってる？　私の欲しいものが何だか知ってるの？」

恭子がぽかんとした顔で、こちらを見つめている。

あんたになんか、わかるはずない。生まれた時から温室にいる、あんたになんか。安易に慰めてきた恭子を傷つけてやりたかった。温室の外の風に、少しでも晒(さら)してやりたくなった。

「私さ、愛人の子なんだよね。だから私、ちゃんとした彼氏とかできないみたい。容姿とか関係ないよ。ああ、悲しい。さあ、なんて声をかけて慰めてくれる？」

平和呆(ぼ)けした恭子の顔を見返す。

あんたが私に掛ける言葉なんて持ってるの？　ぬくぬくと育ったあんたに、その懐があるの？

暗い優越感で胸の中が満たされていった。

さぞ困惑するだろうと思ったら、恭子はそのまま立ち止まって、赤ん坊が見知らぬ物体を見るような無垢な目で逆に尋ねてきた。

「愛人の子だと、どうしてちゃんとした彼氏とかできないの？」

しばらく、二人で見つめ合ってしまう。

こいつ、バカなの？

「どうしてって、だって、母親が男をとっかえひっかえだし。父親からの養育費でお金あるけど、そのお金で遊び回ってるし、ケバいし。家庭環境最悪なんだよ？　あんな母親に育てられた子が、まともな家の子に相手にされるわけないじゃん」

恭子に向かって、低い声で一気に吐き出す。

それでも恭子は臆することなく、私に答えた。いつもの生真面目な顔で。

「伊織ちゃんって、すごく古風なんだね。今どき、そんなこと気にするほうが珍しいと思うんだけど」

「古風って――。だって現に先輩とだって、そのことが原因でダメになったんだよ？」

家庭環境を聞いても驚かなかった恭子が、そこで初めて目を見開いた。

「嘘でしょ？　今回のことって、まさか伊織ちゃんの家のことが原因だったの？」

黙って頷く。あのお上品なメイクをした母親と先輩の笑顔が頭の中に浮かんでくると、悔しさがこみ上げてきた。

なぜか、関係ないはずの恭子の顔まで怒りで満ちていく。

「そんなことで伊織ちゃんを判断する人、そもそも人として信用できないよ」

なんで他人のあんたが、そこまで怒ってるのさ。

「そんな人、どこが好きだったの?」

重ねて恭子が尋ねてくる。まっすぐな問いに、同じような率直さで答えられる言葉が何もない。

先輩の、どこが好きだったか?

平凡で幸せな家庭の中に収まりたいと思っていた。そのためにずっと、伊織ちゃんというキャラクターを生きてきた。誰も私の家庭のことを知らない高校に入ってからは、特に徹底して演技をしてきた。先輩は、可愛くて天然な文系の伊織ちゃんにぴったりの彼氏に思えた。将来の理想的な旦那さん候補だった。三を代表するような、穏やかな雰囲気を持っていた。

それだけでは、足りないのだろうか。

人として信頼できるかどうか?

そんなこと、考えたこともなかった。そもそも、家族である母親だって一秒たりとも信頼したことがないのに。駒である彼氏なんて、信頼すべきものでさえなかった。

「彼氏に人としての信頼とか、そんなの必要なの？」

思わず、恭子に尋ねる。

「私、彼氏とかいたことないけど、それって普通、必要じゃないの？　だって、友達とかより近いんでしょう？」

「そりゃ、そうかもだけど」

「伊織ちゃんって、もしかして変わってる？」

変わってると思っていた子に、変わってると言われた。

今どき、愛人の子であることを気にするなんて古い？　そんなことで判断した先輩は、信頼できない人？

頭の中を、新鮮な問いが駆け巡る。

校舎に到着すると、玄関で靴を履き替え、更衣室まで二人で行った。

「先、行ってて」

すぐにジャージに着替え終わってしまった恭子に向かって言う。

「みんなのとこ、一人で顔を出せる？」

「うん」

単純かと思えば、妙に女子っぽい気遣いをする。恭子って、やっぱり変な子。一体、どんな温室で育ったんだろう?

恭子が出ていった後、ロッカーの鏡を見ながら髪を軽く梳かして、下に結わえた。

一日走らなかっただけなのに、何だか足がむずむずとする。ランナーズハイというのは、脳内麻薬であるエンドルフィンが分泌されるために起こる現象だという。そんなもので幸せになれるほど、たった十七年の人生でさえ単純ではない。それでも、あの爽快感が欲しくなる自分が不思議だった。

そもそも恭子と話してから、私は妙な気分になっていた。先輩に振られた可哀相な伊織ちゃんを演じなくてはいけないのに、何だか気持ちがすっきりとしている。失恋して捨てられたはずなのに、大きな荷物を捨てたような気分だ。

グラウンドに出ようと校舎の玄関まで戻ってくると、下駄箱の正面にある掲示板が目に飛び込んできた。康太がわざわざ電話をかけて知らせてくれた問題が、挑戦状のように貼ってある。

『去年の数学オリンピックで出題された超難問です。計算式もつけて解を導き出してください』

思わず、足が止まった。美しい問いだった。掲示板の他のお知らせは脇に追いやられ、計算式を書くためらしい大きな方眼紙が張り出されている。

催眠術にでもかかったように、マーカーを手に取った。

一瞬で文系の伊織ちゃんは消え去り、世界が数字と自分だけになる。数式が頭の中で次々と展開されていった。

脳内で色と数字が溶け合って、目の前に新しい秩序を持った世界が創造されていく。殴り書きで、その様を方眼紙の上にスケッチしていった。どんどん進んでいく式に、手が追いつかない。世界が膨張しつづける。大げさではなく、数字は宇宙創世の秘密にまで連なっているのだと思う。

息をするのも忘れて、解が導き出されるまで式を展開しつづけた。

やがて最後のイコールを書き、解を示す。こめかみを汗が一筋流れた。虚脱感と達成感が混じり合って、心地好さが胸を満たす。

背後から、「すげえ」という声が聞こえた。まばらだが、拍手まで聞こえた。

突如、現実に引き戻される。

——私、何をやらかした？

方眼紙いっぱいに、女子とは思えない乱れた字で、かなり複雑な計算式が殴り書きされていた。

おそるおそる振り返ると、落伝メンバーが並んで立っている。

「伊織って、なんで文系にいるわけ？」

朔が目を見開いていた。康太は嬉しそうに笑っている。

「可愛い上に頭がいいって最強だよ！」

叫んだのは恭子だ。

勇樹は走ってもいないのにひゅうひゅう言いながら「伊織ちゃんかっこいい」と繰り返していた。

私は、父親から受け継いだものを、表に出してもいいの？

問いかけは声にはならず、代わりに、ずっとくすぶっていた言葉が飛び出していった。

「可愛い女がバカだって決めつけるな」


その日の朝練で、私は走った。苦しくても、とにかく走った。

走って体が上下するたびに、感情のバケツから、想いがこぼれていく。

体育館の中で、朝早くから集まって体を動かしている私。未完成な私。行き場のない私。

庇護という名の下に、親の事情に振り回されつづける私。三からはじき出されている私。

母親といびつな二を形成する私。

こぼれつづける想いの中で、一滴のしずくがきらりと光り、一という数字が浮かんでくる。三でもなく、二でもない、私という一だ。

いつか人生のどこかで、私は母と自分を、きちんと二で割ることができるだろうか。一以上でも以下でもない、ちゃんとした一になれるのだろうか。

答えは出ない。

私は、単なる駒としてではなく、先輩のことを好きになっていたのだろうか。だとしたら、どこが好きだったのだろうか。

それも、わからない。

自分自身の不透明さを振り切るように、さらに走る、走る、走る。

もう走れないというところまで走りきると、記録はなんと三キロだった。

落伝まであと約一ヶ月。このままだと、受け持ちの区間を走りきってしまうかもしれない。

初めての三キロ完走は、信じられないほど気持ちが悪くて、難解な式を解き終わった後のように爽快だった。

出席番号9

## 工藤康太

# テーブル・クーデター

結果がすべてじゃない。努力をするプロセスが大事なんだ。笑いも涙も、プロセスの中に詰まっている。

そういう考えを偽善的だという人もいるけれど、僕はそんな風に思ったことはなかった。こつこつ努力をするのが好きだったし、ごくたまにでも、今まで出来なかったことが出来るようになる瞬間があって、そんな時は、ああ投げ出さなくて良かったなと心から思えていた。どんなに低いハードルでも、超えた瞬間のほんの小さな幸せだとか充実感が、その先に進む大きな力になるんだと本気で信じてもいた。

でも父さんは、僕とは正反対の考えの持ち主だった。

「いいか、いくら努力しても、結果が出せなかったらそれで終わりだ。受験で失敗して、青高なんかに行く羽目になる」

家族三人には少し大きすぎるダイニングに、父さんの声だけが響く。僕と母さんは、父さんの一人語りをいつものように黙って聞いていた。何か意見を挟むなんて許されない。意見イコール反抗だと見なされて、徹底的に攻撃されることになるからだ。

「はい、父さん。わ、わかりました」

僕は大人しく頷く。

また吃音が出て、父さんが軽く顔をしかめた。それが、聞き取りづらいからなのか、それとも、吃る僕のことを情けないと思っているからなのかを悩むのは、とっくにやめたけれど。

「それで、今日はどんな結果を残したんだ」

「はい、べ、べ、勉強では、漢字の抜き打ちテストで百点でした。英単語を十個暗記して、昨日解けなかった関数の問題をと、と、解けるようになりました」

何かに縋っていたくて、取りあえずメガネを人差し指で押し上げる。

苦い顔つきのまま、父さんが頷いた。合格でもないけど、不合格でもないといった表情だった。

背中に入っていた力が、少しだけ緩む。

父さんは、僕が宮城県内でも有数の進学校であり、自身の出身校でもある二高に進学することを切望していた。中学の三年間、こつこつと努力をして、偏差値はぎりぎりだった。

でも、このままラストスパートで追い込めば、合格圏内だとも言われていた。僕は挑戦した。父さんもそれを望んでいたし、僕も、これまでつづけてきた努力の成果を出しきることに、価値を見出していたからだ。

でも結果は、不合格。僕は、前の月に滑り止めで受かっていた青葉ヶ丘学園の特進科へと進むことになった。

僕に後悔はなかった。もちろんがっかりはしたけれど、力を出しきった爽快感さえあった。だけど、不合格の通知を受け取った僕に父さんが掛けた第一声はこうだった。

「情けない」

そして父さんは、受験から一年以上たった今でも、僕が許せないでいる。僕は父さんにとって、結果の出せない情けない子供だった。

青高に進学してからは、毎日夕食の席で、その日に達成したことを報告することになった。一日、一日、何か必ず結果を出して、目標を達成する。それを繰り返せば精神も鍛えられ、難関大学への扉が開くというのが父さんなりの理屈らしい。

夕食の席が報告会になってから、僕は料理の味も香りもわからなくなり、いつも父さんに対して吃るようになったのだった。

「駅伝のほうはどうだ？」

「はい、駅伝まで、ま、まだ約一ヶ月もありますし、勉強にし、支障がで、で、出ない程度に参加しています。部活は、い、い、いつもの通りベンチです」

父さんは黙って、空になった味噌汁のお椀を母さんに差し出す。

「大学受験で失敗したら、人生、今度こそ取り返しがつかないからな。バスケ部やスポーツ大会は、内申書のためにそこそこにするように」

「はい、そ、そうします」

父さんは、二高を出て名門国立大に進学し、そのまま地元の銀行に就職して順調に出世している。

でも、取り返しがつかない人生って、どんな人生なんだろう。

父さんのように、苦い顔をして味噌汁をおかわりする人生は、幸せな人生なんだろうか。

ふと尋ねてみたくなって、自分に驚く。

前はこんなこと、考えたことがなかったのに。僕は父さんに敬語を使い、父さんは僕に結果を求めつづける。その関係に疑問を持つこともなかったのに。

僕の新しい疑問は、それだけじゃなかった。本当に努力する過程なんて大事なんだろうか。いつの間にか、前のように大事だとは言い切れなくなっているのだ。

その原因は皮肉にも、父さんがそこそこにするよう命じた、バスケ部と落伝だった。

＊

午前六時五十分。落伝の練習のためにグラウンドに集合した。本番まであと一ヶ月弱。陸上部の朝練もまだ始まっていないコース脇の芝生では、伊織さんと朔君がすでにストレッチを始めていた。勇樹君と恭子さんはまだのようだ。

「おっす」

朔君が軽く手を上げた。朝日が端正な顔に当たって、趣のある陰影をつくる。

「康太君、おはよ」

伊織さんもこちらを見て、小首を傾げて微笑んだ。初めの頃と違ってきっちりと肩下に結ばれた髪は、小顔と大きな目を強調していてとても似合っていた。

「おはよう」

僕も黙ってストレッチを始める。二人といっしょにいると、きれいな写真集の中に迷い込んだみたいだ。

「今日は外を走れそうだよな」

「うん、そうだね。青葉公園を過ぎて大橋を渡って、三ツ池公園の入口辺りまで行って、帰ってこようかな」

僕はクラスの男子の中でも、パッとしないほうのグループに属している。普通に暮らしていたら、朔君とこうして友達みたいに関わるなんてことは考えられない。

朔君も最初の頃は、なんで僕みたいな奴とっていう気持ちが前面に出ていた。そういう表情には慣れていたし、むしろそういう関係のほうが違和感がなかったくらいだ。

でも、朝練が始まった最初の週末を境に、朔君は少しずつ変わってきた。

リーダーをやってやっているという姿勢から、落伝に真剣に取り組むような態度に変わったし、なぜか僕みたいな奴とも対等の目線で話す。それどころか、僕を信頼して、意見を尊重しようとさえしてくれる。

「二人とも、そんなに走るの？」

伊織さんにも変化があった。失恋のことがあってから、他のクラスメイトたちの前とは微妙に違う少しくだけた態度で僕たちと接するようになったのだ。自分が数学の天才だっていうことも、僕たちにだけは隠さないようになっている。

特に僕の前では、態度も口も凶悪と言っていいレベルにまで変化する。なぜかは謎だけれど、伊織さんは僕のことを気に入っているんじゃないかと、少しだけ自惚(うぬぼ)れている。もちろん、男としてなんてことではなくて。強いていうなら下僕(しもべ)として、という表現がぴったりくるだろうか。

「私は新寺町(にいでらまち)の辺りで折り返さないと、授業に間に合わなくなるかも」

立ち上がってジャージについた芝生を払い、伊織さんが大きく伸びをした。

「そうだ、勇樹が来ないうちに言うけどさ。二人とも明日の部活、何とか休めないかな?」

「多分大丈夫だけど、どうして?」

「僕も先生に言えば早く帰れると思うけど」

朔君が、ほっとしたように頷く。

「俺がリハビリで通ってる病院の栄養士さんに相談してさ、勇樹のダイエットメニューを改めてつくってもらったんだ。でも、あいつに渡したって、どうせ破って捨てるだけだろ?」

「もしかして、この間ちらっと話してたこと? 家の人に、勇樹君に内緒でダイエットに協力してもらえないかって」

尋ねると、朔君が頷いた。

「そうそう。あいつ、お婆さんと二人暮らしらしくてさ。恭子は用事があるから無理なんだけど、三人で行けないかなって」

「はあい。恭子ちゃん、行けなくて残念だね」

伊織さんが朔君をからかう。

「ばあか。意味わかんねえし」

言いながら朔君の横顔が、微かに赤くなった。この頃、伊織さんはこうして良く朔君をからかっている。

「あ、来た来た」

伊織さんが、向こうからどたどたとやってくる勇樹君に手を振った。その後ろから恭子さんも慌てて走ってくる。恭子さんが痩せ体型で背も高いせいか、勇樹君の迫力ある体が余計に際立って見えた。

勇樹君の体重は現在、推定八〇キロだ。一六五センチの身長に対して、少し重すぎる。もう少し痩せないと、走る際に膝に負担も掛かるし健康にも良くない。かといって急に痩せすぎるとスタミナが落ちてしまう。朔君の通う病院の栄養士さんが考えてくれたのは、その辺りのバランスにも配慮して考案された、特別メニューだという。

「じゃあ、明日の五限が終わったら、校門の前で待ち合わせな」

朔君が早口で告げた。

「おっす」

軽く汗を掻きながら勇樹君が到着した頃には、皆さっきの話題をぴたりと終えて、何気ない顔でストレッチをつづけていた。

それにしても、勇樹君には痩せる気配がない。むしろ少し太った気がする。朝練で運動量が増えたせいでこれまで以上にお腹が減り、過食に走っている可能性さえあった。

ウォーミングアップを終え、僕はぼちぼち集まりはじめた陸上部の邪魔にならないように、グラウンドの端を走って一周した。そのまま校門までの並木を抜けて外へと走り出す。

グラウンドから三ツ池公園の入口までは、ちょうど落伝の第一区に含まれるコースで、大体四キロほど。学校まで戻ってくると八キロになる。本番では公園入口から周囲をさらにぐるりと一周し、十キロほど走って第二区につなぐことになっていた。

校門を出たすぐの道から延びる農道の右手には、田んぼが一面に広がっている。青々とした稲穂の群れを揺らしながら、六月にしてはやや冷たい風が渡っていった。

本当は、勇樹君の心配なんてしてる場合じゃないよな。

農道を走りながら、気分が沈んでいく。

結果が出なくたって、努力している過程が楽しい。以前の僕だったら、素直にこの朝練の時間を楽しめていたと思う。だけど今、僕の気持ちは揺らいでいた。

僕以外のみんなは、勇樹君でさえ、徐々にタイムや完走距離を伸ばしつつあるのに、僕だけがさっぱり進歩していない。距離も最初の頃に比べてあまり伸びないし、タイムに至っては伸びるどころか落ち始めている。

本番、どのコースを走っても、良い結果を出せる気がしなかった。

これが、努力している過程が大事だと思えなくなっている理由の一つだ。

僕はダメだ。全然、ダメだ。人一倍、真面目に練習に取り組んできたつもりだった。それでもやっぱり、結果がついてこない。

いつの間にか新寺町を抜けていて、大橋に辿り着いた。

手元の時計を見ると、七時四十分。落伝の練習がはじまってからは休んでいるバスケ部の朝練も、基礎練を終えて熱を帯びてくる頃だ。

レギュラー部員たちがコートを駆け回ってボールを追いかけているというのに、僕は清流にかかる橋をこうして淡々と走っている。

もっとも、朝練に参加していたところで僕は基礎練習に参加するのがせいぜいのところだ。運が良ければ、部内の対抗試合に出られることもあるけれど、大抵の時間はベンチに座り、ほとんどマネージャーに近いような雑用をこなすだけ。

大好きで小学校の頃からつづけてきたバスケ部なのに、こちらの方でも十年以上、結果らしい結果は出せていない。

うちのバスケ部は、顧問の松田先生の方針で女子のマネージャーはおらず、一年の男子部員がマネージャーを兼ねることになっていた。僕は先生の指示で、一年から二年に上がっても、そのままマネージャー的な立ち位置でベンチ入りしている。まあ、それ以外の立場だったら、ベンチにさえ入ることはできなかっただろう。

さすがにボール磨きや体育館の掃除はしないけれど、スコアブックをつけたり、選手のドリンクを用意したり、陰ではレギュラー選手たちのパシリをさせられたりするから、そこそこ忙しい。

それでも、部を辞めようとは思わなかった。

青高のバスケ部は県内でもベスト4に数えられる強豪だ。レギュラー入りするためには身体能力に恵まれているというだけでもダメで、そこからさらに自分を磨いて磨いて、ようやくレギュラーの座を勝ち取れる。

はっきり言って、僕みたいな特進科の人間が所属するなんて場違いなレベルだった。それでも僕が部を辞めないのは、どんな扱いを受けても何を言われても、ベンチの上から、バスケを頑張っているみんなのプレイを見ているだけでワクワクするからだ。ずっとマネージャーのままだと暗に松田先生から宣告されても、練習をサボろうとも思わなかった。

つらつらと考えながら、腹式呼吸で規則正しい息を吐き、一定のスピードで大橋を渡っていく。ドリブルをしている時とは全然異なる呼吸のリズム。メガネの縁にたまった汗をタオルで拭い、悶々と走りつづける。バスケに触れて、毎日ちょっとずつでも上手になっていければ幸せだ。そんな風に思えていた頃が懐かしい。

大橋を渡りきると、街路樹が並ぶ山道になり、一〇〇メートルほどの上り坂がつづいていた。まだ息はあがっていない。坂道を上るにつれて、三ツ池公園の入口が見えてくる。ちょうど公園の入口からこちらに向かって走ってくる背の高い男子が見えた。その姿に、思わずぎくりとする。正直、嫌な奴に会ったと思った。

彼が、彼こそが、努力が大事だと思えなくなったもう一つの理由だった。

安定していたスピードが急速に落ちていく。彼に会ってから、僕の部活へのモチベーションも、こんな風に急ピッチで失速していったっけ。

彼というのは、バスケ部にこの春入部したばかりの安田君だった。速いペースで走ってきたかと思うと、あっという間に僕の目の前に辿り着く。

「あれえ？　工藤ちゃん。朝練サボって何やってんの？」

尋ねる安田君こそ、朝練の最中に、こんなところで何をやっているんだろう。ロードワークでも命じられたのだろうか。

一年にしてすでに朔君を追い抜くほど背が高い彼は、ガムを噛みながら僕を見下ろしている。

「僕、落伝出るから」

小さな声で答え、俯いた。

「へえ。俺も走るんだよね、落伝。ロードワークがてら、馴らしておいたほうがいいかなって、ここまで走ったんだけど。工藤ちゃん、完走できんの？　俺、工藤ちゃんが運動してんの見たことないけど」

舐めきった口調は、いつものことだ。彼は一年だけど、僕のことを他のレギュラーたちと同じようにパシリに使うし、バスケの初心者だ。工藤ちゃんと気安く呼ぶ。

因みに安田君は、バスケの初心者だ。つまり、四月からバスケを始めたばかり。シュートフォームはいかにも素人くさいし、コートに入っても流れを読めずにキョロキョロしている。皆から能力的に大分遅れているというのに、自主練もろくにしていないんじゃないだろうか。

そんな彼が、レギュラー候補なのだ。

もちろん努力の結果じゃない。彼は、きらめくような才能に恵まれていたのだ。チームの誰よりも高く跳ぶし、ゴール下で入り損ねたボールを、その大きな手で掠め取ることができる。

「あれ、もう疲れて何も言えなくなっちゃった？」

「いや、そんなこと」

「まあいいや。今日の部活の前に、なんかおかずパンでも買っといてよ。背が伸びるとさあ、腹が減るんだよねえ。工藤ちゃんにはわかんないかもだけど」

それだけ言うと、安田君は再び走り出そうとした。

何も言えずに突っ立っていると、突然、背後から声がした。

「おい、ちょっと。なんで康太がお前のおかずパン買うんだ？」

朔君だった。

山のように聳（そび）える二人に挟まれると、僕だけ谷底にいるみたいだ。

「朔君、いいんだ。こっちは僕のバスケ部の後輩で、安田君。安田君、僕のクラスメイトで吉住君。バレー部だよ」

慌てて取りなすと、安田君はこちらを不安にさせるような、面白そうな顔つきをした。

失礼なこと、言わなきゃいいけど——。

「ああ、知ってますよ。俺と同じクラスの奴がバレー部でレギュラーだから」

「へえ、誰？」

朔君が尋ねる。

「本多って奴です。あいつも急に落伝を走ることになったんですよ。バレー部の元エースがもうダメだから、今部活が大変なのにって愚痴ってましたけどね」

バレー部の元エースって、朔君のことじゃないか。

明らかに事情を知った上で、安田君が挑発的なことを言った。僕の頭上で、朔君と安田君の視線がぶつかりあって火花を散らす。

僕が舐められているせいで、朔君まで失礼な態度を取られているんだ。

「安田君」

止めに入ろうとしたけれど、朔君が僕の言葉を遮った。

「へえ、本多も走るんだ。じゃあ言っとけ。元エースかどうかは、まだ決まってねえよ」

「うおお、おっかねええ」

安田君がおどけて笑った。あくまでこちらを小馬鹿にする態度を崩さない。

「ま、言っても落伝じゃないっすか。気楽にやりましょうよ、先輩」

安田君は軽く手を上げて、不愉快な笑みを浮かべたまま走り去って行った。

「なんだあいつ、うちの本多と同じくらい嫌な奴だな」

朔君が遠ざかっていく安田君に向かって叫んだ。

「おかずパンくらい、自分で買えや！」

安田君はちらりと振り返ったけど、もう何も答えずに走り続けた。

「――ごめん」

僕のせいで、朔君にまで嫌な思いをさせて。

「なんで康太が謝るんだよ。ああいう奴はつけあがるから。パシリなんてするなよ」

「でも彼、すごく才能があるんだ。バスケを始めたばっかりなのにもうレギュラー候補で」

「才能、か」

朔君が、坂道をどんどん下っていく安田君を複雑な表情で眺める。

「俺、ほんと、なんも見えてなかったんだよな」

朔君が、右の爪先でとんとんと地面を蹴っている。怪我をしたほうの足だ。

「できること、やっていくしかないよな」

安田君がレギュラー候補に挙がる前なら、僕も素直に頷いたかもしれない。でも、今の僕は、こう思ってしまう。

ほんとに、そうなのかな。できることをやっていって、その先に、何かあるのかな。

疑問を口に出そうとしてやめた。朔君は所詮、安田君側に属する人間だ。その他大勢とは明らかに異なる才能を持っていて、やればやるほど結果の出る人だ。僕なんかとは違う。

「僕、そろそろ学校に戻るよ」

「ああ。わかった」

公園の入口まで行かずに、僕は坂の途中からコースを折り返すことにした。何となく、朔君が僕に何かを言いたがっているのがわかったけれど、それを無視して走り出す。

結果がすべてだ。

父さんの声が頭の中で響いた。

だとしたら、結果の出せない僕はゼロなのかもしれない。

そういえば今日は小テストもないし、落伝でも部活でも、プラスの結果が出るようなことは起きそうもない。どうしよう、夕食で、何も報告することがない。

ということは、今日という僕の一日は、父さんにとって、何もなかったのと同じことなんだろうか。

ひたすら坂道を下っていく。いつもよりずっと早く両脚も重くなって、限界まで力を出しきったわけでもないのに、校門に辿り着いた頃にはぐったりと疲れきっていた。

*

翌日の放課後、朔君と約束した通り、僕は部活を休んで正門の前までやってきた。朔君も伊織さんも、まだ来ていない。

昨日はあれから最悪だった。迷った挙げ句に結局僕は、安田君のおかずパンを買って部活に出た。

ところが彼は、自分の分のおかずパンをとっくに買っていた。

「なんだ、工藤ちゃんが買いたくないっていうから、自分で買っちゃったじゃん」

ふてくされて言う安田君にひたすら謝った後、顧問の松田先生に申し出た。

「明日休みたいんですけど」

「うん、別にいいよ」

先生は、悲しくなるほどあっさり認めてくれた。

僕は、いてもいなくても、同じなんだろうか？　父さんだけじゃなくて、バスケ部にとっても、僕の頑張りはゼロだったんだろうか。

本当は少しだけ、雑用係でも、役に立っているんだという自負があった。だからわざわざ松田先生が、二年になっても雑用係として僕を指名してくれたんだと、心のどこかで拠り所になっていた。

けれどそれは、大きな勘違いだったのかもしれない。

夕食での報告も散々だった。父はお酒が入っていたせいもあって、僕が受験に失敗した二高の素晴らしさと、卒業後に広がる未来の輝かしさについて喋りつづけた。

「結果がすべてだ。結果が出ない努力は、サボったのといっしょだ」

父の繰り返す言葉に、僕は、頷くことしかできなかった。

今朝の朝練にしたって、タイムは伸びず、ただ無意味に走っただけ。いっそ透明人間にでもなりたい気分だった。

鬱々と考えていると、伊織さんが並木を抜けて校門までやってきた。

「なに、康太のくせに早いじゃん。暇なの？」

「いや、そういうわけじゃないけど」

「口答えするなんて生意気」

軽く口をとんがらせると、伊織さんのすべすべの頬が膨らんだ。

「それにしても、手のかかるぽっちゃりだよね、勇樹って」

ぶつぶつと文句を言っていたかと思うと、今度は天使のように微笑んで、並木の向こうに向かって手を振ってみせた。見ると、朔君が走ってやってくるところだった。

「わりい、ちょっと金やんと話しこんじゃって」

「ううん、全然だいじょうぶ。行こっか」

「おう。康太は部活、問題なく休めた？」

問題なく、という言葉が胸に突き刺さる。

ぐうともうんともつかない返事をすると、二人が変な声だと僕を笑った。馬鹿笑いしているはずなのに、二人ともとても絵になる。

僕は、この二人といっしょに歩いてもいい人間なんだろうか。

そっとため息をつくと、伊織さんが朔君には決して見えないように、僕の踝をがつんと蹴った。

（く・ら・い！）

口の動きだけで、そう文句をつけてくる。

あまりの痛みに、再び、ぐうともうんともつかない声が出る。

「康太、具合でも悪い？　無理すんなよ？」

朔君が本気で心配してくれた。

「ほんと、どうかしたの？」

伊織さんが、天使のほうの顔で心配そうに小首を傾げる。困ったことに、踝の痛みなんて忘れてしまうほど、抜群に可愛らしい表情だった。

勇樹君の家は、仙台市内でも古くからのお屋敷街にあたる上杉地区にあった。藩政時代から役人たちの屋敷が集まっていた界隈で、僕の祖父母の家もかつて、今歩いている通りをもう少し奥に入った勝山公園沿いに建っていた。今は元の家をリフォームして、叔父夫婦が住んでいる。

「あいつ、普段からいいもんばっか食ってるんだろうなあ」

朔君が閑静な通りを見回しながらため息をついた。その様子がいちいち様になっていて、女子でなくても格好いいなあと見上げてしまう。

「お婆さまと二人暮らしって、ご両親はどうしたのかな？」

伊織さんも、朔君を見上げて尋ねる。ポニーテールの先がゆらゆらと揺れて、思わず目で追ってしまった。

「両親はロサンゼルスに赴任中なんだとさ。せっかくのチャンスだから勇樹も向こうの高校に通わせたかったらしいんだけど、勇樹がどうしても嫌だってごねたらしい」

「そうだったんだ」

僕の頭の中に、西海岸をアメリカンサイズのハンバーガーとソフトクリームを抱えて歩く勇樹君の姿が浮かんできた。想像の中の彼は、今よりさらに体重が増えている。英語力が伸びるチャンスを失ったかもしれないけれど、日本に残っていたほうが健康には良かったのかもしれない。

「あ、ここだな。あいつの家」

朔君が長い脚を止めた。

坂の途中に建てられた二階建ての日本家屋が、勇樹君の家だった。立派な木戸門に井上と彫られた表札がかかっている。

「ところで、勇樹君のおばあさんにはどうやって事情を説明したの？」

今さらだけど、気になって尋ねた。

「落伝と食事協力の話を軽くしておいた。でも、食事は生徒全員の家庭に協力してもらってるってことにしてある。あいつだけ食事制限だと、角が立つかもしれないだろう？　まあ、これは姉ちゃんからの入れ知恵だけど」

「朔君って、お姉さんがいるんだ」

「めんどくさいだけだけどな」

伊織さんに尋ねられて朔君は顔を顰めてみせたけれど、一人っ子の僕は羨ましかった。姉妹でもいたら、家の雰囲気も少しは違ったのだろうか。

朔君がインターホンを押した。すぐに「はい」とおばあさんらしき人の声が聞こえてくる。

「あ、僕たち、お電話した勇樹君のクラスメイトです」

朔君が告げると間もなく玄関が開いて、とても勇樹君と血のつながりがあるとは思えない痩せたおばあさんが現れた。手招きされるままに門をくぐる。

「よく来たわね。さあ、上がってちょうだい」

勇樹君は今頃、所属している卓球部で練習をしている時間だ。まさか僕たちがこうして三人揃って家を訪ねているとは、想像もしていないだろう。

玄関先でいいと遠慮したけれど、勇樹君のおばあさんは上がっていけと聞かなかった。庭を見渡せる広い居間に通されて待つ間、三人してきょろきょろとしてしまう。

つくりつけの飾り棚に、勇樹君やそのご両親らしき二人の写る家族写真が沢山飾ってあった。どの写真でも食べ物を片手にしているのが、何とも勇樹君らしい。

やがてお盆に冷茶を載せてやってきたおばあさんに、朔君が改めて落伝について説明した。もちろん落伝ではなく、駅伝と表現していたけれど。一通りの説明に、おばあさんはうんうんと頷いて納得してくれたみたいだった。

特製食事メニューが書かれた紙を、僕から手渡す。

「そんなに手間暇のかからないようにメニューを工夫してあるそうです」

受け取ったおばあさんが、コピー用紙をじっと見ながら頷いた。

「わがりました。私も協力させてもらうっちゃ。ほんとにあの子がもう少しピシッとしてくれたら、私もいぎなり嬉しいんだけどねえ」

おばあさんがため息をつく。いぎなりというのは、仙台弁でとてもという意味で僕たちも良く使う。

「でも勇樹君、朝練をすごく頑張ってます」

「そうかい？」

懐疑的な目をすると、おばあさんは勇樹君の学校での様子を知りたがった。しかし、食べているか不満を言っているかのどちらかだなどと、正直に教えることはできない。朔君がさりげなく話題を逸らした。

「もう少し体を絞らないと、走った時に膝にきちゃうらしいんです。だからできれば間食も控えてもらいたいんですけど、なかなか難しくって」

「んだからあ。こらえ性のない子でねえ。母親が甘やかすもんだから」

そのまま勇樹君のお母さんの愚痴まで始まってしまいそうだったのを、朔君が慌てて元の話題に戻す。

「お菓子はともかく、食事のカロリーを減らしていることは、くれぐれも勇樹君には気づかれないようにお願いします」

途端に、おばあさんの目が輝いたように見えた。

「うちは代々、伊達家に仕えた家系だもの。ご先祖様は知謀に長けていて、政宗公を大いに助けたのよ。味方を欺くくらい、お手の物だっちゃ。勇樹はちゃあんと私が走らせでみせます」

おばあさんは鼻息を荒くすると、枯れ枝のような細い手を動かして居間や隣接する台所、それに勇樹君の部屋などを動き回ってくれた。さっそく勇樹君のお菓子をまとめて紙袋に入れてくれたのだ。伊織さんに紙袋を手渡そうとしながら、おばあさんが感心する。

「あんた、めんこい子だねえ。もう少し勇樹が大人になったら、嫁にならないがい？」

「え!? 私がですか？」

伊織さんが、袋から手を放して後ずさりした。

「冗談だあ」

おばあさんはカカカと笑ったあと、もう一度紙袋の中を見下ろした。少しして、その中からラムネをごっそり抜き出して手に持つ。

「やっぱりこれは取っておくっちゃ」

「あ、はい、もちろん」

朔君が頷く。

ラムネ、好きなのかな？

「今日からさっそくダイエットさせなくっちゃあ」

おばあさんは、改めて伊織さんに紙袋を手渡すと、胸を反らして宣言した。なかなか頼もしい味方だ。あとは僕たちで、できるだけ勇樹君を監視するしかないだろう。

おばあさんにお礼を言って勇樹君の家を辞し、三人で広瀬川まで足を延ばした。用もないのにつるんでぶらぶらするなんて、何だか本当に友達みたいだ。

いや、舞い上がるな。僕みたいなやつとこの二人が友達って、それはないよな。

ずり落ちてきたメガネを人差し指で押し戻しながら自戒する。

「落伝、どうせならみんなで完走したいよね」

川沿いの緑道を歩きながら、伊織さんが言った。

「うん」

「そうだよな」

朔君と二人で頷く。

「まだ不安要素はあるけど、みんなタイムが上がってきてるからな。距離も延びてきてるし。ただ、やっぱり勇樹がいちばん繰り上げの危険があるんだよな」

一区間のタイムが一時間半を超えるとタスキは繰り上げられ、次の区間を走る生徒に渡ってしまう。駅伝だから、他のメンバーがどんなに頑張っても完走したことにはならない。

「何か、勇樹君をやる気にさせられるものがあればいいんだけど」

僕が呟くと、朔君が伊織さんに言った。

「あいつ、伊織の言うことには素直に従うからさ、うまく言ってやってくれよ。伊織ってそういうの得意だろ？」

「そんなこと、伊織、得意じゃないよお」

僕は、少し驚いて朔君を見つめた。伊織さんの本質を、朔君はきちんと捉えているらしい。

「女って怖いよな、康太。俺、母さんと姉ちゃんを見てると、つくづくそう思うわ」

「誤解だったら。まあ、不得意ではないけどね」

伊織さんがにやりと笑う顔が新鮮だ。朔君が大げさにおののいている。

笑い合う二人をよそに、僕はそっとため息をついた。

勇樹君のことも心配だけれど、僕は自分がきちんとした結果を出せるかということが、いちばんの気がかりなのだ。受験の時みたいに失敗したら？　結果を出せなかった僕に、みんなが失望することになったら？

僕の湿った気分に呼ばれたように、ぽつりと雨が降り出した。歩道がみるみる雨粒で覆われていく。バッグに入れてきた折りたたみ傘を慌てて取り出そうとしてもたついてしまった。

「やべえ、傘忘れてきた」

朔君が、濡れたまま早足で先へ進んでいく。急に雨が当たらなくなって、気がつくと伊織さんがピンクの折りたたみ傘を差してくれていた。

「ごめん。ありがとう」

「ぐず、のろま、暗い」

小声で、伊織さんがののしってくる。本当にその通りだ。俯くと、さらに蹴りが入った。

「いった――」

「今日このあと、朔君のこと尾行するから」

「尾行⁉　どうして？」

「黙ってついて来なさいよ。多分、面白いもの見られるよ」

「でも」

「うるさいなあ。いつまでも暗い顔されてちゃ、こっちが鬱陶しいんだってば。気分転換しろって言ってんの」

それ以上何か尋ねる前に、朔君が「早く来いよお」と少し前から呼んだ。鞄の中を探っていた手がようやく折りたたみ傘を摑んで、急いで取り出して開いた。同時に伊織さんのピンクの傘が頭上からどけられたのが、少し残念だ。

もしかして心配してくれたんだろうか。

「行くよ、グズ」

「——うん」

ののしられているのに、なぜか幸福な気分が胸を満たしていく。僕は、どうして悪態をつく伊織さんのことが、こんなに可愛く見えてしまうんだろう。

結果の出せない自分と、ふいに顔を覗かせるようになった被虐性。僕の中の二つのもやもやは、僕をどん底に突き落としたり、くすぐったくさせたりする。まるでアップダウンの激しいコースを、延々と走っているみたいだった。

仙台を南北に貫く地下鉄の愛宕橋駅で朔君と別れた振りをすると、僕は伊織さんの後について朔君を尾行し、同じ電車の隣の車両に乗り込んだ。

時刻は六時を回っていて、地上はそろそろ空が染まりはじめる頃だ。

「ねえ、どうして尾行なんてするの？」

横から見る伊織さんの睫毛は、いつもキレイにカールしている。

「朔君、これからどこに行くと思う？」

「全然わからないよ」

「ばあか、ちょっとは考えなさいよ。ヒントは、長町南駅」

長町南駅まではあと四駅ほどだった。確か、大きなシネコンがあったはずだ。

「映画でも観に行く、とか？」

「ブブー！」

人前のせいか、伊織さんが天使の顔で舌を出す。

「にぶいなあ。さがら運送の前まで行くに決まってるでしょ？　恭子ちゃんと待ち合わせなの！」

「さがら運送で恭子さんと待ち合わせ？　どうして？」

伊織さんが何を言おうとしているのか、本気でわからない。ぽかんとしていると、呆れたようにこそこそと教えてくれた。

「康太ってほんっとにグズ。そんなことも知らないの？　さがら運送から徒歩五分くらいの場所にホテルニューキャッスルっていうラブホがあんの。そこが青高生の御用達なの」

「えええ!?」

思わず大きな声を出してしまった僕に伊織さんが氷のような視線を向けてくる。

それでも僕は、心の中で叫び続けた。

もちろん、高校生みんなが清い交際をしているなんて信じるほど僕だってウブじゃないつもりだ。だけど、どうしてそんな情報を伊織さんが知っているのだろう。まさか、まさかだけど——。

伊織さんも使ったことあるの？　ニューキャッスル。

軽い調子で尋ねることが許されるキャラだったら、僕の人生は一八〇度変わっていただろう。知りたいような、知りたくないような、どっちつかずの気持ちに押しつぶされそうになる。

しかし僕の口から実際に出たのは、もちろん伊織さん個人への質問とは別の言葉だった。

「で、でも、朔君と恭子さんがそこへ行くなんて」

朔君はまだしも、恭子さんの生真面目そうな顔を思い浮かべると信じられなかった。

「私もビックリだよ。あの二人がねぇ」

伊織さんが、愉快そうに呟く。

目の奥が、ミラーボールでも回っているようにチカチカとした。

いや、やっぱりない。ないと思う。あの二人に限って。伊達に人の顔色を読んで生きてきたわけじゃない。二人が悪いムードじゃないのは確かだけれど、まだごくごく淡いものなはずだ。

それに、だ。もし仮に朔君と恭子さんがそういう仲だったとしても、それは僕たちなんかが知らなくていいことなんじゃないだろうか。

「二人のこと、そんな風に詮索するなんて良くないと思うんだけど」

伊織さんは、僕の言葉を無視して一方的に話した。

「今日、恭子ちゃんを慰めるみたいに朔君が話してるのを見ちゃったんだよね。俺に任せて、みたいなさ。で、さがら運送で待ち合わせって約束してたわけ」

「盗み聴きしたの？」

「うるっさいなあ」

いずれにしても、チームメイトの後をこそこそ尾け回すのはやっぱり良くないことだ。

「ねえ、帰ろうよ」

改めて伊織さんに呼びかける。途端に、きれいな横顔が歪んだ。

「帰りたくないんだもん」

そのまま、うっすらと目に涙まで浮かんできたのには焦った。

「ちょ、ちょっと？」

演技、だよね？

それにしては妙に心細そうな、寂しそうな顔つきで、僕は、黙って伊織さんに従うしかなかった。

「わかったよ。付いて行くから」

途端に、伊織さんの顔が豹変して、僕の足を思いきり踏んづけた。

「こっちが連れて行ってやるんでしょ？」

あまりの痛みに、すべての思考が吹っ飛ぶ。

人前では痛めつけられないはずなのに、どうして？

しかし見回した車両は、いつしか僕たち二人だけになっていた。

油断した――。

そうこうしているうちに、電車は長町南駅に到着した。伊織さんの言った通り、朔君がドアへと向かう。僕たちも後を追って、するりと電車から降りたのだった。

地上に出ると雨は止んでいた。朔君は自転車置き場から自転車を取り出している。

「やばい。ちょっと、タクシーに乗るよ」

「え⁉」

おたおたとしている間に伊織さんはさっと華奢な腕を上げて、タクシーを一台止めた。

そのまま乗り込んで、探偵映画の主人公みたいに運転手さんに告げている。

「すいません、今走っていった自転車、追いかけてください」

慌てて僕も乗り込むと扉が閉まって、車が静かに走り出した。

道は渋滞していて、朔君の自転車を追い越しそうになったり、また引き離されたりした。その様子を、伊織さんはじりじりと見守っている。

「あの、伊織さん」

「何よ」

「うん。ええと、朔君って、これから、その、ホテルに行くんだよね？」

「だからそう言ってるでしょ？」

「だとしたらさ、ちょっと変じゃない？」

「何が？」

イライラと伊織さんが尋ねる。みんなの前では決して見せない不機嫌な顔には、どこか悪魔的な魅力が宿っていた。

「普通、そういう場所に自転車で行くかなあと思って」

伊織さんの眉毛がぴくりと反応した。

「どっかに止めるつもりかもしれないでしょ」

そうかもしれないけど——。やっぱり僕にはどうしても、あの朔君と恭子さんが、平日の夜にホテルに行くような関係には思えなかった。

だって、目が合っただけで、ぱっと逸らし合うような二人がそんなことをしているだろうか。そうだとしたら、伊織さん並みのカムフラージュだ。

十分もするとタクシーはようやく渋滞を抜けて、大きな国道に出た。朔君は軽快に自転車を進めている。

「さがら運送を少し過ぎた角で止めてください。自転車に気づかれないように」

運転手さんはバックミラー越しに、呆れたような視線を投げかけてくる。当然だ。こんな探偵の真似事みたいなことをする高校生なんて、そうはいないに違いない。タクシーが朔君の自転車を追い越し、伊織さんが指示した角で止まった。支払いをしようとした僕の手を制して、伊織さんがさっと財布から千円札を取り出して渡す。

「早く降りてよ」

「あ、ごめん」

慌てて外へ出たあと、さがら運送の入口に目を遣った。

けれど、さっき追い越したはずの朔君の姿が見えない。タクシーで支払いをしている間に、消えてしまったのだ。

「ちょっと、あんたがぐずぐずしてるせいで、見失っちゃったじゃない」

伊織さんが僕の足を蹴る。角に身を潜めながら辺りをきょろきょろと見回したけれど、どこにも姿が見えなかった。もちろん、恭子さんの姿もない。

「あの入口で待ち合わせって言ってたはずなのに」

伊織さんが悔しそうに親指を噛んだ。

忙しい時間帯なのか、運送会社のゲートにはひっきりなしに大型トラックが出入りしている。人と言えば交通整理のために立っている男性が一人いるくらいで、あとはちらほらと通行人が行き来しているのみだ。

「あのお兄さんに、自転車に乗った高校生がどっちに行ったか聞いてみようか？」

突然、伊織さんが大胆なことを言い出した。僕が止める間もなく、つかつかとゲートの前まで歩いていくと、交通整理の男性に話しかけている。しかし何だか様子がおかしい。

「うげ！」

伊織さんが苦しげな悲鳴を上げたのは、それから五秒くらい後のことだった。

頭で考えるより先に、駆け出していた。警備服を着た男が、伊織さんの肩を摑んで何ごとかを叫んでいる。

「伊織さん！」

そばへ寄って男の手をどけようと摑んだ。背は高いけれど、相手は意外と華奢だ。これなら僕でもなんとかなるかもしれない。男と目が合う。いや、男とは合わなかった。というか、目は合ったけれど——。

「うげ⁉」

気がつくと、僕も伊織さんと似たような声を出していた。僕と目が合った相手は男ではなく、恭子さんだったのだ。

「康太君も一緒だったの？」

何が何だかわからないまま、伊織さんと二人して突っ立っていると、さっき見失った朔君の声がした。

「お前らなんでこんなところに二人で？　まさか、ニューキャッスル⁉」

朔君が僕たちを交互に見て、冗談めかした口調になる。

「あの、手を」

言われて、恭子さんの手を摑みっぱなしだったことに気がついた。

「あ、ごめんなさい」

慌てて放しながら、恭子さんを見つめてみる。夕暮れ時だし、もともと日に焼けているせいもあって、よほどじろじろと見たり声を聞いたりしなければ女性だとは気がつかない。

「やだあ、私たちがニューキャッスルに行くわけないでしょう？　それより二人こそ、何やってるの？」

伊織さんが、表向きの性格に戻って、さりげなく話を二人のほうへ戻した。確かに僕たちがなぜここにいるのかという説明をするのは気まずい。

「俺たちは――」

珍しく朔君が口ごもった。恭子さんが代わりに話す。

「私が、無理矢理頼んだの。ここ、私の親戚がやってる会社で、私は普段からここでアルバイトさせてもらってて」

「無理矢理なんて違うよ。俺がむしろごり押しで荷物の仕分けを手伝わせてくれって言ったんだし」

二人でかばい合いながら、目が合った途端に俯いてしまった。

やっぱり、この距離感の二人がニューキャッスルなんて、邪推もいいところだ。

伊織さんを非難の目で見つめると、素知らぬ顔をされた。

「二時間くらいしたら終わるから、良かったらみんなでお茶でもする？　詳しく話したいし」

朔君が告げる。

「じゃあ私と康太君、シネコンのとこのマッグバーガーにいるね」

「おう。恭子も、それでいいか？」

「うん、わかった」

二人を残して、僕と伊織さんは、今しがたタクシーで走ってきた道を徒歩で戻った。

時刻はもう七時を回っている。

「ごめん、家にいったん電話を入れていい？」

「どうぞご勝手に」

伊織さんがこちらを見ずに返事をした。そう言えば伊織さんは、連絡をしなくて平気なんだろうか。

スマホから家電を鳴らすと、一回で母さんが出た。

「もしもし？　康太だけど。今日、部活が少し遅くなりそうなんだ」

普段の態度は真面目だから、まず疑われることはないだろうとは思っていた。だけど、実際に嘘の報告をすると、どくどくと心臓の音が大きくなる。

『そう。気をつけてね。お父さんも遅くなるそうよ』

「わかった」

家で夕食を食べなくて済むと、ほっとする。あからさまに背中の力が抜ける自分が、我ながら憐れだ。

マッグバーガーに入り、伊織さんと向かい合わせで座った。

「ニューキャッスルじゃなかったね、二人とも」

アイスコーヒーを飲みながら呟くと、伊織さんが口を尖らせる。

「文句あるの？」

「ううん、別にないけど。そうだ、さっきのタクシー代、僕も払うよ」

「いいよ別に」

「でも、伊織さんのお小遣いが減っちゃうし」

「じゃあ、半分出して」

おつりが出ないようにちょうど半額を支払うと、伊織さんが突然尋ねてきた。

「高校生のお小遣いの平均額って知ってる？」

「え？　ううん」

「四六六八円」

「そう、なんだ」

質問の意図がわからなくて、僕は黙った。人の顔色を読むのは得意なほうだと思っていたけれど、今の伊織さんからは、どんな想いも読み取れない。

「私って愛人の子で、父親は会ったこともない政治家でお金持ちなんだよね。で、養育費として、毎月うちにけっこうな額が振り込まれてて、お母さんは、恥ずかしげもなくそのお金で贅沢三昧してる」

「え？　それって」

本当のこと？　それとも、僕のことをからかっているだけ？　考えてみれば、僕は伊織さんのことは何にも知らない。

「だから私がタクシー代として支払ったのは、ほぼ他人のお金。だって会ったこともない人だし」

とまどいが落ち着くと、情報が一気に押し寄せてくる。ほとんど処理不能なほどショッキングな内容だった。愛人の子？　父親には会ったこともない？

何も言えずに黙っていると、伊織さんがにっこり笑った。

「このこと、誰かにしゃべったら殺すからね。ま、全部嘘だけど」

「え？　嘘なの？」

「ばあか。嘘って言ったのが嘘」

「え？　何？　ええと、ええ？」

彼女には、驚かされてばかりだ。全部嘘というのは、本当なのか、嘘なのか。何が本当の彼女で、何が嘘の彼女なのか。ただ一つ確かなことは、目の前でカフェラテを飲む伊織さんが、とてつもなく意地悪で、とんでもなく可愛いということだ。

それからも、いいように翻弄(ほんろう)されているうちに、朔君と恭子さんが到着した。

「なんか、びっくりさせちゃってごめん」

恭子さんが、席に着くなり謝った。

「私こそごめんね。まさか恭子ちゃんだと思わなくて」

天使のほうの伊織さんが、すかさず微笑む。

恭子さんは、アイスコーヒーを一口飲むと、事情を話し始めた。

家の経済事情が厳しくて、学費と部活のお金を稼ぐためにバイトをしていること。お母さんもパートに出ていて忙しく、家事なんかも手伝っているから、つい居眠りしてしまって宿題が間に合わず、最初のうちは朝練に遅刻しがちだったこと。

普段からあまりしゃべるほうではないから、つっかえつっかえだったけれど、だからこそ余計に、ちゃんと聞かなくちゃという気にさせられる。

「できれば、他のみんなには内緒にしててほしいんだ、バイトのこと」

恭子さんの目は真剣だった。

伊織さんは、少し意外そうな顔で恭子さんの話を聞いていた。僕も、少なからず伊織さんと同じような表情を浮かべていたに違いない。

青高は歴史上、士族の子女たちが通っていたということで、品のいいイメージが強い。そのせいか、それなりに家計に余裕のある子供たちが多いから、学費を自分で稼がなくてはいけないような苦学生の話は聞いたことがなかったのだ。

すごいと思った。何がすごいって、それなのに恭子さんには、苦労しているとか、いじけているという雰囲気が全くない。僕だったら、すぐにネガティブに考えて、内側にこもってしまいそうなのに。部活もつづけて、バイトして、朝練して家事もやってるなんて。

「もちろん仲間なんだし、言うわけないよ。ね、康太君」

伊織さんが力強く頷いた。

「うん、僕も絶対に言わない」

恭子さんが、切れ長の目に感謝の色を浮かべたのがわかった。

「で、恭子ちゃんはわかったけど、どうして朔君まで？」

「あ、今日、急に荷物の仕分けのほうでバイトの人が休むことになってさ。恭子のとこに、友達で手伝える子がいないかって連絡が来てて。俺が偶然それを知ってヘルプで入ったんだ」

なるほど、伊織さんが目撃したのは、朔君と恭子さんが、二人でシフトの相談をしているところだったのだろう。

一瞬、会話が途切れたところへ、伊織さんがいじけたように呟いた。

「みんな、似たような家の子だと思ってた」

「え？」

恭子さんが聞き返す。

「バイトとか家のことだとか、この間の朝話した時にでも、言ってくれれば良かったのに」

口を尖らせて抗議しているのは、いつも僕と話す時の伊織さんに近い表情だ。

「ごめん。あの時は伊織ちゃん大変そうだったし。自分のこと言ってる場合じゃない感じだったし」

「そっか、そうだよね」

伊織さんが苦く笑う。

あの時と恭子さんが言ったのは、伊織さんが失恋した時のことだろうか。あの朝、女子同士、二人で何かを話したらしいことは何となくわかっていたけれど、詳しいことは知らなかった。

でも、失恋したのを心配してくれた仲間の後をつけるなんて、ほんとに伊織さんは、天使なのか悪魔なのかわからない。

伊織さんと恭子さんは、それから二人で盛り上がり出した。

「ほんと、うちなんて貧乏だし、両親が仲いいって言っても、それぐらいしか取り柄がないよ」

「なに贅沢なこと言ってるの⁉ 荒んでる家のこと見たら、お金なんてって思うから」

「いやいやお金は大事だってば」

女子二人を放って、朔君が話し掛けてきた。

「安田って、嫌なやつだったなあ」

「バスケ部の後輩のせいで、不愉快な思いさせてごめん」

「いいんだ。安田が言ってたバレー部の後輩も、相当だからさ」

朔君がぐいっとホットコーヒーを飲む。

「それよりさ。余計なお世話かもしれないけど、もしかして康太って、記録、伸び悩んでる？」

「ああ、うん。少し」

その話はしたくなかった。

みんなが記録を伸ばしている中で、僕だけが調子を落としている。みんなが色んな事情を抱えながら頑張っているのに、僕は十年も向き合ってきたバスケでも、そして落伝でも結果を残せずにいる。

急に現実が戻ってきて、アイスコーヒーの味が消えた。

「そっか。まあ明日、ちょっと康太に見せたいものがあるから」

「え？　うん」

気がつくとストローの入っていた細長い紙をぐちゃぐちゃに折りたたんで、俯いている。

朔君は、それ以上、僕を追及しなかった。

事件は、十時ちょっと過ぎにマッグバーガーを出て、四人で駅まで戻る途中で起きた。

父さんと鉢合わせしたのだ。

「康太、こんな時間まで何をやってる？」

声を聞いた途端に、背中がぴんと張り詰めた。

「と、と、父さん。ぼ、僕ちょっと」

みんなの前で、いつもの吃音が出てしまった。背中が痛むほど力が入っているのに、力の抜き方がわからなくて、泣きそうになる。

父さんは、数人の部下らしき若い人たちと一緒だった。飲みの帰りだろう。でも、どうして仙台の駅前じゃなくて、こんな少しはずれたところで——？

父さんがつかつかと近づいてきて、キツい口調で告げた。

「帰るぞ。今日、何を達成した？　家に帰ってちゃんと報告しなさい」

「でも、ぼ、ぼ、僕、何もた、た、達成してないし」

家で報告することなんて何にもない。何も結果を出してないんだよ、父さん。

「ちょっと」

父さんに向かって文句を言いかけた伊織さんを、必死に目で制した。

やめて。歯向かったら、徹底的につぶされるから。やめて！

だけど、伊織さんの代わりに朔君が一歩前に出てしまった。

「はじめまして。僕、今度学校でやる駅伝でリーダーをしています。吉住朔と言います。今、康太君、何にも達成してないなんて言いましたけど、いつも一番のスピードで走ってます」

「そうです。康太君、すごく頑張ってます」

恭子さんもつづけて訴える。

「なんだ、君たち。駅伝なんかで速く走って何になるんだ？　さ、行くぞ康太」

父さんが僕を睨みつける。

「嫌がってるでしょ？　行くわけないじゃん！」

伊織さんが、とうとう父さんに向かって叫んでしまった。父さんが伊織さんのことまでじろりと睨みつける。

やめて、父さん。そんな目で、僕の友達のことを見ないで。

「いいんだ、伊織さん。みんなも、ごめん」

小さな声で呟き、父さんの後について歩き出した。みんなからどんどん遠ざかっていくのを、僕には、どうにもできない。

だって、結果を出せない僕には、何もできないんだ。何をする権利もないんだ。僕は、ゼロだから——。

*

早朝、朝ご飯を食べようとダイニングに入ると、父さんがもういた。

昨日の夜は、結局、家に帰るなり父さんが寝てしまったから報告会もしていない。

もしかして、これからやるつもりなのだろうか。

「駅伝の練習に行くつもりか？」

「は、はい」

「今日から行かなくていい。受験に悪影響だ」

「そんな」

そんなの嫌だ。けれど、小さな反発の声を出すのが精一杯だった。

「ついでにバスケも辞めろ。選手でもないのにだらだらとつづけてどうする？」

「でも、僕、ず、ず、ずっとバスケ、つづけてきたし。駅伝だって、バスケだって、僕が出ないと、み、みんなに迷惑が――」

迷惑なんて、かかるのかな。自信がなくなって、言葉が尻つぼみになる。

「みんな？　昨日の連中か。ああいう三流の連中と付き合ってると、高校だけじゃなくて大学まで三流のところに通う羽目になるぞ」

みんなが、三流？

違う！　僕は三流かもしれないけど、みんなは違う！

「なんだその目はっ」

父さんの語気が強まる。同時に、インターホンが鳴った。父さんが舌打ちをしながらモニターに近づいていく。

「まったく誰だ、こんなに朝早くから。――はい？」

モニターの向こうから、少し離れた僕のところまで聞こえるような、大きな声がした。

『おはようございます。花岡伊織と申しますけれども』

慌ててモニターに近づく。画面には、とびきり可愛い女の子の姿が映っていた。

『康太君、いらっしゃいますか？』

「いない」

いきなり通話を切ろうとした父さんの腕を、僕は慌てて摑んで止めていた。ほとんど条件反射だった。

「何する、康太」

「伊織さん？」

『ばか康太！　なんで電話に出ないわけ？』

「ごめん、スマホを見てなくて」

「通話を切れ、康太！　父親に逆らうのか？」

僕の腕を振り払おうとする父さんを必死に止めながら、伊織さんの声に耳を傾けた。もっとも、伊織さんはものすごく声が大きかったから、外からも地声が響いていたけれど。

『今すぐ家の外に出てきなさいよ。朝練、行くからね！』

「でも――」

『早くして！』

その命令は、父さんのどんなに恐ろしい声よりも強制力があった。

父さんの腕を振り払うとダイニングの窓に駆け寄って、門の外を見る。伊織さんが、こちらに向かって手を振っていた。

「と、父さん。ご、ごめんなさい。ぼ、僕、行きます！」

父さんは、ダイニングを出ようとする僕の腕を再び摑んで止めようとした。だけど、朝練の成果か、僕のダッシュは、伸びてきた父さんの手をぎりぎりかわしてすり抜ける。そのまま半端に靴を履くと、鞄を摑んで後ろも振り返らずに家の外へと駆け出した。

「グズ！　早く行くよ！」

伊織さんが、先に走り出していて、こちらを振り返りながらののしる。僕は、僕たちは、無我夢中で通りを走ると、ちょうどやってきたタクシーを止めて乗り込んだ。

タクシーが走り出してから、ようやく家のほうを振り返る。ずり落ちていたメガネを元に戻して見ると、スーツ姿の父さんが道路の真ん中に仁王立ちしていた。

「うわあ、相当怒ってるわあ。あんた、殺されるかもよ」

伊織さんが他人事(ひとごと)みたいに言った。

「僕、なんてことしちゃったんだろう」

今頃になって、足が震えてきた。

「ばあか、冗談に決まってるでしょ」

言ったきり、伊織さんは黙った。タクシーで最寄り駅まで移動すると、そのまま電車に乗る。今回も、タクシー代は割り勘だった。僕が全部出すと言ったのに、伊織さんが頑として聞かなかったのだ。

電車に乗ってしばらくすると、ようやく少しだけ落ち着いてきた。

「どうしてわざわざ家まで来てくれたの？」

「別に。単なる気まぐれ」

「――気まぐれか」

俯くと、伊織さんが面倒くさそうに答える。

「昨日のおじさんの様子だと、もう朝練に出してくれなさそうだったから、みんなで話して私が迎えに行くことになったの。ジャンケンで負けて」

「ジャンケン――」

「だから、すぐ真に受けないでよ」

伊織さんが顔を顰める。

「みんなの好意、確かに渡したからね。駅伝のタスキじゃないけどさ、ちゃんと受け取りなよ」

ぶっきらぼうに語る伊織さんは、ずっと電車の床を見ている。そう言えば、今日はポニーテールじゃない。急いできたのか、いつもきれいに結んである髪の毛が、けっこう乱れていた。

「僕なんかのために、ありがとう」

嬉しかった。みんなが、伊織さんが、色々と考えて行動してくれた気持ちが、とても、とても嬉しかった。

「うっとうしいなあ」

文句と一緒に、踝に蹴りが入る。けれどその蹴りはいつもより少し甘めで、そのくせ、いつもよりずっと強く響いてきた。

グラウンドに到着すると、みんながもう集合していた。朔君が、僕に向かってA４の紙をひらひらと振ってみせる。

「昨日はごめん。親父さん、怒らせちゃって」

「ああ、いや、全然。僕のほうこそ」

「あの後、大丈夫だった？」

恭子さんも、心配そうに僕を覗きこむ。

「え？　なに？　康太、何かあったの？」

勇樹君が、きょとんとした顔でみんなを見回した。

「いや、別に大したことじゃないんだ」

「なんだよお。俺だけのけ者かよ」

ぶつぶつと文句を言う勇樹君を無視して、朔君が僕に言った。

「康太、これ、昨日言ってた見せたいもの」

朔君が、さっき振っていた紙を手渡してくる。見ると、日付の脇に数字が羅列してあった。

「これって」

「うん。康太の完走距離とタイムの記録」

「どうして朔君がこんなものを持ってるの？」

「だって俺、康太をライバルだと思って走ってたから」

照れたように、朔君が笑った。

「ライバル？　全然走れない僕が？」

朔君は、リハビリさえなければ僕なんて問題にならないくらい速く走れるはずだ。その人が、どうして僕をライバルだなんて言うんだろう。

僕は、結果の出せない男なのに。

それに本来なら、僕はこうして朔君や伊織さんたちと話すことさえできないような奴だ。恭子さんに顔向けもできないほど努力の足りないやつだ。その僕を、ライバルだって？

「あのさ、それってすっげー嫌味だって気づいて言ってる？」

朔君がじれったそうに、レポート用紙を指さす。

「確かにここ最近タイム伸び悩んでるけど、康太は俺たちの中で一番速いんだよ。だからさ、スタート、引き受けてくれない？」

「ええ⁉」

意外すぎる提案に、思わずのけぞった。

「アンカーとどっちか迷ったんだけど、康太はバスケ部だけあって足腰しっかりできてるし、安定感あるし」

「ダメだよ、僕なんて」

「そんなことないよ。康太なら安心して任せられるって」

「伊織も康太君、スタートがすごく似合うと思う」

伊織さんがやってきて、僕に向かって天使の微笑みを向ける。しかしその目には、隠しきれない凶暴さが浮かんでいた。

――ごちゃごちゃ言ってないで、とっとと引き受けなさいよ。

「伊織、見てみたいなあ。康太君がトップを独走する姿」

「うん、康太ならそれも夢じゃないと思う。それにさ、余計なことかもしれないけど、親父さんを本番に呼んで、走ってるところを見てもらえば？」

「それ、すっごくいいアイデアだと思う」

恭子さんも頷く。

――どうして？

「どうしてみんな、僕なんかのために」

「うわ、ほんと、うっとうしい」

伊織さんが、思わず本音を漏らして、慌てて口を両手で押さえた。

「なんでって、まあ悔しいじゃん？　クラスのやつらにも、康太の親父にも、駅伝なんかって思われてるわけだしさ。みんなで楽しく走って、鼻、明かしてやりたい気もするし。別に、たかが落伝だけどな」

朔君が、照れたように言った。

恭子さんも、伊織さんも、頷いている。

「なんだよお、みんなで何話してるわけ？　俺、もうお腹が空いて死にそうなんだけど。今日は朝ごはんが少なめだったし」

ぶつぶつと、勇樹君がこぼした。おばあさんはさっそく、ダイエットメニューをつくってくれたらしい。思わず四人で顔を見合わせて、ぷっと吹き出してしまった。

このメンバーで走るんだ。そしてこの五人がつないでいくタスキを、僕が最初につけて走るんだ。

家まで心配して迎えに来てくれたり、僕を信じてスタートを任せてくれるって言ったり。これでもみんなは、三流なの？　みんなで朝練した日々はゼロなの？　父さん。

違う。絶対に、違う。

みんながそれぞれの事情を乗り越えたり、ぶつかったり、協力し合ったりして、だんだんチームになっていくんだ。そのプロセスが、結果が出なければゼロだなんて、やっぱり嘘だ。今だって、僕の胸は、みんなのお蔭でこんなにあったかいのに。このあったかさに意味がないなんて、どうしても僕には思えない。

父さんの言うように、結果は確かに大事かもしれない。だけど、プロセスには、結果だけじゃ計れない沢山のものが詰まっているんだ。

コースを走り出した僕の胸の中に、今まで感じたことのないような炎が灯る。

みんなで走る。タスキをつなぐ。そのことが、かつてないほどに僕を強くする。何だか脚が軽い。羽が生えたみたいだというのは、こういう状態のことなんだろうか。

その日、僕は初めて十キロを完走した。タイムは信じられないほど良かった。これまで八キロを走っていたのと同じ時間で、十キロを走りきったのだ。

走り終わった途端に胸がむかついてきて、グラウンド脇へよろよろと駆け寄り、盛大に吐いた。

「ばあか、やりすぎなんだってば」

伊織さんが呆れたように背中をさすってくれている。

「僕に、構わないで。汚れちゃ――うぐ」

「黙って吐いて。このバカ、アホ、マヌケの存在感ゼロ。本番しくじったらマジで殺す」

「わかってる。ごめん」

えずく僕に、伊織さんは最後に告げた。

「あんな父親、黙らせてやればいいよ。まあでも、一緒に暮らしてるだけ、ましじゃん？」

「――うん」

朝ご飯を食べそこねたせいで、ほとんど胃液しか出てこなかった。頷きながら、涙と鼻水も一緒くたになって出ていく。僕の中にしこっていた何かどろっとしたものを伴って、涙も鼻水も、何度も飛び出していった。

部活を終えて家に戻ると、僕は父さんを玄関で待った。

心臓は早鐘を打っている。朝、仁王立ちしていたあの姿を思い出すと、今すぐに玄関から飛び出して逃げたくなった。

でも、僕は今日、一つの結果を出した。十キロを完走したんだ。それに、人生で初めて、他にも大きなことを成し遂げた。それを父さんに報告したかった。

十五分ほどして、父さんが帰ってきた。じろりと僕を見ると、靴を脱いで、無言で家の中に入ろうとする。

大きく息を吸うと、僕は、父さんの背中に向かって言った。

「僕は今日の朝、初めて父さんに逆らいました。それが、今日、達成したことです」

スリッパを履きかけていた父さんの動きが止まる。あまりの恐ろしさに、朝と同じように吐きそうになった。

けれど、父さんは少し黙ったあとで「そうか」と一言答えただけだった。こちらが拍子抜けするくらい、淡々とした態度だ。

調子に乗って、僕は言った。

「あの、見に来てください。駅伝、平日だけど」

父さんは、背中を向けたまま振り返りもしない。

「そんなことで会社を休めるか」

「――そうですよね」

僕の頑張りなんて、父さんにはやはり無意味なのだろうか。俯きかけると、父さんが言った。

「やるからには、結果を出せ」

いつもの高圧的な物言いとは少し違っていた。背中を押すような、と言ったら良く捉えすぎだろうけれど。

「母さんは、見に行きたがってるぞ」

「え？」

尋ね返す僕には答えずに、父さんがリビングへと消えていく。

ドアが閉まる前に、「晩酌するぞ」という声が漏れ聞こえてきた。

ほうっと息をついた途端に、夕食のいい匂いが漂ってくる。肉じゃがだ。僕のいちばん好きな、母さんの料理だ。

出汁のきいた懐かしい香りが胸を満たし、僕はしばらく玄関から動けないでいた。

出席番号4

# 井上勇樹

## ワールド イズ マイン

俺は今、猛烈に迷っている。

同じクラスで一緒に落伝を走る花岡伊織ちゃんも可愛いけど、テニス部のマドンナである藤枝亜里砂(ふじえだありさ)先輩は、やはり永遠の女神だ。

伊織ちゃんとは落伝のメンバーとして毎朝顔を合わせるが、先輩とは家も近所で親同士も知り合いである。当然、俺と亜里砂先輩は小さい頃からの付き合いで、伊織ちゃんとの関係より歴史が長い。

ただし、これまで俺と先輩は、単なる幼なじみという枠組みをはみ出すことなくやってきた。つまり、すれ違ったら挨拶を交わす程度。主な交流と言えば、せいぜい部活の時間に先輩を遠くから眺めるくらいだ。先輩が、顔だけで中身のなさそうな男と付き合っても、いつか俺の元にやってくることを信じて、じっとその時を待ってきた。俺は幼い頃から、いつでも亜里砂先輩のためにスタンバイしてきたのだ。

だが、ここへ来て伊織ちゃんからの猛アプローチである。落伝に選ばれた時は冗談じゃないと思ったが、まさかこんな豪華スペシャル特典が付いてくるとは。中一の時から見守ってきたアイドル、カナピー☆スカッシュのＣＤに、コンサートツアーのチケットが間違って付いてきたようなものである。

それにしても、伊織ちゃんがこんなに積極的なタイプだなんて知らなかった。落伝の朝練が始まった頃は他の相手と付き合っていたらしいが、その相手とはすぐに別れてしまったという。俺に気持ちが移った証拠である。練習中は一生懸命に俺のペースに付いてきて、無理して併走してくるのにも驚いた。落伝まであと三週間に迫った今、若干走るペースが違うせいか、併走することが少なくなった。そのせいか、走っている時以外でもアプローチしまくりで、隙あらば話し掛けてくる。

ちょっとぉ、俺のことが好きってバレバレだよ。そんなにくっついたら、ぞっこん注意報発令しちゃうよ。

そう言っておでこをつんと突いてあげたいが、あいにく俺は、付き合うまではクールを通すタイプだ。甘いセリフは、二人きりになった時にだけ聞かせるのがいい。

ちなみにぞっこん注意報とは、カナピー☆スカッシュの歌うフジヤマ☆アイドルというヒット曲の中の歌詞である。

まあ、俺としては伊織ちゃんの可愛さに大分心が傾きつつも、やはり亜里砂先輩のことが本命だと思うんだが――。

しかしあの伊織ちゃんの可愛すぎる上目遣いに、俺はいつまで抵抗できるんだろうか。はなはだ不安ではある。

朝は伊織ちゃんのほうに俺のぞっこんラブ振り子はぐらりとなびき、夕方が来て部活の時間になると、体育館の窓から見えるテニス部の亜里砂先輩の姿に大きく振れていく。

そして、朝と夕方の真ん中の昼間は、伊織ちゃんと亜里砂先輩の間でどちらにも振りきれることができずに、膠着状態がつづいてしまうのだ。そのストレスからか、ばあちゃんの作った弁当だけでは足りず、おやつをいつにも増してどか食いするようになった。

今も、校舎の二階から一階に下りられる外階段の踊り場で、二袋目のポテチに手をつけているところだ。ちなみに一袋目はベビーラーメンの小袋だから、食べたうちには入らないだろう。

踊り場は大人がようやく足を伸ばせるほどの空間で、最近体を絞りきれていない俺には少し窮屈に感じる。それでも何故こんな場所に身を潜めるようにして昼時を過ごすかというと、最近、落伝メンバーが俺の食事にうるさいからだ。

伊織ちゃんは俺に話しかけたい一心からか、食事のことに何かと口出ししてくるし、それ以外のメンバーはただ単に食べるのを我慢しろ、痩せろなどとやたら押しつけがましい。教室の中にいると間食も満足にできないから、やつらの目を盗んでこの外階段まで逃げ込み、ゆっくりと食事をとることにしているのである。

ポテチをせっせと口に運びながら、つくづく疑問に思う。なぜ落伍のメンバーたちは、無理をしてでも何かをやり遂げようとするのだろう。人間、その日の気分で、できることをできる分だけやればいいじゃないか。頑張るほうが頑張らないより偉いというのはおかしいし、頑張れば何とかなるというのは根拠のない根性論である。少なくとも、俺が生まれてきたからには、そんな頑張るびいきな世の中は許さない。第一、頑張る俺なんて俺じゃない。頑張らなくていいじゃない、俺だもの。

ポテチがみるみる減ってきて、そろそろ甘いものも食べたくなってきた。すかさず期間限定のレーズンチョコの箱をあけ、そっと頬張ってみる。チョコの甘さとレーズンのかすかな酸味が口の中でしっとりと一つに溶け合う。至福である。

ああ、伊織ちゃんと亜里砂先輩、どっちとも付き合えたらいいのに。

俺のため息を、階下に植えられた木々だけが聞いている。

だがやはり、二股だけはできないな。俺はクールな男であって、悪い男ではない。悪い男っていうのは、朔みたいなやつのことを言うのである。恭子にも伊織ちゃんにも気のある振りをしているのだ。あれは良くない。なぜ誰も注意しないのだろう。

しかも朔は、柄でもないのに落伝のリーダーまでしている。ちょっと顔が良くて背が高いくらいで、他にはなんの特長もない男なのに。やつが急に張り切りだしたせいで、皆にはトレーニングメニューなるものが配られ、俺にはダイエット食まで指定されていた。すべて無視して食べたいだけ食べているのだが、運動しているせいかいつも通りの食事では物足りない。ばあちゃんが先週から突然、「井上家の子孫たるもの、いついかなる時でも戦(いくさ)で活躍できる体型を保て」などと気まぐれに言いだして、家でのお菓子を全面禁止にしたのにも参った。ばあちゃんのつくる料理が、何だか急にあっさり味になったのも痛い。味が薄いと文句をつけたら、「井上家の子孫たるもの、味付けくらいでいちいち騒ぐな」と言われて終わりである。

この四月から始まったばあちゃんとの二人暮らしの中で、俺とばあちゃんは何度もケンカをしたが、俺は連戦連敗だった。

パパとママがロスに転勤になってしまい、俺だけ日本に残ってばあちゃんの家から青高に通うことになった。亜里砂先輩と離れるなんて冗談じゃなかったから、俺を連れて行きたがった両親に反抗して、絶対に日本に残ると頑張ったのだ。

しかしまあ二人暮らしが始まってみると、何かにつけて、井上家の子孫たるもの云々(うんぬん)と始まるばあちゃん節にはうんざりさせられることが多い。

ばあちゃんは、井上家に囚われすぎているのである。確かに俺という存在までリレーをつないでくれたご先祖様にはご苦労と声を掛けたい気はするが、今は今であり、戦国時代ではない。

俺は今を、今の気分で生きたい。

ただそれだけなのに、なぜみんな、俺を好きにさせておいてくれないのだろう。

そんなわけで昼休みが終わるまでこの踊り場で、ばあちゃんや落伝メンバーの視線を気にせずに、心ゆくまでしょっぱいおやつと甘いおやつを交互に食べるのが最近の俺の愉悦なのだった。

甘いの、しょっぱいの、甘いの、しょっぱいの、交互に、交互に。

そのうち、カワイイ系の伊織ちゃんとキレイ系の亜里砂先輩の顔が交互に浮かんできて、俺を巡って二人がケンカまで始めてしまう。

ああああ、どっちとも付き合いてええ。

苦悩している間に、今日も昼休みの終わりを告げるチャイムが鳴るのであった。

そろそろ腹が減ったなと思う頃、授業が終わって部活の時間がやってくる。

ちなみに俺は卓球部に所属している。なんで俺がわざわざ、地味な上に弱小の卓球部なんかにいて、しかも敢えてレギュラーではなく控えに甘んじているかというと、半分はやっぱり亜里砂先輩のためであり、そして残り半分はばあちゃんのためなのであった。

六限が終わる三時を今か今かと待ち、亜里砂先輩に会いたい一心で部室へ直行して急いで着替える。ついでに小腹を満たすために、メロンパンを一つ食した。ペットボトル入りのオレンジジュースをがぶ飲みしながら、バレー部がメインで練習している第一体育館の片隅へと向かう。存在としてはほとんど空気に近い、五人の地味男たちが早くも練習に集まっていた。

ほんの申し訳程度に設けられたスペースに卓球台が二つ並べられていて、部員はそこで飽きもせずにピンポン球を打ったり、素振りを繰り返したりしている。俺はと言えばそんなやつらに背を向け、すぐに体育館の窓際に椅子を向けて座る。亜里砂先輩のいるテニス部のコートを一望できる特等席である。

窓に張り付いていると、今日も亜里砂先輩がやってきた。いつも通り、完璧なプロポーションだ。長い髪を後ろで一つにまとめ、すらりと伸びた脚でコートを駆ける。サーブを打つ腕の長いこと、そして相手コートを見つめる顔のキュッと小さいこと、まさにフィギュアのごとしである。

ときどき、亜里砂先輩の透き通った声が届く。サーブを打つ時の少し気合いのこもった声、ラリーを制した時のきりりとした声、後輩たちとふざけている時の笑い声。すべて、俺のぞっこんライブラリーに保存しておく。いつでも、どんな時でも心のボタンを押せば再生可能だ。

こんなに遠くから見つめているくらいなら、男子テニス部に入るという手もあった。幼なじみという立場を活かして、亜里砂先輩との距離が急接近というシナリオが目に浮かぶようではないか。だが、あいにく俺は運動が嫌いだ。たとえ愛する女のためでも、我慢しない、頑張らないというポリシーは曲げられないのである。

しかしそんな俺でも、ばあちゃんには少し譲歩が必要だった。そもそもスポーツというものを毛嫌いする俺が、体育会系の部活に所属することになったのは、ばあちゃんに無理強いされたからなのだ。

伊達政宗公に仕えた家柄だということが、ばあちゃんの生きるよすがになっている。そして井上家の直系である俺は文武両道であるべきだというのが、ばあちゃんの揺るがない信念だった。

「井上家の子孫たるもの、運動部の一つや二つに入らないでどうするっちゃ」

二人で暮らすようになり、それまで俺が運動部に所属したことがないという事実を知るや否や、ばあちゃんは血相を変えて宣言したのだった。

この俺が運動部に入るなど、仏陀(ぶっだ)が悟った以来の激レア・イベントである。だが相手は俺を子供の頃から可愛がってくれたばあちゃんだ。欲しいものが買えなくてこっそり泣きついた時、いつも出資してくれたのもばあちゃんである。

俺はクールな男だが、家族の愛には応えるのである。

ばあちゃんの願いを叶(かな)えつつ、最小限のエネルギーで済む部活を吟味しているうちに、弱小の卓球部なら練習も適当で済み、体育館の窓からテニス部のコートが良く見えることに気がついた。

かくして俺は、迷いなく卓球部に入部を決めたのだった。

ピンポン玉が、カコンカコンと間抜けな音を刻むのを背後に聞きながら、俺は体育館の窓際に張り付いて亜里砂先輩を眺めて過ごす。

いつの間にか先輩の頭上に、今日も夕空が降りてこようとしていた。刻々と色合いを変える空は、それぞれに美しい。亜里砂先輩が、どの一瞬もまたとない美しさを放つのと良く似ている。

うん、恋はクールな男をも詩人に変えるのかもしれないな。

「よし！」

サービスエースを決めた亜里砂先輩の声が、俺のハートを直撃した。カコンカコンと俺の動悸（どうき）が速くなる。

ああ、やっぱり俺は先輩が好きだ。大好きだ。朝練で伊織ちゃんに心が揺れたのは、気の迷いだったに違いないのである。

*

昨日と同じように、朝から腹が減って仕方がなかった。ハードな朝練のせいで、いつものごはんが足りなく感じるのかと思っていたのだが、やはりばあちゃんの料理が変わった気がする。低カロリーというか、塩気が足りないというか、味つけが一気に高齢化したように感じられるのである。そういえば最近、体調が悪いだの、疲れただのという言葉が多い。

気丈だからついつい忘れそうになるが、ばあちゃんも何だかんだで七十歳に近い。俺に付き合わせて味の濃い料理を食べさせるのも悪いし、料理に文句を言うと、また井上家の子孫たるものという話になるので、二度目の抗議はしづらかった。仕方なくあっさりとした味付けに甘んじているせいで、朝食を食べて登校するまでに、再び腹が減ってしまう。

ああ、ばあちゃん以外のことなら、断固我慢なんてしないのに！

朝練を行うためにグラウンドに到着した。落伝メンバーたちは、集まったかと思うとめいめいトレーニングに励み、グラウンドを走り始めている。

今日も晴れなんだし、もっとのんびり生きようぜ、みんな。

心の中で声を掛ける。

昨日から六月の最終週がはじまった。もうとっくに梅雨入りしたはずなのに、また気象庁がやらかしたのかと思うくらいの晴れ間が続いている。ただし湿度はかなり高く、すでに俺の体は汗ばんでいた。代謝が活発化しているせいで、また腹が減る。

皆に背を向けて、ジャージのポケットにこっそり忍ばせておいたカロリースナックをさっと頬張った。最近のものは味付けがなかなか優秀で、ほとんどデザートに近い感覚で食べられる。

ああ、癒される甘さだ。

ストレッチをしながらゆっくりとスナックを反芻していると、さっそく伊織ちゃんが近寄ってきた。

さらさらの髪を亜里砂先輩と同じように一つに束ねて、前髪だけがおでこにかかっている。その下に並んでいる黒目がちな瞳に、俺のぞっこんラブ振り子が激しく振れた。亜里砂先輩の姿が、胸の中で急速に霞んでいってしまう。

「おはよう、勇樹君。今日も伊織と頑張ろうね」

「うん」

芝生に両脚を伸ばして、上半身を倒そうとした。膝下からふくらはぎの裏にかけてぴんと伸びて痛い。硬い体を伊織ちゃんがそっと押してサポートしてくれるのだが、お腹の肉が邪魔になって、ある程度以上はうまく伸ばせなかった。

だが問題はそういうことではない。こんなボディタッチ、公衆の面前でやばいだろうって話だ。みんなに伊織ちゃんのぞっこん具合がもろバレである。だがもしかして、これはタッチであるとともにサインなのかもしれない。自分にも触れてほしいという、彼女の切なる願いなのかもしれないではないか。

伊織ちゃんからフローラル系のシャンプーの香りがそこはかとなく漂ってくる。

亜里砂先輩には悪いが、ここまで請われて願いを叶えてあげないのは、クールではない。

俺はストレッチを終えて立ち上がると、伊織ちゃんに申し出てやった。

「俺も背中、押してあげようか」

伊織ちゃんは、すぐに両手を胸の前で左右に振った。

「いいよ、いいよ、そんな悪いもん。それより頑張って走ろう、ね？」

そうか。さすがにこんな場所でタッチし合うのは彼女も恥ずかしいよな。

一瞬、凶暴に感じるほど伊織ちゃんの両目が光ったのは、照れすぎたせいに違いない。クールな男は、時にデリカシーに欠けることがある。俺は軽く反省しつつ、伊織ちゃんと一緒に走り出した。

グラウンドを一周したら、校門から外へと抜けていく。すでに前方には、朔や康太、それに恭子が走っていた。みんな大分長距離を走れるようになってきている。しかしよくもまあ、右足と左足を出すだけの運動に熱意を燃やせるものだと思う。最初は三人が大体同じ位置を走っていたのだが、すぐにばらけ始めた。康太が体一つ抜け出したかと思うと、どんどん差を広げていく。次に朔が少しスピードを上げた。恭子はじりじりと二人から離されていくが、俺と伊織ちゃんよりはかなり前だ。

グラウンドを半周したところで、俺の息が早くもあがってきた。隣で伊織ちゃんの髪が揺れるたびにシャンプーが香ってくる。

朝練を始めた頃は、俺と伊織ちゃんが同じくらいのスピードと距離を走っていた。二人ともほぼ一緒のタイミングで、どちらからともなく歩き始めていたものだ。大体、五〇〇メートルとか、一キロとか、その程度の距離だったと記憶している。だが最近は様子が違ってきた。伊織ちゃんも走る距離を延ばし始めたのだ。今日も、どんどん俺を置いて前へ行き始める。

「待ってよ、そんなに急ぐことないじゃん」

呼吸が苦しい。必死に話し掛けると、伊織ちゃんは顔だけ振り向いて微笑んだ。

「伊織、寂しいけど先に行くね。伊織といっしょに走りたかったら、もうちょっと頑張って」

「わかった。頑張る」

そうは答えたものの、すでに喉がからからに渇いて、ふくらはぎも腿裏も痛くて死にそうだ。

「やっぱり、もうダメだ」

走るのをやめて歩き出すと、動悸がいっそう激しくなった。体中の血液が顔面に集まったようで、頬がかあっと熱い。汗が全毛穴から噴き出して、乾いたグラウンドの土にだらだらとまだら模様をつくっていった。

今朝の日差しは、ほとんど夏のそれに近いほど凶暴だ。

伊織ちゃんの背中が遠くなり、ついにグラウンドから消えていく。気がつけば俺一人、朝練に励む陸上部員たちの中に取り残されてしまっていた。

「ちょっと、歩いてるならコースからどいてよ」

陸上部らしき女子にどやされて、仕方なく脇へ避けた。渋々、早歩きをしてみる。少し歩くスピードを上げただけで、いったんは収まりかけていた汗が再び滝のように流れ出した。

熱い。辛い。これは、もうすぐ限界じゃないかな。ようやくグラウンドを出て校舎の脇道を通り、校門までつづく並木道に出る。

現実を忘れるため、俺はいつも朝練でしているように、妄想の世界へと旅に出た。こうすれば、少しはしんどさが和らぐのである。

実際の俺は汗まみれで早歩きしているのだが、想像の中の俺は、汗のひとつも掻かずに走り続け、女子たちから賞賛を浴びている。

走り終わると、伊織ちゃんがストレッチをしながら俺をうっとりと見つめてきた。キスをねだっているのだ。ダメだよ伊織、みんなが見てるだろう。嫌よ勇樹君、もう亜里砂先輩と仲良くしないで。伊織とちゃんと付き合って。——こういう男だってわかってただろう、伊織。俺のたくましい腕が伊織ちゃんの頬を撫でる。つうっと彼女の瞳から一筋の涙が流れ落ちた。

そうして伊織ちゃんの唇に、そっと俺の顔を近づけた時だった。

「おい、勇樹、もうちょっと走れるだろう？」

向こうからやってきた朔の一声で、今日のナンバーワンシーンがカットされてしまった。もう三ツ池公園から折り返してきたらしい。

「うるさいなあ！　集中力が途切れただろう？」

「おまえなあ」

呆れ声を出したあと、朔が俺のすぐそばまで走ってやってきた。

「せめて校門くらいまでは頑張って走ってみろよ。絶対走れるから」

全くもって意味不明である。走れる走れないの問題ではない。俺はそうしたくないから走らないだけなのに。

「あのさ、別に俺、優勝しようとか言ってるわけじゃないんだけどさ。みんなも頑張ってるし、せめて完走はしたいじゃん？」

朔の口調は、まるでだだっ子に言い聞かせているようだった。

「なんで俺のこと、好きにさせておいてくれないんだよ。お前だって最初は別に乗り気じゃなかっただろう？」

「それはまあ、そうなんだけどさ。駅伝って、みんなで走るもんだろう？　誰か一人でも繰り上げになっちゃったらタスキが途切れちゃうわけだし」

「それはまあ、わかるけど。早足で歩いても間に合うだろう、十分に」

「いや、まあ、そうかもしれないんだけどさあ」

区間によって距離はバラバラだが、男子に割り当てられた第一区、三区、五区は、大体平均して十キロである。繰り上げの対象になるのは一区間を一時間半以上かかってもゴールできなかった場合や、怪我や事故に見舞われてゴールが困難と見なされた場合のみ。いくら運動の嫌いな俺でも、走ったり歩いたりを繰り返せば、一時間半で十分にゴールできるはずだ。まあ、実際にやってみたことはないが。

「お前はそれでいいわけ？」

「全然いいんだけど、なんで良くないわけ？」

まだ何か言おうとする朔を放って、再び校門へ向かおうとした時だった。

突然、やけに背の高い二人組が現れた。どちらもイケメン枠内である。いかにも女子たちから騒がれていそうなタイプだが、中身は薄っぺらそうだった。そのうちの一人は確か朔の後輩で、本多とかいう奴だ。バレー部も練習している体育館で朝練をする時など、やけに朔に絡んでいたから覚えている。

「あれ、先輩たち、仲間割れっすか」

本多が、にやにやと笑っていた。

「すごいっすねえ。たかが落伝に青春って感じじゃないっすか」

もう一人も吹き出している。別にこっちだって落伝なんてどうでもいいのに、感じの悪い奴らだ。

「ほっとけよ、本多」

朔が二人の前に立った。校門のほうから、ちょうど康太も走ってやってくる。俺たちに気づいて、慌てて駆け寄ってきた。

「どうしたの？　安田君」

もう一人のほうは、康太の後輩らしい。朔も康太も全く後輩から人望がないようだった。まあ当然だろう。朔は鼻持ちならないし、康太はいるんだかいないんだかわからないほど影が薄い。

「俺らも今日から本格的に走るんでよろしく。まあ、あんまり邪魔にならないようにしてくださいよ」

安田が口を歪めた。

「つーか、完走できなそうな人も混じってますね」

二人の視線が、俺を突き刺す。

朔も康太も、後輩にどういう教育してんだよ！

「せいぜい吠えとけばいいだろ。お前らこそ、余計なちょっかいを出して俺らの邪魔すんなよ」

朔が言い返すと、二人はせせら笑いながら校門の外へと走り去っていった。

「三週間前から練習なんて余裕だね」

康太が、去っていく二人の後ろ姿を見て呟く。

「まあ、それでも早いほうだけどな。一ヶ月以上前からなんて俺らがむしろ特殊だよ。金やんに言われなかったら、朝練とか考えもしなかったし」

「そういえば、他のチームが走り出すのはせいぜい二日とか三日前くらいだっけ。本当は朔君もあんなに前からやる必要なかったよね？　ごめん、なんか、僕たちの練習に巻き込んじゃってて」

「あ、いや、そういう意味で言ったわけじゃないよ。最初は俺も、勘弁してくれよとか思っちゃってたけど、結果的にいいリハビリになってるし」

朔と康太が、勝手に盛り上がり始めている。どうでもいいが、後輩の非礼は、先輩が落とし前をつけるものじゃないのか？

「二人とも何だよ、あの失礼な後輩たち」

朔が、「まだいたの？」とでも言いたげな視線をこちらに向けた。

「ああ、悪いな勇樹。でもさ、おまえも悔しいだろう。あんなこと言われてさ」

「俺が？　どうして？」

俺は失礼な態度に怒っているのであって、別に言われた内容については悔しさを感じていない。俺に言わせれば、わざわざ苦しい思いまでして完走を目指す奴らのほうが嘲笑に値する。みんな全く理解していないようだが、世の中には運動が嫌いな奴だっているのである。できないのではない、嫌いなのだ。

「あんな奴らさ、見返してやろうとか思わないわけ？」

朔が、なおも俺に迫ってくる。

「そうだよ、勇樹君。僕も頑張るから、いっしょに頑張ろう」

康太まで、気持ち悪いことを言い始めた。頑張る？　しかもいっしょに？　伊織ちゃんとならまだしも、康太なんかと？

不気味だった。男三人が朝も早くから頑張ろうなどと誓い合うのは、二次元の中で起きるから青春なのであって、リアルで起きたらただの宗教である。朝から皆が集って同じ行為に没頭するというのも、そういえば妙にカルトっぽい。

何だか二人が俺を見つめる視線に、メタメッセージが潜んでいる気さえしてきた。

〈走れ、さもなくば死を〉

二人の顔が、目だけくり抜かれたお面をかぶる不気味な信者に見えて、知らずに半歩後ずさる。まずい。俺の想像力豊かな詩人の脳には、こいつらの無神経さは耐えられない。

「俺は、そんな宗教に染まるつもりないからな！」

たまらず叫ぶと、二人の前から逃げ去った。

「なんだよ、宗教って？」

「さあ――」

感受性の欠片も感じられない二人の会話が追ってきたが、知ったことではない。

結果的に、校門を飛び出して走ることになったことだけが残念だった。すぐに呼吸が苦しくなる。さっきまで無理をさせていた両脚が痛い。腹の肉がたぷついている。全身が、重い。

いいじゃないか。繰り上げになったたって、頑張りたいなら、俺を除くやつらがそれぞれの区間を一生懸命走れば問題ないだろう？　落伝で記録を狙ってるわけでもないだろうし。やればできるだろうが、確かに今のままでは、俺は十キロも走れそうにない。繰り上げの可能性がゼロとも言いきれないことも、本当はわかっている。

だから余計にさあ、いい加減、みんなも諦めてくれよ。

とうとう本日分のエネルギーを使い果たして、もう一歩も前に進めなくなった。

もういいと思うよ、勇樹君。

俺の心の中に住む亜里砂先輩が、慈悲深い顔で微笑みかけてくる。

そうですよね。俺、できる分のことは、やりましたよね？

他のメンバーがそばにいないのを確認すると、俺はゆっくりと農道を歩き始めたのだった。

待望の昼休みがやってきた。早々に教室から逃げ出し、外階段の踊り場へと向かう。朝練で皆からプレッシャーをかけられたせいか、今日はいつも以上に腹が減っていた。強い日差しにさらされ、踊り場のコンクリートが相当な熱を溜め込んでいる。ほとんど灼熱である。

弁当の巾着と、おやつの入ったコンビニの袋を持ち込んで、焼け石のようになったコンクリートに座った。お尻がじりじりと熱いが、しばらくの我慢だ。巾着から弁当箱を取り出し、勢い込んで蓋を開ける。

錦糸卵に覆われたご飯に、ばあちゃんが海苔を使って器用にメッセージを作っていた。曰く、『ガンバレ、エキデン』。

この海苔文字が目に入った途端に、食欲が五％は減退する。

「なんだよ、ばあちゃんまで」

まずは錦糸卵を海苔ごとぐちゃぐちゃに崩してから、貪るようにして弁当を食べきった。だが、やはり味が薄い。見た目はボリューミーだが、おかずはきのこだの練り物だのばかりで、いっこうに腹が満たされないのである。

あんなに待ち焦がれていた弁当を食べて、かえってテンションが下がってしまった。

そう言えば、いつもは伊織ちゃんと亜里砂先輩の両極の間を揺れ動くぞっこん振り子が、今日は微動だにしていない。

そうか！　振り子を動かすエネルギーも、やっぱり食なのかもしれない。

生命の神秘に触れた気がして、俺の心が震える。

そうとわかったら、さっそく補給である。

弁当箱を早々にしまって、食後のおやつに手を伸ばす。すぐに袋を開けると、甘いの、しょっぱいの、甘いの、しょっぱいのと、順調に消費していった。

ようやく胃袋が少しずつ満たされていき、同時に俺の胸の中でぞっこん振り子が勢いを取り戻していった。

「ちょっとやばいってぇ」

うん、亜里砂先輩の可愛らしい声が頭の中に響いてくる。

「ねえ、やめようよ」

しかし食べたばかりだからか、妙にリアルな幻聴ではある。

いや、待てよ？　これは、本物の亜里砂先輩の声⁉

とっさに壁の陰に身を潜め、声のしたほうを覗きこむ。

改めて見下ろしてみると、ちょうど右斜め下にある植栽スペースに、亜里砂先輩が逃げるように飛び込んできた。その表情はコケティッシュで、誘っているようにも、拒絶しているようにも見え、もはやモナリザ並みの複雑さだ。世界の宝といっていい顔である。

「大丈夫だって。ここ、誰も来ねえもん」

追ってきたのは、亜里砂先輩と同じテニス部のチャラ男だった。

「そんなことないよお。ねえ、ちょっとやめてったら」

亜里砂先輩が拒んでいるのにも拘(かか)わらず、チャラ男が先輩を木の幹に押しつけるようにして両手で囲い込んだ。

俺は、つばを飲み込んで、その光景に目を奪われていた。

まずい。亜里砂先輩は、もしかしてピンチなんじゃないだろうか。先輩の少し、いやかなり短めのスカートが、初夏のぬるい風に揺れる。すっと伸びた太腿の一部がちらちらと見え隠れして、ほとんど思考不能に陥りそうだった。

「ねえ、ほんとにどいてよ」

「どかねえ」

「お願い、やめてってば」

チャラ男の手が、同じくやや短い先輩のセーラー服の裾から潜り込もうとしている。なんだこれは。痴漢行為じゃないか⁉

「ここならいいじゃん」

「ダメだったら」

なんてことをあの男は！　だが待てよ。

俺の脳裏に、ある単語が浮かんできた。

――ニューキャッスル。

それは、青高生が不純異性交遊の際に頻繁に使用していることで名高い場所の名前だった。あるあるとは聞いていたが、どこにあるのかまでは俺も知らなかったのである。だがまさか、ここが？　毎日通っていた、ここが、そうなのか？

「みんなここなら大丈夫って言ってるし」

やっぱり！　こんな身近なところにあったとはあああ。

ここだ。ここに違いない。ここが、例のニューキャッスルなのだ。

あの男、亜里砂先輩をよりによって、ニューキャッスルなんかに連れ込むなんて。

「ほんとに怒るよ？」

「怒れば？」

チャラ男は、動きを止めるつもりがないらしい。その光景を見つめながら、鼓動が朝練で走っている時よりも速くなる。チャラ男の手がさらに潜っていく。

このままでは確実に、俺の亜里砂先輩はニューキャッスルで――。

そんなことは許せないのである！

気がつくと俺は、空になった弁当箱をチャラ男目がけて投げつけていた。

カコン！　とピンポン球に似た音がして、レンジもOKの耐熱容器の角が、チャラ男の脳天に命中する。

「いで！」

チャラ男が亜里砂先輩から離れて脳天を手で押さえつつ、あたりを急いで見渡していた。

「どうしたの？」

亜里砂先輩は何が起こったのかわかっていないようだ。

「嫌がってるじゃないか！」

立ち上がって、俺は叫んだ。太腿と、セーラー服の裾と、長い髪と、少し吊り気味の目と、甘い声と。亜里砂先輩のあれこれが極彩色の欠片になって俺の脳内で万華鏡の模様と化し、カコンカコンと回転している。

　亜里砂先輩とチャラ男が、同時にこちらを見上げた。

「あ、ええと、確か――」

　先輩が俺のことに気がつく。

「井上勇樹です！　大中町（おおなかちょう）三丁目に住んでます！」

「そう、井上さんちの」

　先輩を眺めているだけだった俺が、ついに一線を越えて姿を現してしまった。それも、窮地を救う幼なじみのヒーローとして。後悔と満足と希望と絶望が、万華鏡の模様に加わる。模様はぐじゃぐじゃに溶け合い、何だかもう混沌（こんとん）と化していた。

　亜里砂先輩の瞳は、まだチャラ男の行為に怯えきっている。

「この痴漢！　先輩から離れろ！」

　言いながら俺は階段を駆け下りた。朝練で疲れきっているはずの体が軽い。ビビって動けずにいるチャラ男の前まで行くと、その背後の亜里砂先輩に向かって頼もしく頷いてみせる。

　――もう大丈夫です、安心してください！

　亜里砂先輩も、すかさず視線で俺に応えた。

——勇樹君、いつの間にか、ずいぶん頼もしい子になったのね。

もちろん、二人にしかわからないやりとりは、チャラ男には聞こえようがない。

「何だよ、このデブ。消えろ！」

チャラ男が俺に向かって吐き捨てた。弱い犬ほどよく吠えるというわけか。胸の辺りから、くっくと笑いがこみ上げてくる。この程度の男が、亜里砂先輩に近づくなど百万年早いのである。

「な、なに笑ってんだよ。キモッ！　行こうぜ、亜里砂」

チャラ男が、亜里砂先輩の手を摑んで拉致(らち)しようとした。

「うおおお」

咄嗟に、体当たりを喰らわせて阻止する。自分でも信じられないほどの力が出た。チャラ男の細い体が、木の幹に押しつけられる。

「ちょっと何するの⁉　やめてよ！」

先輩が叫んだ。自分を襲った男にまで情けをかけるところが罪ではある。

「亜里砂先輩、いいから逃げて。この痴漢は俺が何とかしますから。おばさんによろしくお伝えください！」

「今日のこと、お母さんに⁉」

先輩の瞳はまだ怯えている。足も竦んでいるのか、動けずにいるらしい。

「まさか、そんなことはしません！」

先輩が痴漢のほうをちらりと見てから、おそるおそる言った。

「そ、そっか、勇樹君。助けてくれてありがとう」

「いえ！　当然のことをしたまでです！」

そうです。もう怖がらなくて大丈夫です。

この胸に抱きしめて安心させてあげたかったが、あいにく俺は、チャラ男を押さえつけておかなければならない。

「もう私、大丈夫だから。彼を放してあげてくれないかな」

「でも、こいつまた何をしでかすか」

「ふざけんなよ！　放せつってんだろ、デブ」

チャラ男が呻いたが、知ったことではない。

「だ、大丈夫。彼も魔が差しただけだと思うの」

先輩がこちらを見上げている。整った眉毛、外国人のように高く通った鼻筋、大きな猫目。こんなに近くで見たのは久しぶりである。眼福である。望外の幸せである。少し盛り上がった頬骨が妙にセクシーだ。美少女という言葉は、亜里砂先輩のためにあるのではないだろうか。

見とれた拍子に力が緩んでしまい、チャラ男に突き飛ばされた。転びそうになったのをぐっとこらえる。

「拓也(たくや)も乱暴はやめて」

「おい、マジか。こんなやつの肩を持つのかよ」

「いいから、ここは私に任せて」

亜里砂先輩はチャラ男を冷たく見た後で、こちらに向かって甘い声で告げた。

「勇樹君、今日は助けてくれてありがとう。でも彼のこと、あんまり大げさに騒ぎたくないの。興味本位の噂が流れるのも嫌だし。わかるでしょう、ね？」

「噂が、流れる？」

それがどんなことかを想像した瞬間、俺は猛省した。俺としては、満員電車の痴漢男のようにチャラ男を職員室に突き出そうと思っていたのであるが、それだと被害者である亜里砂先輩だって事情を聞かれるだろう。おまけに、先輩の心配通り、あることないこと噂される可能性も高い。亜里砂先輩が、高校生の青い男どもの妄想にさらされるなど、言語道断である。宇宙の法則から外れる出来事である。

クールな男は、やはりときどき無神経になってしまうことがあるようだ。

「わかりました。じゃあ、今日のところは許してやります。俺が痴漢を見張ってますから先輩は念のため、先にここを去ってください」

亜里砂先輩が眩しげに見上げてきた。

──落ちたな。

「ありがとう」

そのまま踵を返した先輩の背中に向かって、俺は告げた。

「亜里砂先輩！　俺、落伝で走ります！」

俺の呼びかけに顔だけ振り返ると、先輩は頷いた。

「応援してる！　頑張ってね」

「はい！」

きっと、どこまでも走れる。そんな気持ちを、俺は生まれて初めて味わっていた。

高い位置にある太陽が、新しい意味を持って俺の姿を照らしている。

これはスポットライトだ。世界が、俺と亜里砂先輩の運命の再会を祝福し、見守っているのである。

応援してる。頑張ってね。応援してる。頑張ってね。

先輩！　俺、頑張ります！

だが、亜里砂先輩が校舎の角を曲がった瞬間だった。右頬に強烈な痛みを感じて、俺は思わず崩れ落ちた。間髪を容れずに、脇腹に蹴りが入る。

「調子に乗るんじゃねえよ、デブ！」

言い捨てて、俺を蹴ったチャラ男の足音が、せかせかと遠ざかっていく。

痛みのあまり、気が遠くなった。頭がじんと痺れたようだ。

だが、勝手にほざいていればいい。

落伝を走りきれたら、俺は、亜里砂先輩に告白するのだから。もう、両想いになったも同然だったが、俺としてはきちんとけじめをつけてあげたいのである。

伊織ちゃん、ごめん。俺はやっぱり、亜里砂先輩のヒーローだった、みたい、だ――。

気がつくと保健室にいた。

辺りを見回すと、保健の先生の他に、落伝メンバーの皆と担任の金子先生がそばに控えている。

「目が覚めたかっ」

金子先生が、小さく叫んだ。

「俺、どうして」

口の中が渇いて、うまくしゃべれなかった。

「朔君と康太君が、外階段の下に倒れている勇樹君を見つけてここまで運んだの」

伊織ちゃんが心配そうな声で告げる。

その後、先生は色々と知りたがったが、俺は転んだだけだと繰り返した。告げ口はクールな男のすることじゃない。

そんなことより、俺は走る。走って、走って、走りまくるのだ。

「金子先生、みんな。俺、落伝がんばるから、任せといてくれよ」

宣言すると、皆は珍しい生物でも見るような目つきをしている。まったく失礼な奴らである。

「おお、頼もしいなあ井上。頭を強めに打ったか？」

金子先生まで、とんだ失言をした。

「あんまり無理するなよ、怪我したみたいだし」

朔が気遣わしげに言ったが、こいつは自分がいい格好をしたいだけだろう。俺がいい走りをして評判になるのを阻止したいという魂胆が丸見えだ。

「大丈夫だよ、放っておいてくれ」

俺の具合も大丈夫そうだと安心したのか、先生が皆を見回して尋ねた。

「どうだ、駅伝。完走できそうか？」

皆の視線が、意味ありげに俺に集中する。まだ俺が完走できるか心配らしい。こいつらは何もわかっていないお子様なのである。

愛する女のためなら、男はどこまでも強くなれるというのに。

「それは俺の走りにかかってるんです。でも任せてください。俺、やりますから」

しんと場が静まりかえる中、康太がまず頷いた。

「僕も応援するから頑張ろう」

「そうだな、ようやく勇樹もやる気を出してくれたみたいだし」

朔も渋々頷いた。ふん、お前ばかりがモテてると思うなよ。

「伊織も応援してる。頑張ろうね」

「ありがとう、伊織ちゃん」

そして、ごめんね。俺、伊織ちゃんには悲しい思いをさせちゃうかもしれないけど、でも走りきるよ。

万感を込めて、亜里砂先輩とはまた違った味わいのある伊織ちゃんの甘い顔を見つめる。

「うん、みんなで頑張ろう」

相変わらず無愛想な顔で言う恭子にも、優しく頷いておいた。愛を知った男は、心が広いのである。

「おお、お前ら、いいチームみたいだなあ。俺、楽しみだわ。走るっていいぞお。青春だぞお。結果なんて気にしないで思いきりやってこいよ」

先生がやたらと扇子をトントンと手の平に打ちながら、興奮していた。だが、興奮するのはまだ早いのである。それは、俺の走りを見てからにしてほしいのである。

皆が去った後、俺は保健室でまどろみながら夢想した。グラウンドで走る俺の姿と、俺を、俺だけを見つめる亜里砂先輩の姿を。

そして想像の中の俺は、かつてないほどスレンダーだった。

*

週の半ばが来て、ついに七月になった。来週の月曜からは期末テストが二日間に亘って行われ、その翌週の金曜日には、いよいよ落伝である。部によってはテスト週間で休部するところもあるようだが、青高の場合、体育会系で休部になる部活はほとんどない。

俺は希望に燃えていた。やるぞと張り切っていた。亜里砂先輩を救ったその夜から一切の間食を絶ち、明けた今日も、今いち味の薄いばあちゃんの朝食だけを口にして、朝練を踏ん張った。昼間は、空気でもいいからもっと胃袋に詰め込みたいと、空っぽの弁当箱を見下ろして泣きそうにもなった。

——だが、さすがにおやつをいきなり抜くのはキツいのである。

部活を終えて家路に就くと、いつものコンビニの明かりが優しく灯り、おやつあるよと俺を手招きしているのが目に入った。

ダメだ、今日は寄れない。俺は、亜里砂先輩のためにも痩せて完走するんだ。

そう何度も言い聞かせるのに、コンビニへと足が吸い寄せられていく。店内に入ると、俺の全身が不健康な糖分を求めてお菓子売り場を彷徨（さまよ）った。そうして気がついた時には、甘いのとしょっぱいのをそれぞれ、増量パックで買い込んでしまっていたのである。

「ありぅぅぅっす」

こなれすぎた店員の声が、俺の敗北感を煽（あお）る。

いや、まだ俺は負けていない。買ったからって、食べるわけではない。このお菓子をしまっておけばいいだけである。

だが、家に帰ると、今夜もばあちゃんの夕食は薄味だった。かきこむようにして食べ終わった後、物足りなさを抱えたまま自分の部屋に戻る。

おやつ、あるよ。

先ほどおやつをしまいこんだ引き出しが、光を放って俺を誘った。

甘いのと、しょっぱいのあるよ。

しっかりしろ、勇樹。おやつがしゃべるわけ、ないじゃないか。

だが結局、幻の呼びかけに抗えずに、俺は甘いほうの袋を開けてしまった。

一つだけなら、多分、大丈夫だろう。そう一つだけなら。

チョコレートを口に運ぶと、おやつ断ちをしていた分、全身がとろけるような甘美な味わいに満たされる。

うめえええええ。

しかしその甘い塊が口腔から消え去ると、例えようもない空しさが襲ってきた。

結局、一つが二つになり、三つになり、甘いの、しょっぱいの、甘いの、しょっぱいの——。いつしか俺の前には、空っぽになったプラスチックの個包装袋が、気の早いセミの抜け殻みたいに山盛りになって積まれていた。

俺は、食べてしまったのである。

なんと俺は、愛する女のためにおやつのひとつも我慢できない奴だったのか。

自己嫌悪のあまり、おやつの抜け殻に顔を埋めて嘆息している時だった。階下からどしんと何かが落ちたような派手な物音が聞こえてきた。

「何だ？」

のっそりと上体を起こして立ち上がり、部屋から出ると、様子を見るために階段を下りた。今さっきの音が一度響いたきり、階下はしんと静まりかえっている。何だか嫌な沈黙が、ひたひたと這い上がってくるようだった。

「ば、ばあちゃん？　いないのか？」

声を掛けたが返事はない。

階段を下りてすぐ脇にある居間への扉を開けると、しかしばあちゃんはいた。

ただし、いつものようにソファに座ってはいない。ソファのすぐそばに倒れていたのである。

「どうしたの、ばあちゃん⁉」

駆け寄ると息が荒かった。そばにお盆と空の湯飲みが転がっている。

テーブルの上を片付けようとソファから立ち上がり、そのまま倒れたのだろう。腰が抜けそうになるのを必死にふんばり、ばあちゃんに話しかけた。

「救急車を呼ぶから待ってて！」

だが、慌てて電話機に駆け寄ろうとした俺の手首を、ばあちゃんが掴んで止めた。乾いた細い指、握力が弱々しい。死にかけの小鳥の足に掴まれたみたいで、ぎくりとした。

「無駄だから、かまわないっちゃ」

「どういうことさ、それ」

おそるおそる振り返った俺と、ばあちゃんの悟ったような視線が交錯した。

「ばあちゃんは、もう治らないっちゃ」

「治らないって、何だよ。俺、聞いてないよ」

不治の病にかかったとでもいうのか。

そう言えば、パパとママが俺をばあちゃんに預ける時、不自然なほど反対していた。もしかして二人は知ってたのか？　食事の味つけだって、急に薄くなった。歳のせいだと思っていたが、病気のせいだったのだろうか。

生活のあちこちにちりばめられていたヒントが、俺に殴りかかってくる。

根ほり葉ほり尋ねたい衝動に駆られたが、ばあちゃんの目が静かに質問を拒絶していた。

死期を受け入れたみたいな顔するなよ、ばあちゃん。

俺は愕然(がくぜん)としたまま、ばあちゃんの前に突っ立っていた。

窓の外から、久しぶりの梅雨らしい雨音がかすかに響いてくる。

ばあちゃん。小さい頃から内孫で初孫だった俺を可愛がってくれたばあちゃんが、いなくなるっていうのか？　どんな病気で、余命はどのくらいなんだ。

核心をつく質問が、どうしても口にできない。

どのくらい黙って見つめ合っていただろうか。再び口を開いたのは、ばあちゃんのほうだった。

「ばあちゃんは、痩せて駅伝を走りきる勇樹の姿が見たいっちゃ。井上家の長男たるもの、根性を見せてほしいっちゃ」

途切れ途切れのかすれた声が、胸を抉る。これは、ばあちゃんの最後の願いになるのだろうか。

どういう体の加減か、ばあちゃんの頬がバラ色に染まっている。これは、最後の花火というやつなのか。死期の迫った病人とは思えない血色の良さが、逆に憐れを誘った。

ばあちゃんが立ち上がろうとするのを、慌てて助け起こした。

「少し横になって休んだら」

「大丈夫だっちゃ。ちょっとそこの薬箱から、白い紙袋を持ってきて」

言われるがままに、千代紙を貼り付けて手作りしたばあちゃんの薬箱から、真新しい処方箋の袋を取って手渡した。

ばあちゃんが、中からラムネによく似たクスリを出して、口の中に放り込む。

「良く効く薬だっちゃ」

いつの間に、こんなに小さくなったんだ。幼い頃は、厳しくて凛々しくて、ずいぶん大きく見えたものなのに。今は背が丸まって、クスリを放り込む手は骨と皮ばかりである。

「ばあちゃん、大丈夫なのかよ」

そう言った俺の声は、小さな子供のようだった。もちろん、大丈夫なわけがない。

今さっきおやつを食ってしまった自分を、何発でも殴ってやりたかった。

これまでの人生、気分で生きてきた。頑張ったり、根性を出したりするなんて、俺じゃないと思ってた。でも、それじゃダメだ。こんなんじゃ、ばあちゃんの最後の願いを叶えてあげられない。

「俺、頑張って痩せる。落伝、走りきってみせるから」

「良く言ってくれたっちゃ」

とことん情けない状態の俺なのに、ばあちゃんが何度も頷く。目の縁がうっすらと光っているのがわかった。

こんなに、こんなに、生きてるのに。嘘だろ、ばあちゃん。

何だか名前のつけられない気持ちがせり上がってきて、俺の視界が一気にぼやけていった。

今日も、味付けの薄いばあちゃんの朝食を食べてから、朝練に向かった。間食をしたいという欲が嘘のように消え去っていた。それどころか、おやつの袋を見ると、気分が悪くなる。俺がおやつに手をつけるたびに、ばあちゃんの命が削られる気がするのである。

＊

どこまでも田んぼの広がる道を歩いて、青高へと向かう。昨日までなら、朝練前のこの時点でカロリースナックを一本くらい消化していたが、今朝はもちろん何も食べていない。稲穂が、小雨を受けてみずみずしい緑色に輝いている。だがこの稲穂も、秋が来れば黄金色に枯れていくのだ。生命とは、どこから来て、どこへ消えていくのだろう。ばあちゃんの病が、一夜にして俺を哲学者に変えてしまったようである。

校門の近くまで来ると、向こうからちょうど亜里砂先輩がやってきた。赤い傘の下で、セーラー服の襟の端が、かすかに翻っている。絵になりすぎて、もはや映画のオープニングのようである。

向こうも、俺に気がついたようだ。恥じらうように歩みが遅くなったが、俺たちは、お互いがN極とS極のように強力に呼び合っているのがわかった。結局、近づき合うのを止められないのである。

亜里砂先輩、俺たち、やっぱり運命だよね。

互いに校門の前に立ち、挨拶を交わす。ばあちゃんの病気のことで弱り切っていた俺の心を、亜里砂先輩の照れたような微笑みが包み込んでくれた。

「おはようございます」

「お、おはよう。早いんだね」

「ええ、俺、落伝の朝練があるから。それで毎日、早いんです。先輩はどうしてこんなに早く？」

「私も、テニス部のインハイ予選が今週末だし、もうすぐ期末テストだから。朝練やってから少し勉強しようと思って」

「あ、そうでしたね!?」

俺としたことが大失態だ。亜里砂先輩のインハイ予選の日程を忘れてしまうなんて、いくら色々あったとはいえ、自己嫌悪である。

「俺、絶対応援に行きますよ！　ダブルスとシングルス、どちらにも出場するんですよね？　ダブルスはパートナーが佐々木(さ さ き)さんに変わったばっかりだし、やっぱり調整が必要ですもんね？」

一気に告げるが、亜里砂先輩は恥ずかしそうに首を左右に振っている。

「うん、色々知ってるんだね。でも、お休みだし、無理しないで。それにほら、見られてると緊張しちゃうし」

そうか、シャイな先輩のことだ。やっぱり俺がいると思ったら肩に力が入りすぎて本来の力を発揮できないかもしれないな。

「わかりました。じゃあ、俺たち、お互いに心の中で応援し合いませんか。俺は先輩のインハイを、亜里砂先輩は俺の落伝を」

じっと目を見つめると、先輩が後ずさった。恥ずかしがり屋さんな仕草にぐっと来る。

「うん、そうしようね。じゃあ私、急ぐから」

言うが早いか、先輩が銀杏の並木道を校舎に向かって駆け出した。

「期末テストも、頑張りましょう！」

手を振って声を掛けたが、先輩は照れたのか、もう振り返らずに行ってしまった。すらりと伸びた二本の脚、ストレートのつや髪、恥じらいの微笑み、そして赤い傘。再び俺の中で万華鏡が回り出す。

男には、走らなくちゃいけない時がある。

亜里砂先輩、ばあちゃん、俺、今度こそ本当にやるよ。

拳をぎゅっと握り、ビニ傘の縁から梅雨空を覗いて誓う。急に腹に力を入れたせいでギュウと胃袋が鳴いたが、鳴くなら鳴けばいい。俺は今度こそ、おやつを断つ！

朝練でも、俺は真摯にトレーニングメニューと向き合うことにした。なにしろ落伝当日までもう二週間とちょっとしか残されていない。

「張り切ってるなあ、勇樹。一昨日、保健室に運ばれたばっかだし、無理しすぎんなよ」

朔が目を丸くしている。今までならあり得なかった角度までストレッチする俺に、脅威を感じているに違いない。俺の活躍を阻止しようとする魂胆が見え見えである。

小雨のため、練習は体育館で行っていた。グラウンドより狭い空間にいると、余計にこいつのイケメンぽい所作が目について鼻白む。

「ほっといてくれよ」

言い捨ててストレッチを終えると、体育館のコートの周りを走り始めた。今のところ、やはり康太が地味に一番速い。次が朔。次が恭子、そして伊織ちゃんも恭子には及ばないものの最初とは比べものにならないほどスピードを上げている。俺が一番遅いこの現実を、あとちょっとの期間で逆転させなければならない。

康太が俺を追い抜いて先に行く。朔にも、恭子にも、伊織ちゃんにも軽く追い抜かれる。みんながそれぞれ、示し合わせたみたいに俺に声を掛けていった。

がんばれ。ファイト。がんばろう。もうちょっと走ろう。

わかってる。わかってる。わかってるけど――。

体育館を十周ほどした時点で、腿も膝もふくらはぎも軋み始めた。二キロ弱走ったくらいだろうか。息が苦しい、あごが上がる。だらだらと汗が流れ、余計な腹の肉がぶるぶると上下する。

くそ、脚が引きちぎられるみたいに痛い。当然だ。昨日までなら、この半分ほどで走るのをやめて、歩き始めていたんだから。

俺が少しやる気を出せば、軽いと思っていた。だが、想像していたより、十キロは遥か先である。

ああ、もう少し早く、練習に目覚めていれば。

ほとんど歩きかけた時だった。ばあちゃんの痩せた姿が、瞼の裏に浮かんだ。亜里砂先輩も、ばあちゃんの隣で俺を心配そうに見つめている。

ばあちゃん！　先輩！

こんな疲れがなんだ。俺は、あともうちょっとだけ走るんだ！

それから何周しただろう。両脚がもつれたみたいになってよろけたところで、とうとう朔に止められた。

「いきなりペース上げすぎんな。ピークは本番に持っていくんだ」

偉そうな物言いにむかついたが、もはや呼吸を繰り返すだけで精一杯だった。

「すごいよ、勇樹君。一気に四キロまで記録更新だよ」

康太が興奮気味に叫ぶ。メガネの奥で睫毛がばさついていた。

四キロ走ったとはいえ、全距離からすると半分以下である。まだまだだが、今日のところはこれくらいでいいだろう。

俺を支えていた朔の腕を振りほどくと、噴き出す汗をタオルで拭ってストレッチをした。いつも亜里砂先輩を眺めている卓球部のスペースが視界の端に飛び込んでくる。

そういえば、この体育館でまともに運動したのは、これが初めてだったな。

他のやつらは、そろそろ期末の準備がやばいとか何とかいいながら、暢気にしゃべっている。所詮、俺とは覚悟が違うのである。

深く息を吸ったあと、上体を爪先に向かってぐっと倒す。倒せば倒すほど、ばあちゃんの寿命が延びる気がした。

朝練が終わり、授業では空腹に耐えた。放課後がやってくると、部活では亜里砂先輩を見つめながら、康太から手渡されたトレーニングを追加で行った。スクワットや腹筋を、アミノドリンクを飲みながら根気強くつづけるのだ。窓の向こうでは、亜里砂先輩がコートの上の妖精みたいに、軽やかに駆け回っているのが見えた。チャラ男がときどき男子テニス部のコートから亜里砂先輩にちょっかいを出しているのが気にくわなかったが、さすがに大勢の目がある場所では一昨日のようなことは起きないだろう。

両腕を頭の後ろに回して組み、腰をぐっと落とすと、窓のサッシの下まで視界が落ちて亜里砂先輩の姿が消える。そこから踏ん張って腰を上げると、再び視界が上がって先輩の姿を見ることができる。ご褒美のあるトレーニングはそれなりに楽しく、家に帰って体重計に乗るのが楽しみになった。

ばあちゃんとの時間もなるべく多く取りたい。

本当は部活を休んで毎日早めに家に戻ると言ったのだが、ばあちゃんは「そんなことをしちゃダメだ」と頑として聞き入れてくれなかった。急に倒れたらどうするんだと問い詰めると、昼間はこっそりヘルパーさんに来てもらっていたのだという。そんなことも知らなかった自分が改めて情けなかった。

部活が終わると、急いで家に戻った。明かりがついていることにホッとする。

「ばあちゃん、ただいま」

玄関の引き戸を引いて敷居をまたぐと、夕ご飯の匂いが鼻をくすぐってきた。当たり前だと思っていたこの瞬間が、かけがえのないものだと知るのが遅すぎた。

涙腺が緩みそうになって、慌てて口元を引き結んで堪える。

「おかえり。今日も走ったかい？」

「うん、俺、四キロも走ったよ」

「そうかい」

ばあちゃんの満足そうな顔に、腹がふくれる。よそってくれる白飯の一粒一粒が旨い。お麩入りの味噌汁の味付けが薄いことなんてもう気にならない。炒め物に追加で醤油と塩を振りかけたりもしない。すべてのおかずを何度も噛んで、じっくりと味わうと、実に旨かった。

食べ終わった食器も、もうばあちゃんに運ばせることはしない。お盆に載せて俺が運ぶのである。

「ばあちゃんは休んでなよ」

また片付けの最中に倒れたら大変である。

「あら、ありがたいねえ」

割烹着の袖を目にあてがうばあちゃんが、何だか切ない。こんなに涙脆い人ではなかったのである。俺自身も、たまねぎでも切っているみたいに目をしばしばとさせながら洗い物をすませ、いてもたってもいられない気分になった。

もっとできることはないだろうか。四キロじゃ足りない。もっと何かできることがあるはずだ。

俺はもう、ただ単に気分任せで生きている男ではない。愛する家族と恋人のためならおやつを断ち、万障を乗り越えて十キロを走りきる男に生まれ変わるのだ。努力と根性の男にもなれるはずなのだ。

部屋にいったん戻って、うろうろと歩き回る。その時、机の真正面の壁に貼ってあるカナピー☆スカッシュのポスターが目に飛び込んできた。

レモン色のワンピースを着たカナピーが、空に浮かんで微笑んでいる。オークションでは一万円以上の値段がつくレアものだった。

そう言えば、カナピーのこれまでのナンバー1ヒット曲、フジヤマ☆アイドルには、極めてカロリー消費の高い振り付けがされていた。カナピーがステージで踊るための振り付けではない。俺たちのようなファンが、コンサート会場でカナピーと一体になるための、ファンによるファンのための振り付けである。

男フジヤマと名付けられたその振り付けは、激しさと優しさが高次元で溶け合う神振り付けとして名高い。

そうだ、男フジヤマを踊ろう。ただし、もっと体育会系の動きを取り入れて、さらにカロリーを消費するものにアレンジした上でだ。

俺は興奮を抱えたまま階下へと飛んで降りると、ソファで休みながらテレビを見ているばあちゃんに告げた。

「俺、ちょっと居間の隣で運動してるから。具合悪くなったらすぐに言って」

「ありがとう。がんばってるねえ」

ばあちゃんが嬉しそうに頷く。俺も、ばあちゃんに頷き返す。

居間のすぐ隣の和室にプレーヤーを置くと、片耳だけにヘッドホンを装着し、即興でアレンジしながら男フジヤマを踊った。その動きは、腹についた贅肉をスクイズし、猫背気味の背筋を正しい位置にアジャストする。踊れば踊るほど、スリムになっていくのが実感できるようだった。

ふいにばあちゃんと目が合い、俺は安心させるように笑ってやった。

見てろよ、ばあちゃん!

ばあちゃんがどんな表情をしているのか、もはや汗と涙で霞んだ視界では捉えることができない。さらに激しく腰をひねり、腕を振り抜く。

男フジヤマ、俺ダイエットバージョン、完成である！

＊

「あれ、なんか痩せた？」

朔が言えば、伊織ちゃんも同意する。

「うん、ほっそりしたよね？」

男フジヤマを踊り始めて二日目にして、その効果は見た目に出ていた。ばあちゃんの味の薄いごはんの影響もあってか、気がつけばこの一週間でトータル約七キロものダイエットに成功していたのである。これをあと一週間つづければ、宿題にされていた体重まで落とせる。

体はふわふわのオムレツのように軽く、完走距離も六キロにまで到達した。

「俺たち、何とか行けるかもな」

朔が俺に向かって笑顔を向けた。男が男に惚れた瞬間である。こいつも案外カワイイやつじゃないか。伊織ちゃんが、太陽でも見るように俺を見て目を細めた。これ以上惚れさせるのも罪ではあるが、俺と出会ったのが不運と思ってもらうしかない。

ばあちゃん、亜里砂先輩、きっと完走してみせるから！

俺は愛のために走る男、井上勇樹。

チームを勝利に導くのは、この俺である！

出席番号23

# 風見恭子

## 恋するゲート前

「恭子、朝ごはんは？」

「歩きながら食べる！」

台所に飛び込んで食パンをトースターに放り込み、せっかちにつまみを上げた。まだほんのり熱くなったばかりのパンにマーガリンを塗り、乱暴にジャムを重ねる。

「お行儀悪いわねえ。どうしてあと五分早く起きられないの？」

小言を口にする母もすぐにパートに出るから、シンクの前に立ったまま、慌ただしくパンを頬張っていた。

絶対に朝練に遅れない。そう決めてから約一ヶ月とちょっと経った。落伝は、約二週間後に迫っていて、今日と明日は期末テスト当日だ。

落伝メンバーで相談した結果、テスト当日も朝練は休まないことになったから、こうして普通に朝早くから練習に行く。でも、昨日の夜はバイトが残業になってしまったし、その後は明け方まで今日の期末テストの勉強をしていたから、かなりの寝不足だった。なんて偉そうに言っても、伊織ちゃんが教えてくれた予想問題を、ひたすら繰り返し暗記していただけなんだけど。

一応寝て、六時に起きるつもりがすでに六時二十分だった。久しぶりにぎりぎり間に合うか間に合わないかのピンチだ。

「お父さんは？」

「今日は仕上げが詰まってるとかで、早く出たわよ」

父は、漆塗り工房の雇われ職人だ。職人というと聞こえはいいけど、作務衣で作業する格好いいほうの職人さんではなく、汚れた作業着で仕事をするただのおじさんだった。しかも昨今、漆塗りの需要は先細りの一途だから、我が家の家計も風前の灯火というやつだ。薄利多売で残業ばかりが増えていくと、母がよく嘆いている。

うちがそんな経済状況でも、公立よりもお金のかかる私立に通わせてもらっているのには理由がある。

父と母が青葉ヶ丘学園で出会ったからだ。

母は私が小さかった頃、当時父がどんなに素敵だったか、どんなに青葉ヶ丘学園での三年間が楽しかったかを、よく寝物語に話して聞かせてくれた。

入学式の頃に咲く校庭の桜、校則を変えようとした自治会と先生たちの戦い、金ボタンとセーラー服のボタンを同じ赤い糸で縫うおまじない、スポーツ大会や合唱コンクール、落伝のジンクス、母が通っていた当時から人気だったセーラー服のこと——。

まだ私は母に良く似た可愛らしい少女で、胸をときめかせて母の話に聞き入っていたものだ。あの頃は、自分がこんな少年のような見た目に成長するなんて思ってもいなかった。

「行ってきます！」

「水も飲まないで行くの？」

通学鞄をひっ摑んだ私を、母が呆れたように見送る。

「うん、時間ないからいいや」

答えながら、最近特に目立つようになってきた母の白髪が目に入った。私が青高に通い始めたのと、母が美容院に行く回数を減らしたのは、無関係ではないはずだ。

「今日も楽しんで来なさいね」

「はあい」

青高の授業料でうちの生活費はギリギリ。有り難いと思う気持ちはもちろんあるけど、お金のことなんて考えたこともなさそうなクラスメイトたちを見ると、ため息の出ていた頃もあった。

華やかな青高生たちの中に混じって、私はといえば、少しでも家計を助けたくてガテン系のバイトを始めた。ユニフォームの可愛さに惹かれて入ったラクロス部もしょっちゅう早退していて上達も遅いし、青高生たちのたまり場になっているブルーエイトという喫茶店でパフェを食べながらおしゃべりもしたことがない。

これでため息の出ないほうが、不健全というものだ。

まあ、今はそんな風に思うようなことはなくなっているけど。

ミーハーな理由で入った部活だけど、やってみると競技自体が面白くてはまってしまい、辞めずにつづけて今に至る。一年以上経った今では、部活内で仲のいい友達もできた。レギュラーにはなれそうにもないけど、ベンチにいてもできることは色々とあるし、少しずつだけど上手くなってもいる。バイト先でも、周りの人たちから可愛がってもらったりしていて、学校だとできない社会勉強みたいなこともできるし、こういうのも楽しいかなって思えるようになっていた。

うちにお金がないことを嘆いてもお金が降ってくるわけじゃないし、だったら嘆くかわりに稼いでいたほうが全然いい。

うん。我ながら、けっこうさっぱりした性格だと思う。うまく女子同士の付き合いの空気を読めなくて、ときどき苦笑されるのが少し情けないところだけど。

慌ただしく玄関を出て、駅までの道を小走りで急ぐ。食パンを口に運びながら、ふと、スカートの丈がやや短くなったことに気がついた。

また背が伸びたのか。

身長一六八センチ。女子にしては長身のこの体は、まだ成長をつづけている。

苦学生みたいな生活にはもうなんの不満もないけど、自分の成長期にはため息が止まらないのだった。制服のスカートから伸びる足は棒のようで、色気の欠片も見当たらない。

どうせすぐに朝練だからジャージで通学してもいいくらいだけど、この色黒長身ショートヘアの見た目でジャージなんて着てたら、ほぼ男子にしか見えない。だから頑張ってセーラー服で通いつづけている。本当は、お母さんが青高生だった頃のようなロングのストレートヘアにしたかったけど、残念ながら今の私には全然似合わないから諦めていた。

中三の初めくらいまでの身長だったら、この制服もきっと似合っただろうな。一五八センチだったあの頃に比べると、十センチも身長が伸びてしまったことになる。

あ〜あ、ダメダメ。朝練に集中しなくちゃ。

いつもの朝練の風景を思い浮かべると、一人の姿が大きくクローズアップされて、また大きなため息が出てしまった。

七月が始まったばかりで、梅雨真っ盛りの空は今日も曇っている。空気にはすでに夏の熱気がこもっていて、早朝でも小走りだと軽く汗ばんだ。

「おはよ」

「おはよう」

慌ててグラウンドに到着すると、私以外の四人はすでに集合していた。その中の一人が、一番はじめに目に飛び込んでくる。みんな同じくらい離れているのに、一人だけを拡大レンズで覗いているみたいだ。

言い訳するわけじゃないけど、私じゃなくてもこんな風に見える人は多いと思う。朔君はやっぱり、特別な光を持っている人だから。

「ごめん、少し遅れちゃったかも」

みんなに謝ると、朔君がストレッチで脇をぐっと伸ばしながらこちらを見た。

「いや、今ちょうど七時だよ。テスト勉強、大変だよな」

色々と事情を気にかけてくれる朔君がフォローしてくれようとする。朝練で日に焼けていく顔は、練習を始めた頃よりかなり精悍(せいかん)に見えて、思わず視線を逸らした。

また無愛想な顔をしちゃった。

緊張すると、まるで怒ったような顔をするのは昔からの癖で、そのせいでいつも好きな相手からは敬遠されてしまう。無意識のうちにやってしまうから直しようがないのだ。朔君も最初の頃は、常に怒ってるやつなんだと思っていたらしい。

「恭子ちゃん、一緒にストレッチやろうよ」

伊織ちゃんがこちらに向かって微笑んだ。

「うん、やろうやろう」

ふっくらすべすべの伊織ちゃんの頬を朝日が照らし、お人形のような愛らしさだった。少し離れたところにいる朔君と、驚くほどお似合いだ。二人の様子に、胸が針でつつかれたように痛む。

「テストの予想、役に立った?」

「うん、すっごい助かった」

「え? 何だよ、俺もそれ欲しかったんだけど。今からでもいいからくれよ」

伊織ちゃんが、朔君に笑って頷いた。

二人は多分両想いで、理想の美男美女カップルだ。何をどう誤解しているのか、伊織ちゃんは朔君が私を気にしてるとか言ってくるけど、勘違いにも程があると思う。

ふざけて話している時の朔君と伊織ちゃんのきらびやかさと言ったら、何だかもう入っていけないものがあるし、何と言っても絵になる二人だし。

伊織ちゃんは見る目のない彼氏と別れて正解だったと思う。すぐそばに、こんなにぴったりの男子がいたんだから。

伊織ちゃんの横に並んで、ストレッチを始める。トレーニングの内容は、これぞ少女という風情の伊織ちゃんよりも、私のほうが当然ハードだ。

脚を膝から折って、太腿をしっかりほぐす。一見ふくらはぎの筋肉のほうが走るのには重要そうだけど、腿の筋肉を柔らかくしておかないと、足が上がらなくなって途中からすごく苦しくなるのだそうだ。

女子は第二区か第四区を走ることになっていて、四区のほうが二区より一キロ長い六キロ。坂のアップダウンもあって、ややハードなコースだった。おそらくだけど、私のほうが六キロを走ることになると思う。完走は問題なくできそうだから、私の場合、フォームを整えたりして、タイムを縮める訓練が始まっていた。

来週には、みんなどのコースを走るかが正式に決まって、各コースを練習することになっている。

「私、先に走り始めるね」

隣で伊織ちゃんが立ち上がった。少し乱れた髪をもう一度束ね直す姿がとても可愛らしい。どうして後れ毛が自然に決まるんだろう。

「頑張って」

声を掛けると伊織ちゃんがこくりと頷く。

「無理すんなよ」

朔君も励ましながら、伊織ちゃんを送り出す。

折れそうに細い脚を前後させながら、伊織ちゃんがグラウンドへと出ていった。陸上部の男子たちが、嬉しそうに伊織ちゃんに挨拶をしている。先輩と別れてからというもの、しょっちゅう色んな男子から告白されているからさすがだ。

でも彼らなんかじゃ全然、朔君に太刀打ちできない。

ようやくウォームアップを終えると私も立ち上がった。グラウンドに出る寸前、朔君が話し掛けてくる。

「今日も頑張ろうな」

「うん。行ってくる」

軽く手を上げて走り出した。伊織ちゃんには、無理すんなよと声を掛けていたのに、私には頑張ろうな、だ。つまり私は仲間。伊織ちゃんは女子。わかりやすい差だ。

でも大丈夫。私は、二人とこうして仲間になれただけでもすごく嬉しいのだ。教室の中でも、特に目立つ華やかな二人と、こんなに仲良くなれるなんて落伝万歳だ。

グラウンドを軽く流して走りながら、つくづくそう思う。

校門へとつづく道に入ると、伊織ちゃんが少し前の並木道を走っているのが目に入った。いつ見ても、理想的な細い背中だ。

伊織ちゃんとは、最初の頃からは考えられないほど仲良くなった。

アイドルみたいに可愛くて、数学の天才で家計に余裕があるなんて、一見なんの悩みもなさそうだけど、愛人の子だってことをすごく気にしていたことも知った。

さっさと朔君に告白しちゃえばいいのに。最初よりは全然吹っ切れたみたいだけど、やっぱり家のことがまだ気になっているのだろうか。

伊織ちゃんはうちみたいな平凡な家庭がなぜかすごく羨ましいらしく、いつもさかんにいいなあと繰り返している。この間の土曜日の夜、とうとう、うちに晩ご飯を食べにきた。私から見れば伊織ちゃんこそ羨ましいのに。いっそ、全てを交換したいくらいだ。この話になると、いつも二人で無いものねだりだねといって笑ってしまうのだけど。

走りながら、だんだん伊織ちゃんの背中が近くなってくる。

朔君や伊織ちゃんだけじゃない。康太君もすごくいい子で走りについて色々と調べて教えてくれるし、勇樹君はなんていうか存在自体がユニークで面白い。あの自信って、一体どこからわいてくるんだろう。私にも伝授してほしいくらいだ。

落伝メンバーって、みんな個性的で、すごくいい組み合わせだと思う。無事に完走できるかどうかはまだ微妙なところだけど、問題だった勇樹君は今、猛烈な勢いで盛り返してきているし。

「伊織ちゃあん」

すぐ後ろまで近づいて声を掛けると、小さな顔が振り向いた。

「わあ、いつもながら速いなあ」

伊織ちゃんと並んで走る。校門を出たら、本格的にタイムを意識してスピードアップするけど、そこまでは何となく二人でおしゃべりをしながら走るのだ。

「もう私、頭の中で円周率を展開しながらじゃないと走れないよお。熱すぎ。日焼け止めも効かないかも」

伊織ちゃんがわけのわからない泣きを入れる。

「円周率と走るのと、どう関係があるの？」

「え？　数字のこと考えてると、気が紛れるの」

「——ええと、そっか、うん。邪魔してごめん」

「大丈夫、大丈夫。一人とだったら、話しながら展開できるから。でも二人はちょっと厳しいんだよねえ」

彼女の頭の中って本当、どうなってるんだろう。

「じゃあ私、先に行くね」

「うん、追いかけるよ」

伊織ちゃんが笑うと、後れ毛がふんわりと風に揺れた。軽く頷いて、校門を出る。

そう言えばうちにご飯を食べに来た時に、伊織ちゃんが青高時代の母親の写真を見て、可愛い可愛いと騒いでいたっけ。若かりし頃の母は今よりほっそりとしていて、もちろん今みたいに所帯じみてもなくて、伊織ちゃんみたいに後れ毛がふんわりとした可愛らしい少女だった。

私も、中三の初めまでは、当時の母にそっくりだったのにな。あのまま背が伸びなかったら、私も朔君に、無理すんなよとか言ってもらえたのかな。

うじうじと考え始めて、慌てて首を振る。今さら悩んだって仕方がない。

ずっとずっと好きだった人と、仲間として話せるだけですごく幸せなことだ。それに、私は伊織ちゃんのことも好きだ。自分の好きな二人がカップルになるなんて、こんなに嬉しいことはないはずだ。だから私は、二人の恋を応援することに決めている。以上、終わり。何も悩むべきことはない。

雑念を振り切って、淡々と走る。腿をよく上げて、脚で弧を描くような感覚で。

そう。悩んでも仕方のないことで悩まない。それが心の正しいフォームだ。

心の中で言い聞かせながら、田んぼを脇目に走る。

ひたすら、ひたすら、走りつづける。


お昼ご飯を食べ終わった後の現国のテストは、かなり眠かった。さすがに十時までバイトで残業した後に明け方まで勉強し、さらに朝練で走り込むと、脳が省エネモードになってしまうらしい。一応問題を一通り解き終わると、今がテスト中だろうが何だろうが関係なく眠気が襲ってくる。教室がしんと静まりかえっているのも良くない。

席を決める時、教室の一番隅の窓際をくじ引きで当てた。ここからはクラス全体が見渡せるし、窓の向こうに、いつも朝練で集合する陸上部のグラウンドも見晴らせる。

それに、斜め右方向に座っている朔君のことも。

夏服の白い背中に目をやると、胸がきゅっとなって少しだけ目が覚めた。朔君も問題を解き終わったのか、机に堂々と突っ伏している。少しつんつんしている短髪、筋肉のついた二の腕、背中が息に合わせて軽く上下していた。無防備な姿を見ていると、なんだか微笑ましい。

まさか一緒のクラスになって、落伝でこんなに話せるようになるなんて思っていなかった憧れの相手だ。

いつから好きだったのか、もう良くは覚えていない。

でもきっかけは、一年生の秋に起こった、ある部活帰りの出来事だったと思う。あの頃の私は、十六歳だっていうのに、心は生活に疲れたおばさんみたいになっていた。

それに加えてあの日の私は、一年生で唯一、レギュラーから外れたことを知った直後だった。ラクロス部なんてまだまだメジャーじゃないし、部員も多くはないから、三年生が引退したら、ほぼ全員がレギュラーになれるような環境だったにも拘わらず、だ。

私のせいじゃないのに。バイトしなくちゃいけないから、みんなより練習ができないせいなのに。

納得して自分で選んだ道だけど、それでもどろどろと考えながら、私は校門までの並木道を歩いていた。汗を吸ったユニフォーム入りのバッグがいつもより重くて、家までの道が遠かった。泣くともっとブスになるのに、涙がどんどん溢れていた。

もう無理だと思った。バイトしながら学費をまかなって、部活までやっていくなんて、最初からできるわけはなかったんだと投げやりな気持ちになっていた。青高を勧めた父と母のことまで憎らしくなっていた。

すると、後ろからやけに声の大きな二人が歩いてくるのがわかった。

「だからさあ、朔にはわからないって。恵まれてるもん。天才だもん。世の中にはさあ、どれだけ頑張っても報われない奴がいるんだよ」

二人のうち一方のふてくされた声が、まるで自分の心の声のようで胸がずきりと痛んだ。

「わかんねえよ、俺には。頑張っても報われないのは、自分がそう決めちゃってるからじゃねえの？」

最初の声が誰だかわからなかったけれど、今答えたほうは吉住君――朔君だとすぐにわかった。

一年の時から学年でも目立つ存在だった彼は、良く廊下で他の男子とふざけ合っていたから、声にも馴染みがあった。もっとも私は目立たない生徒だったし、挨拶もほとんど交わしたことのない相手だったけど。

「はあ？　マジ天才の言うことわかんねえ」

相手は朔君と同じバレー部の生徒だろうか。声がどんどん近づいてくる。

「だから俺、天才じゃないって。ただ、出来ないとか無理って言わないだけ。嫌な未来が来る前に、自分が行きたい未来を先に決めちゃってるだけなんだよ」

「ますます意味不明だし。なんだよ、その決めるとか決めないとかって」

困惑するもう一人の男子生徒の声に、私も心の中で同意した。

　二人はもうほとんどすぐ後ろまで来ていた。

「だからさあ、自分で出来るって決めちゃえば、絶対にそうなるって。だって、頑張っても報われないって決めたから、実際その通りになってるんだろ？　おまえ、いっつも口癖みたいに、報われない報われないって言ってたじゃん」

　ちょうど私の真横を通り過ぎながら、朔君が言った。

「そりゃ、言ってたけどさ。それは俺が決めてたとかじゃなくってさあ――」

　朔君の友達は納得いかないみたいだったけど、私は今度の意見には、はっと胸を打たれた。

　私は、今日みたいな日が来ることを、どこかでずっと決めていた気がしたのだ。

　どうせ練習時間が短いから。どうせ、上達できなくても仕方がないから。心の中に、そんな言い訳ばかりを用意して、青高に入学した瞬間から、ずっと今日みたいな冴えない未来を自分に言い聞かせて、突き進んできてしまったのかもしれない。

　練習時間が少ないせいでもなく、うちが貧乏なせいでもなく、私が自分でそう決めてしまったからこうなったんじゃないだろうか。

　何より、誰のせいでもなく自分のせいだと思えたら、途端に胸が軽くなった。俯いていた気持ちが、前を向き始めたのだ。

自分が決めたことなら、自分で何とか状況を変えられるかもしれない。

朔君とバレー部の友達は遠ざかり、もう校門を出ようとしていた。

「ありがとう」

そう朔君の背中に向かって呼びかけたことを、もちろん朔君は知らない。

それから何となく、朔君のことを目で追うようになった。どんな男の子なんだろう。どうしてあんなに前向きに、強く、考えられるんだろう。

見かける朔君は、いつも輪の中心にいて、内側からキラキラとした光を発散していた。

そのうちに、笑っている顔も、ふてくされたような顔も素敵だと思うようになっていて、気がついたら、他のたくさんの女の子みたいに、私も朔君のことを好きになっていたのだ。

だから、朔君にとってその他大勢で終わるはずだった私が、こうして普通に話すような距離にまで近づいたのは、一つの奇跡だ。

リーダーを辞めると言った朔君を、ものすごく強引に説得できたのもミラクルだった。今思うと、なんであんな物の言い方ができたのか全くわからない。朔君が私なんかに言われて戻ってくれると頷いた時、本当はマッグバーガーで飛び上がりたいほど嬉しかった。

だからやっぱり、もうこれで十分だよね。

机に突っ伏していた朔君の体が、突然ビクッと動いて、教室に忍び笑いの声が響く。テスト終了まであと十五分。かりかりと鉛筆の走る音や軽い咳払いの声が、心地好いBGMのようだ。見直しのために目を開きつづけようとしたけど、私もいつしか心地好い眠りに落ちていった。

＊

残業した一昨日から一日空いて、バイトに出勤した。期末テストも終わり、かなり解放された気分だ。これであとは、来週の金曜日に落伝を走れば夏休みがやってくる。

基本的には月水金日の一日おきにシフトに入っている。水曜日の今日も、所属しているラクロス部の練習を早めに切り上げて、バイトに出てきた。

時刻は夕方五時半。初夏の空が、少女のため息のような、切なさを誘う桃色に染まっている。

歩行者に頭を下げていったん止まってもらい、青白く発光する誘導ライトを左手で高く掲げつつ、右手を素早く回転させて、大型のトラックを運送会社の敷地内に招き入れる。

「ありがとうございました」

トラックが入場し終わると、待ってくれていた歩行者に再び頭を下げ、通ってよしのサインとして、誘導ライトを歩道の向こうへと指し示した。

青高生のバイトは禁止されているから、同級生たちがしょっちゅう通うようなファストフード店など、いかにも学生のバイトらしい場所では働けない。だから、父方の親戚が経営する運送会社に雇ってもらい、こうしてこっそりシフトに入っているのだ。私のバイトについて知っているのは、父と、落伝を走ることになったクラスメイトのうち勇樹君を除く三人、そして担任の金子先生だけだった。どうして金子先生まで知っているのかというと、実は、この運送会社には偶然にも金子先生の弟さんが勤務していて、その関係で先生にもバイトのことが伝わってしまったからだ。

先生の弟さんは、勇作さんという。先生と同じように昔バレーボールをやっていたそうで、とても背が高い。

「靭帯やってなかったら、俺、多分オリンピックに行ってたんだぞ」

そう言って良く笑っているけれど、他の従業員のおじさんに聞いたら、まんざら冗談でもなかったみたいだ。

「周りからも、世紀に一人の逸材とか言われててさ。それが怪我で全部台無し。ただただ状況を恨んでるうちに、もう跳べなくなってた」

去年の忘年会で、酔った勇作さんは私に向かってそんなことを言った。ちょうど朔君のことが話題に上って、その流れで勇作さんは自分のことを話してくれたのだ。

落伝のリーダーをしている朔君は、金子先生が顧問を務めるバレー部に所属していて、やっぱり右足の靭帯を損傷してしまった。勇作さんと同じ天才型の朔君を、だから金子先生はとても心配しているのだと、ビールを手酌しながら勇作さんは言った。

「兄ちゃんすっげえ荒れててさあ。俺が才能に惚れすぎて甘やかしてたって、もっと口うるさくしておけば良かったたって」

生徒の前ではいつも泰然としているから、金子先生が荒れている姿なんてまったく想像がつかなかった。

先生はその後、勇作さんも少しお世話になったという有名なリハビリのトレーナーを朔君に紹介したり、学校側には朔君の担任にしてくれるように無理に頼み込んだりして、陰でも日向でも朔君を見守りつづけているのだという。

「もはやストーカーだよな。あ、これ、俺がバラしたって内緒な？」

勇作さんは口に人差し指を当ててみせた。

あの話を聞いた時は驚いたけど、そう言えば落伝のメンバーが決まった時、金子先生は妙に張り切っていて、朔君をリーダーに仰いで朝練に励むようにと、私たちに事細かな指示を出していたことを思い出した。

今思えばあれは、クラスの落伝を成功させたいという気持ちの他に、朔君を立ち直らせたいという熱意が大きかったのだろう。そして金子先生の想いは、確かに朔君にも通じはじめていると思う。

「朔君って子、だんだん回復してきてるみたいだなあ。軽くアタック練習始めたって、兄ちゃん、はしゃいじゃって大変だったよ」

ついこの間、勇作さんがそんな声を掛けてきた。けれど、そのことを告げる勇作さんは何だか少し寂しそうだった。

ゲートの上に広がる夕空が、どんどん夜に覆われていく。まだ昼の熱気が残る空気のはるか彼方に、決して手の届かない星々が淡く霞んで光り、わけもなく胸が焦がれる。

私には、勇作さんがかつて持っていた才能なんて初めからないから、彼の寂しさを本当の意味では理解していないかもしれない。

でも、少しだけなら、わかる気がした。

朔君を見つめていると、自分が置いていかれるような、それとも自分だけが止まっているような、妙な焦燥に囚われる瞬間があるのだ。自分にはない強い光を受けて照らされる部分ももちろんあるけど、今までどうにかやり過ごしてきた陰の部分も強烈に浮かび上がってくるみたいだった。

いつも眩しいくらいに光っている人だ。リハビリが上手くいかなくて、そのせいで後輩から舐められている時でさえもその光の強さは透けていて、雲間から漏れ出る太陽の矢のように、ときどき鮮やかに姿を現していた。

少し喉が渇いてきた。軽い気分転換も兼ねて、近くの自販機でスポーツドリンクを買って戻ってきた。

やがて七時になり、四十五分間の夕食休憩をとった。この間だけ守衛さんに交代してもらい、他の従業員さんたちといっしょにお弁当を食べて、またゲート前に戻ってくる。再びトラックを送って、入れてと繰り返しているうちに、いつの間にかバイト終わりの九時になっているのだった。

今日もトラックの出入りが激しくて、夕食を終えて仕事をしていると、あっという間に八時半近くになった。ほんの気持ち涼しくなった風が、微かに吹いている。

そろそろかな。

ちょうどそう思った時、背後から規則正しい足音が聞こえてきた。タッタッタッタッと軽快に地面を蹴って、足音は近づいてくる。

——来た。

ロードワークと称して部活を早めに切り上げ、落伝のために走り込んでいる。

足音の主は、朔君だ。

運送会社の前を通って家に戻るランニングコースは、怪我をする前は、毎日の日課だったはずだ。でも今はリハビリ中なのに、そんなに走って大丈夫なのかな？

「おーっす」

後ろから声が飛んでくる。初めて気がついたように振り向くと、脚の長い端正な姿が軽く上下しながら近づいてきた。

「お疲れ〜」

手を上げて挨拶する。ちょうどトラックの出入りが止んでいて、目の前まで走ってきた朔君が立ち止まった。私が忙しくしている時は軽く挨拶を交わすだけで足を止めずに行ってしまうから、今日はラッキーだ。

「トラック、少ないんだ」

「うん、今は」

大分慣れたとはいえ、二人きりで向かい合わせになると、誘導ライトを握る手の平には密かに汗が滲んでくる。こんな時、写真の中の母みたいに自然に笑えたらいいのに。

「一昨日は残業だったんだろ？　今日は早く帰れるの？」

「うん、今日は大丈夫みたい。朔君こそ、毎日すごい距離走ってて平気なんだ？」

「いやあ、こんなんじゃ走ったうちに入らないって。俺、元みたいには走れてないし、勘所もまだ全然戻りきってないしさ。ちょっとまあ、自信なくし気味だったんだ」

「そうだったの⁉」

朝練が始まったばかりの頃は荒れ気味なのがわかったけど、最近は練習に打ち込んでいたし、速いとは言えなくても完走はできるようになっている。まさか自信をなくしているなんて思わなかった。

「まあ、前だったらそのまま逃げてたんだけどさ。いい加減、かっこわりいし、やるしかないって思って。自分で出来るって決めないと、出来るはずないしな」

わざわざ大回りして走っていたのは、練習を積み上げて自信を取り戻すためだったんだ。才能に溢れていて、鳥みたいに飛んでた人が、今はこうやって地道に地上を走っている。不安とか迷いとかを振り切りながら、頑張ってるんだ。そのことに胸が熱くなる。

「朔君、自分で出来るって、決めたんだね」

「え？　まあ、そう。未来って自分で決めるもんだって思ってるし」

「――そっか」

慌てて、朔君が履く青いランニングシューズをただ見つめる。

嬉しかった。体はまだ追いついていないかもしれないけど、朔君はちゃんと、怪我をする前の前向きさを取り戻している。そのことが、たまらなく嬉しくて、俯きながらにやにやと笑ってしまう。

「なんかさあ、最初は俺ら、どうなることかと思ったけど、なんとかみんなで完走できそうな気がしてきたよな。勇樹もここに来て、すげえ追い上げだし」

スリムというのは言いすぎだけど、一回りくらいは細くなった勇樹君の姿を思い浮かべると、なぜか場が和んで、私も思わず笑ってしまった。朔君も吹き出している。

「明日も朝練、頑張ろうな」

「うん」

マッグバーガーで話した時は知らんぷりをしたけど、朔君が毎日このゲートの前を走っていたことを、私はもちろん知っている。あの頃から比べるとこんなにも距離が近づいている。

何か言いたいのに、伝えたいことの正体を捉えきれないまま手を振った。朔君が、顔いっぱいで笑って、痛いほど心臓が強く打つ。眩しくて、ああやっぱり違う世界の人だなと思い知る。

——朔君、ぜったい恭子ちゃんに気があると思うんだけどなあ。

ふいに伊織ちゃんの言葉が耳の奥で甦ってきて、逆に落ち込んだ。

そんなわけ、ないって。

「じゃあ」

心の中で忙しく葛藤しているうちに、朔君が再び走り出してしまった。

「あ、うん。気をつけて」

慌てて、返事をする。

走る背中が、リズムに乗ってどんどん遠ざかっていった。目を離すことができなくて、いつもと同じように姿が消えるまでじっと見つめつづける。

だけど今晩は、そんな風には終わらなかった。

もう声が届かないほど朔君が遠ざかった時のことだ。突然、自転車のブレーキ音が響いたのだ。

驚いて目をこらすと、朔君の向こう側で自転車のライトが激しくぶれていて、朔君がゆっくりと倒れるのが見えた。

「朔君!?」

思わず、手にしていた誘導ライトを放って駆け出していた。焦って走っている間も、朔君は起き上がらない。自転車の相手は慌てたように再びサドルに腰掛けると、走り去ってしまった。

どうしよう！

ようやく朔君のところまで辿り着くと、朔君は顔を歪めて地面に突っ伏していた。

「大丈夫？」

声を掛けると、しんどそうに頷く。パニックのまましゃがんで覗きこむと、朔君が無理に立ち上がろうとして呻いた。

「いってえ」

「どこが？　どこが痛いの？」

まさか、膝じゃないよね？　膝は、大丈夫なんだよね？

無神経に尋ねることもできずに、おろおろとそばにいることしかできない。

朔君が軽く膝を起こし、体育座りになった。そのまま確かめるように右脚の色んな場所に手を当てている。

「多分、足首。避けようとして、少しひねった」

「こういう時って、冷やしたほうがいいんだよね？」

「ん」

朔君が、再び無理に両脚で立とうとした。

「ダメだよ、ちょっと休んでて。氷、取ってくるから！」

そうだ。勇作さんなら、こういう怪我の時、どうしたらいいか知ってるかも。

「あと私、金子先生の弟さん、呼んでくる！」

「金やんの弟って――？」

戸惑ったままの朔君を置いて、私はバイト先の建物内にいる勇作さんの元へと走った。

事務仕事をしていた勇作さんは、朔君のことを告げると目を丸くしていたけど、急いで立ち上がるとフロア内の冷蔵庫からありったけの氷をビニール袋に詰め込んだ。そのまま振り返って、私にてきぱきと指示を出す。

「恭子ちゃん、他のフロアの氷も集めておいて！　あと、酒田さんに電話！　ええと、番号、俺の机の上のケータイに入ってるから！」

言い終わると、私なんかがとても追いつけないスピードで駆け出して行った。

それからのことは、悪夢みたいだった。

取りあえず打ち合わせ室に、勇作さんが朔君を連れてきてくれた。足首は誰が見ても腫れがわかる状態になっていて、勇作さんも難しい顔をする。

連絡すると二十分ほどですぐに駆けつけてくれた酒田さんは、手際よく応急処置の湿布やらテーピングやらを施した。

しんどそうな朔君の顔を見ているうちに何だか泣きそうになって、私はそっと、打ち合わせ室の前の廊下に出た。

勇作さんから連絡を受けたのか、慌てた様子の金子先生までやってくる。

「おう、風見か。朔、どうだ？」

「捻挫、みたいですけど、ちゃんと検査しないとわからないって——」

言いながら、ついに涙が出てくる。普段は慌てたりしない先生が、おろおろと誰もいない廊下の左右を見回した。

「そっか。まあ、あれだ、泣くな。朔は中にいるのか？」

何も言えずに頷くと、金子先生がしわくちゃのハンカチを押しつけて、打ち合わせ室に入っていった。

「やっちまったかあ」

わざとなのか、妙に明るい声が部屋の内側から響いてくる。

「やっちまいましたよ」

朔君の返事には悔しさが滲んでいた。その声に、私まで歯をくいしばった。

それからどのくらい時間が経ったのかはわからないけど、私はただ打ち合わせ室の出口のそばに立ち尽くしていることしかできなかった。

「じゃあな、女子を泣かしてんじゃねえぞ」

声につづいて、金子先生が酒田さんといっしょに部屋から出てくる。

「大丈夫なんですか？　朔君」

「う〜ん、まあ様子見ってとこだな。でも、あいつは走るって言ってるけどな」

金子先生が扇子で顔を盛んに扇ぎながら言った。

「俺は反対だ。足首庇って走って、膝に負担がかかったら洒落にならんぞ」

酒田さんは口をへの字にして言う。

リハビリのプロがそんな風に言うなんて、怪我、けっこう酷いのかな。

「まあまあ、その話は二人でしましょうよ。じゃあな、風見。気をつけて帰れよ。朔は家の人がもうすぐ下まで迎えに来るっていうから、俺、挨拶していくわ」

金子先生が扇子を閉じると、まだ何か言いつのっている酒田さんを連れて行く。

つづいて朔君が、勇作さんの肩を借りながらゆっくりと出てきた。

「大丈夫!?」

朔君が、驚いたような顔でこちらをじっと見た。

あ、そっか。私、ブサ顔で泣いてるんだった。

それでも朔君の顔を見ると、鼻がつんと痛くなる。もっと不細工になるのに、自分ではもうコントロールできない。

「ごめん、心配かけて。俺、大丈夫だから」

「ううん、私こそごめん。自転車とか、ちゃんと見てれば良かった」

「いや、恭子は何にも悪くねえし。俺だよ。バランス感覚、大分戻ったと思ったんだけど、あんな不意打ちくらいでこけるなんてダサすぎ」

そんなことない。全然ダサくなんてない。

少し俯いた後で、朔君が真剣な顔を向けてきた。

「あのさ、俺、ほんと大丈夫だし走れるから。みんなにはこの事、内緒にしといてほしいんだ」

「え？　でも――」

「今週いっぱい様子見て、来週からリハビリっつうの？　そういう感じで緩い走りでごまかして、本番だけはぶっちぎって走るからさ。頼むよ」

拝むような仕草が金子先生と良く似ている。

「でも無理しないほうがいいって酒田さんが」

「酒田さんとは、もう一度ちゃんと相談するからさ。な？」

仕方なく頷くと、朔君がほっとしたような顔をする。それから少し迷ったような仕草のあとで、ぽつりと告げた。

「あのさ、泣かせて、ごめん」

「え、あ、ううん」

少し沈黙がつづいた後、勇作さんがぷっと吹き出す。

「はいはあい、お二人さん、もういいかなあ？　朔君、親御さん、待ってると思うし、そろそろ行こうか？　恭子ちゃんも、もう上がる時間でしょ？　守衛さんが代わりに誘導してくれてたから、お礼言っておいて」

言われてようやく、仕事を放り出して来てしまったことを思い出す。

「あ、私、すみませんでした！　ありがとうございました！」

勇作さんに頭を下げると、今度こそ二人は去っていった。勇作さんの肩を借りながらひょこひょこと歩く朔君の後ろ姿が痛々しい。

せっかく自信を取り戻そうと頑張ってたのに。みんなで完走できそうだって笑ってたのに。

そう言えば、誰にも言わないでって言われたけど、伊織ちゃんには知らせたほうがいいのかな？　でも男の子って好きな人には弱ったところとか、見せたくないものなのかな？

朔君、本当に大丈夫なのかな？

バイトを上がったあと家まで自転車を漕ぎながら、また泣きそうになって、その度に自転車を止めた。

――俺、大丈夫だから。

そう言った時の朔君の声をお守りみたいに何度も頭の中で繰り返して、ようやく玄関まで辿り着いたのだった。

＊

木曜日、朔君は学校を休んだ。足首の検査をすると言っていたから、午前中は心配しつつも仕方がないと思っていた。それでも、検査が済んだら午後には出てくるかと思っていたのに、朔君の席は空いたままだった。ずっと心配で、部活が終わって家に戻っても落ち着かなくて、散々迷って、一時間ぐらい電話口でうろうろして。

お母さんとお父さんが寝た夜の十時に、朔君に電話を掛けた。スマホは買えないから、私のコミュニケーションはいまだにこうして家電からだ。

ワンコール、ツーコール、スリーコール。あと一回鳴ったら、切ろう。そう思った瞬間に、朔君が電話に出た。

『もしもし？』

「あ、もしもし？　私、恭子です。遅くにごめん」

声だけのやりとりに緊張して、受話器にぎゅっとしがみついてしまう。

『おう。ごめんな、今日、朝練に行けなくて』

「ううん。私こそ、遅くにごめん。起きてた？」

『こんな早い時間に寝ないって』

吹き出す朔君の元気そうな様子に、少しはホッとする。

「そっか。あの、今日、みんなには、膝のリハビリって言っておいた」

『ごまかしてくれてサンキュ。康太からリハビリ大丈夫かって連絡あった』

「検査、どうだったの？」

『うん。軽い捻挫だって』

「そっか。良くないけど、でも良かった」

『サンキュ』

やりとりの合間に朔君の息づかいが聞こえてきて、今日会えなかった分を埋め合わせるように、耳を澄ました。

『まあ、さすがに休み続けるわけにもいかねえし、明日はちゃんと出るから。取りあえず調子悪いってことで通すしかないかなって』

「そっか」

足首をかばいながら走り続ければ、膝に余分な負荷がかかると酒田さんは心配していた。朔君はあの後、酒田さんと話したのだろうか。

「本当に、走っていいの？」

朔君の将来にとって、朔君の右膝は、すごく大事なものなのに。その膝に今、落伝のために無理をさせていいのだろうか。

『――うん、いいんだ。俺、今ここでやりきんなかったら、膝も治らない気がするから』

酒田さんとまるっきり逆のことを、朔君は主張した。あんなに朔君のことを心配していた金子先生も、朔君の意見に賛成だったそうだ。

そう言えば、昨日の夜も、先生は朔君の意見を尊重しているような態度だった。

『金やんが、酒田さんを何とかなだめてくれてたみたいでさ。それで、酒田さんがダメだと思った時には棄権するって条件付きでＯＫ出た』

「そうなんだ」

やっぱりリハビリ中の朔君の膝には、軽い捻挫と言ったって、十分に負担が重いのだろう。

『金やんは、走ったほうが気持ちのリハビリになるとか何とか、相変わらずわけわかんねえこと言ってたけど』

「そっか、勇作さんのことがあったから、先生――」

『え？　何のこと？』

「あ、ううん、何でもない」

きっと勇作さんと同じように気持ちで負けてしまうことを、先生は一番心配しているんだ。だから、体に負担をかけすぎない範囲で、落伝のことに賛成してくれたんだと思った。

『俺、頑張って何かを成し遂げたことってないのかもって最近気がついたんだ。嫌味に聞こえるかもだけど、頑張らなくても色々出来ちゃってたっていうか。でもそれって逆に言うとさ、できる範囲のことしかやってこなかったってことなんだよな』

電話の向こうで、淡々と朔君が語る。覚悟が、静かに染みこんできた。

ああ、朔君なら、きっとできる。自分でそう決めたから、このハードルもきっとクリアできる。そしてまた強くなる。ううん、最強になる。

これからの朔君に、ワクワクしてくる。でも同時に寂しさにも襲われて、私は沈黙した。

『あ、ごめん。俺、もらった電話でこんな自分のことばっか』

「ううん、そんなこと」

『――でも、いいな。こんな風に率直に話せるのって』

朔君の言葉が、猛スピードで沈んできた気持ちにとどめを刺す。

気をつかわずに話せるのは、友達だからだね。男同士の友情に近いものを、私になら感じられるからだね。

「うん」

色んな思いを言葉にはできなくて、ようやく出た一言は、すごく短かった。

『じゃあ、ごめんな。長くしゃべっちゃって。明日、朝練で』

「気にしないで。おやすみ」

『──おやすみ』

電話を切ると、すぐに自己嫌悪に襲われた。

またぐじぐじと、気持ちが沈むなんて情けない。たとえ置いていかれたからって、元の状態に戻るだけだ。だって、もともと遠い人なんだし、こんな風に電話で話せること自体が奇跡なんだし。

私がもし朔君のためにできることがあるとしたら、それは、怪我のことを何とかみんなに隠すことと、伊織ちゃんとのことを応援すること。もっとも、二人のことは時間の問題で、私のサポートなんて必要ないかもしれないけど。

ため息をつくと、いつの間にか、お母さんが後ろに立っていた。思わず飛び上がって驚く。

「ちょっと、びっくりさせないでよお」

「ごめんごめん」

そういう顔が笑っている。

「なに？　気味悪いなあ」

「う〜ん、何だか女の子の顔してるなあと思って」

「ええ？」

それ以上何かを尋ねる前に、お母さんはさっさと寝室に戻ってしまった。人が真剣に悩んでいるというのに、無責任な話だ。

女の子の顔って、そんなわけない。部屋に戻って全身鏡を見たけど、やっぱりいつもの通り少年の顔のままだった。

日に焼けてて、目が細くて、髪は短くて、背がひょろりと高い。

その夜はなかなか寝付けなくて、何度も寝返りを打った。

朔君の怪我の心配やら、伝えるあてのない気持ちやらが、どんなに無視しようとしても胸の真ん中に居座って消えようとしない。ゆらゆらと揺れ続ける気持ちを、どう静止させればいいのかわからなかった。仕方がなくてただギュッと目を瞑りつづける。そうすれば、今の中途半端な自分を消し去れるみたいな気がした。

でも、いつまで経っても、どんなに強く目を瞑っても、そんな奇跡は起きなかった。

＊

金曜日の朝、もやもやを抱えたまま朝練に参加した。朔君のことも、まだ心配だった。

電話での声は元気だったけど、無理してただけかも――。

それでも朔君は酒田さんにテーピングしてもらったと言って、松葉杖なんかも使わずにグラウンドにやってきた。

「リハビリとか言って、どうせズル休みだろう？」

勇樹君に言われて、朔君が軽く流す。

「いやあ、まあ、そんなとこ。休んじゃってわりぃわりぃ」

良かった。思ったより、ずっと元気そうだ。でも歩く時、右足をかすかに引きずっている。

「ってことで俺、膝のリハビリの関係で、今日は少し休んでストレッチと筋トレに専念してるんで」

ちらりと朔君に目で制されて俯いた。

「何だよ、自己管理をちゃんとしてくれよ。リーダーなんだからさ」

事情も知らずに口を尖らせる勇樹君に、イライラとさせられた。でも朔君は動じずに軽く頭を下げた。

「ほんとごめん。でもまあ、勇樹も大分完走に近づいてきたしな。リーダーなんてお飾りでいいだろ？　むしろ今いちばん頑張らないといけないのは俺って感じだし」

勇樹君はその様子が意外だったのか、逆に気圧されたみたいになった。それでも憎まれ口を叩く。

「そういうことだよ。気合いで頑張れよ」

「はあい、勇樹先輩！　俺、やりますんで！　安心して走ってきてください」

「とにかくみんなで頑張ろうね！」

伊織ちゃんが場を和ませる天使の微笑みを見せると、ようやく勇樹君が大人しくなり、康太君も心配そうな表情ながらも黙って頷いた。

それからは、みんなばらばらとストレッチを始めた。落伝までちょうどあと一週間のせいか、グラウンドには陸上部の生徒たちだけではなく、落伝を走る他の生徒たちも目につくようになっている。

ウォーミングアップを終えて走り出す前に、何か朔君に言ってあげたかった。体を伸ばしながら考えたけど、なんて声を掛ければいいのかさっぱり浮かんでこない。でもそのうち、何も言う必要がないんだってことに気がついた。

だって、伊織ちゃんがいるから。今何か言うなら、やっぱり伊織ちゃんのほうがいいに決まっている。案の定、ストレッチを終えた伊織ちゃんが朔君のほうへと向かって行った。

「じゃあ、私は走ってくるけど、朔君は大人しくここで自主トレしてるんだぞ。無理して私たちのリーダーが走れなくなったら困るからね」

伊織ちゃんは、私がどんなに考えても思いつけなかった言葉をさらりと口にする。彼女が解けるのは、数学の難問だけではないのだ。

「おう、まかしとけ」

朔君が、嬉しそうに力こぶをつくって、反対の手で叩いてみせた。

「よし！　みんな朔君のこと、頼りにしてるからね」

伊織ちゃんみたいな可愛い台詞、千年経っても言えそうもないし、似合いそうもない。それ以上は二人を見ていられなくて、ストレッチに専念している振りをした。

ウォームアップを終えてグラウンドを一周し、校舎脇から並木道へと抜けると、いつものように伊織ちゃんの華奢な姿が見えた。

いいなあ。

見る度に、素直にそう思う。後れ毛がふわふわと揺れて、いかにも女の子の背中で。私が伊織ちゃんだったらとか、考えても仕方がないことまで考えてしまう。

昨日から、何だかやっぱり、気持ちの調子がイマイチだ。

走って追いつくと、伊織ちゃんが併走しながら尋ねてきた。

「朔君、膝のリハビリなんて嘘なんでしょ？」

「違うってば。勇樹君も疑ってたけど、サボりじゃなくて、本当にリハビリだってば」

「だから、そういうことじゃなくてさ。怪我、したんじゃない？」

「え⁉」

伊織ちゃんのいつになく鋭い眼差しに、思わず視線が泳いでしまった。慌てて逸らしたけど、多分もう遅い。

「やっぱり。しかも膝じゃなくて、足首を怪我してるでしょう？」

確信を持ってしまったらしい伊織ちゃんの言葉に、今さら嘘をつくのが苦手だったことを思い出した。それに伊織ちゃんなら、朔君の嘘に気がついて当然だ。だって――。

「好きな相手のことだとわかっちゃうよね」

観念して答えると、伊織ちゃんが慌てて否定する。

「違う違う。そうじゃないけどさ。私、こう見えても、サッカー部のマネージャーだよ？あんな風に足首をかばって歩く選手、何人見てきたと思う？」

「そうかもしれないけど」

やっぱり好きな相手だからっていうのもあるよね？

少し黙っていると、恭子ちゃんが再び口を開いた。

「あのさあ。恭子ちゃん、前からずっと言おうと思ってたんだけどさ。ほんっとに勘違いしてるから」

「勘違いって、何を？」

「だから、私、朔君のこと何とも思ってないし、朔君も私のことなんてこれっぽっちも女子として見てないから」

もしかして伊織ちゃん、まだ愛人の子云々を気にしてるのかな？

頑なに気持ちを否定しつづける伊織ちゃんが、今日は歯がゆくて仕方がなかった。仲間の私じゃなくて、女子の伊織ちゃんならきっと、今の朔君に沢山してあげられることがあるはずなのに。

「あのさ、伊織ちゃん。ほんと、朔君は、お家のこととか気にするような人じゃないよ？そんなこともう――」

伊織ちゃんを説得しようとしたその時だった。伊織ちゃんが、今まで聞いたこともないような低音ボイスで呟いた。

「だからさあ、違うっつってんじゃん」

寒気さえ感じさせる口ぶりに、思わず横を見下ろす。いつもの通り伊織ちゃんのつや髪には天使の輪が光っているけれど、目には強い怒りが滲んでいた。普段可愛い子が怒ると怖い、とかいうレベルじゃなくて、もはや凶暴な別人にしか見えない。

「いつまでも、うじうじ、うじうじ。言い訳ばっかして逃げるのやめれば？」

「伊織ちゃん⁉」

違う、この人、誰？

怒りのあまりか、伊織ちゃんが校門の手前で走りを止めた。

「どうせ私と朔君のことを応援しようとか、健気な少女でも気取ってたんでしょ？　でもそんなの、自分が傷つかないための言い訳だから」

突然の伊織ちゃんの言葉に、狼狽(うろた)えた。でも、違う。そんなことじゃない。

「私、ほんとに二人はお似合いだし、両想いだって思うから」

「だから、それが違うっつってんでしょ？　このわからず屋！」

伊織ちゃんがじれったそうに地団駄を踏む。

「第一、もし私と朔君が両想いだったとしても、それが自分の気持ちとどう関係あるの？　その気持ち、誰が面倒見るの？　好きっていう気持ちは、自分しか大事にしてあげられないんだよ？」

「そんなこと、突然言われたって」

思わず後ずさった。

応援したいと思っていた気持ちは嘘じゃない。自分の気持ちから逃げるための言い訳なんかじゃない。そう大声で叫びたかったけど、伊織ちゃんに言い訳だと責められた今、何だか急に自信がなくなってくる。

「どうなのさ。好きなの？　好きじゃないの？　朔君のこと」

「それは――」

「どうなの⁉」

もう一度、伊織ちゃんが地面を片足で強く蹴る。すっかり豹変した態度が恐ろしすぎて、追いつめられた気分になって――やぶれかぶれで言い返していた。

「好きだよ！　一年の時からずっと！」

叫んだ声がしんとした朝の並木にこだまして、何だか涙が出てくる。

そうだよ、伊織ちゃんが朔君と仲良くなる前から、朔君のことを見てきた。太陽みたいに笑う顔も、リハビリに苦戦してた時の悔しそうな顔も、ふてくされた顔も、全部見てきた。

「伊織ちゃんのこと、応援なんかできないくらい、好きだよ」

バカみたいなことを言ってる。自分でも良くわかってる。

こんな少年みたいなクラスメイトに好かれたって、朔君だってきっと困る。男友達と同じように思われてるのに。

もう、顔がぐしょぐしょだ。一昨日から私、ずっとブスな顔してる。

こちらを厳しい目で睨みつけていた伊織ちゃんが、ふいに表情を和らげた。

「よ〜しよし。ちょっとイジメすぎちゃったね。ごめんごめん」

ようやく元の伊織ちゃんに戻ったみたいだった。私の頭を撫でたあと、ピンク色のレースのハンカチを取り出して、涙を拭いてくれる。

「今のキャラ、何？」

「あれが本当の私。でも、恭子ちゃんと話す時も本当の私。普段の伊織ちゃんキャラは、偽者だけどね」

伊織ちゃんが不敵な笑みを浮かべる。やっぱり天才って謎だ。

「どう？　すっきりしたでしょう？」

「良くわかんないよ」

ハンカチで顔を拭いても、拭いても、気持ちが静まってくれない。

伊織ちゃんは、諭すようにつづけた。

「もう、気持ちをごまかすために、私のことを応援しようとか思わなくていいからね。朔君だけに、素直な想いをぶつけるんだよ」

私の頭を再びよしよしと撫でながら、伊織ちゃんが言う。

「そんなの、迷惑に決まってるよ。だって、私だよ？　伊織ちゃんじゃないんだよ？」

我ながらだだっ子みたいだった。私はいつから、こんなに面倒くさいやつになったんだろう。

その時突然、並木の陰から誰かが飛び出してきて叫んだ。

「バカ！　お前、愛について何にもわかってない！」

「勇樹君!?」

それは、木陰に隠れられるほどにはスリムになった勇樹君だった。

あまりの不意打ちに、私も伊織ちゃんも思わず飛び退く。

っていうか、いつからそこに？　今の、聞かれた？

夢中で話していたから、彼が近づいていたことに全く気がつかなかった。

勇樹君は、戸惑う私達の様子なんか気にも留めず、言葉をつづける。

「あのさあ、人が人を好きになったら、一〇〇パーセント相手にその気持ちを届けるのが俺たちの義務なんだよ！」

さっきの私の声以上に、勇樹君の少し高めの声が響き渡る。

「はあ」

勇樹君がずいっとこちらに近づいてきた。

「たとえば明日、朔が死んだらどうする？　お前、自分の気持ちにどう言い訳するつもりだ？」

「明日って、でもそれは極論で」

「違う違う。愛する人が突然死ぬなんて、普通に、どこにでもあることなんだよ。お前にはまだわかんないかもしれないけどな。とにかく、伝えられるうちに、言葉なり行動なりでありったけ示せよ」

勇樹君は言いたいことを言って満足したのか、ひどく荒い鼻息を吐くと、そのまま校門を出て走り去って行った。

「何、あれ？」

伊織ちゃんが体を二つ折りにして笑いだした。

「っていうか、聞かれちゃったよ」

まだ笑っている伊織ちゃんに恨めしげな視線を向けると、伊織ちゃんは咳払いをしたあとで真面目な顔で頷いた。

「でも勇樹君、間違ってないよ。私には愛する人がいないけど、もしそういう人に出会えたら、全力で伝える。伝えきる」

落伝メンバーは個性的すぎて、普通の感覚と違うんだ。そう、そうに決まってる。

心の中で呟く声は、何だか小さい。立ち上がって伊織ちゃんを見つめた。

「なあに？」

「ううん、なんでもない」

私、逃げてたのかな。ちゃんと自分の気持ちと、向き合わないといけないのかな。

伊織ちゃんに改めて尋ねてみたかったけれど、さっきの恐ろしい伊織ちゃんに豹変されるのも困るから、言葉にはできなかった。

校門を出て別れて走る直前に、伊織ちゃんが背中をつんとつついた。

「朔君さ、恭子ちゃんのこと、ほんとに気にしてると思うよ。全然、脈ありだから。タイミングみてデートにでも誘ってみたらいいと思う。大丈夫、はりきってデートコースとか考えてくれるから」

その言葉に、思わず、苦笑してしまった。

それ、今までもからかってるんじゃなくて、本気で言ってたのかな？　でも、いくらなんでもそれはやっぱり勘違いだと思う。だって私は、朔君にとっては仲間だし。伊織ちゃんにその気がなくても、朔君は、伊織ちゃんのことを気にしているはずだし。

「ないないないない。でも、ありがとう。ちょっと、すっきりした」

「もう、まだ信じてないでしょ。ま、今日のところは仕方ないか」

伊織ちゃんが、諦めたようにため息をつく。

「ハンカチ、洗って返すね」

「ああ、いいよ。そういうの、もう使わないと思うから。実はひらひらしたの、好きじゃないんだ」

そう言うと伊織ちゃんは、今まで見た中で一番さっぱりした顔で笑った。

私は、こういう女子っぽいハンカチ、すごく好き。だけど似合わないから、ずっと持てないでいた。だけど、こういうのがすごく似合う伊織ちゃんは、好きじゃないって言う。

人生って、色々とうまくいかないものなんだな。

生きることのややこしさを少しだけ吸ってくれたこのひらひらのハンカチが、何だか急に愛おしくなる。

「ありがとう、ずっとずっと大事にする」

「大げさだなあ」

呆れる伊織ちゃんに微笑んでみせると、今度こそ私は校門を出て走りだした。

その日の夜、バイトに出たけど、食事休憩を終えてゲートに戻っても、朔君はもちろん姿を見せなかった。

それでも期待して、いつも朔君が現れる方向に目をやってしまう自分が情けない。

違う、情けなくない！　好きなんだから、見ちゃうよ。期待しちゃうよ。

ふいに伊織ちゃんの声が聞こえた気がして、思わずピンク色のハンカチに目を落とした。

朝、伊織ちゃんがくれたものだ。ずっと我慢していた女子ハンカチが、手の中にあるのが嬉しかった。

誘導ライトでてきぱきと指示を出しながら、つらつらと考える。

私、いつからこんなに、好きっていう気持ちを抑えつけてたんだっけ。好きなものを素直に持つって、こんなに気分がいいことなのに。

やっぱり、背が高いねって言われるようになったくらいからだ。

ピンク色のペンケースとか、スカートとか、ロングヘアとか、そういうのをずっと遠ざけてきた。

埃が目に入って、まばたきを繰り返す。

そんな風にして私、朔君のことも、朔君への気持ちも、遠ざけようとしてたのかも。

どうせ望みがないから、自分とは釣り合わない相手だからっていう理由で。

落伝が終わったら離れていく人だって、今の関係が特殊なだけで必ず終わるんだって、なるべく傷つかずにすむように自分に言い聞かせつづけてた。

冷静に考えてみると、やっぱり、伊織ちゃんの言う通りだ。

でも、本当に朔君のこと、遠ざけたいのかな？　このままでいいのかな？

トラックを誘導しながら、自分に聞いてみる。

そんなわけない。

朝の並木道で、子供がだだをこねるみたいに、ストレートに気持ちを口にした。あの時の、自分の声が頭の中で甦ってくる。

朔君が好き。

もちろん、迷惑かもしれない。朔君は、こんなこと言われたって困るかもしれない。

でも、それでも——伝えてみようか。

ピンクのハンカチをぎゅっと握りしめる。

だって、別に、気持ちを伝えるくらい、ちょっと時間をもらうだけだし。こんなにずっと好きだったんだから、何とも思われないよりは、ちょっとでも困ってくれたほうが、まだいいのかも。

突然わき上がってきた自分の気持ちを伝えたいという欲求は、きっと押さえ付けられていただけで、心のずっと奥に前からあったものなんだろう。女子ハンカチとか、ピンクのペンケースとかといっしょに、ずっとずっとしまい込まれていたんだ。

ただ、そうは言っても、告白だ。人生の一大事だ。タイミングを見て、と伊織ちゃんは言った。そんなこと、私にできるだろうか。できるとして、いつ？

手の中のハンカチを改めて見つめる。

私も、みんなも、朔君も、落伝を走り終えることができたらっていうのはどうだろう。もうこんなに近くで話せない人に戻っちゃうかもしれないんだし。そんなの嫌だけど、そうなっちゃうかもしれないんだし。勇樹君が言ってたみたいに、後悔しないように、伝えられる時に、伝えなくちゃいけないのかもしれない。

うわあ、でも、やっぱり緊張する。そんなの五キロ走るよりも、全然、大変なことだ。だって駅伝はただ走ってればゴールに辿り着くけど、デートはデートに誘わなくちゃできないんだよ？

――私、一人で何をあたふた考えてるんだろう。

誘導灯で行って良しのサインをつくりながら、自分にはゴーサインが出せずにいる。

何しろ好きな人に告白してデートに誘うなんて、初めてのことだ。私は、生きて告白から帰って来られるのだろうか。

一人で勝手に切羽詰まりながら、お父さんとお母さんが高校生だった時も、お母さんから告白したことを思い出した。

そうだ。家に帰ったら、どうやって告白したのか、聞いてみようかな。

昨日の夜、女の子の顔をしているとかなんとか、からかうような表情をしていたお母さんを思い出すと、何だか気恥ずかしいような、悔しいような気がするけど。

でもやっぱり、聞いてみよう。

そう決心して、ふと思った。

伊織ちゃんが、いいなあと心の底から羨ましそうに言っていた普通のお父さんとお母さんだ。正直、どこがそんなにいいのって思ってた。からかわれているのかもって。

でも本当に、私は普通のお父さんとお母さんっていう、ものすごい宝物を持っているのかもしれない。朔君に、こんなに思いきり片想いできることも、ものすごくラッキーなのかもしれない。

うん、と頷いて、朔君がいつも消えていく通りの向こうに目をやった。

早く朔君の足が治りますように。ハンカチにそっと願掛けをする。

ぬるい風がすり抜けて、汗の滲んだ首を微かに冷やしていく。

見上げると、夏にしては空気が澄んでいて、星はいつもより近くにくっきりと輝いていた。

出席番号16

# 吉住朔

## ベンチウォーマーズ

七月十二日の日曜日の朝。十時きっかりにインターホンが鳴った。

モニターを見ると、酒田さんが珍しく神妙な顔で玄関先に立っている。

『私、酒田と申しますが』

「あ、朔です。今開けるんで、待っててください」

「おう」

解錠ボタンを押してから、玄関まで向かった。やっぱりまだ、右足を少し引きずってしまう。つんと突き上げてくるような痛みも消えていない。

次の金曜日、七月十七日が落伝だっていうのに、やばいことになった。

よりによって、調子を取り戻しつつあったこのタイミングで右足首をひねって捻挫だ。

情けないっていうか、呆れるっていうか、ツイてねえっていうか。正直もう、心も挫(くじ)けそうだった。

酒田さんのたとえを借りると、俺は神様に徹底的に振られてしまったらしい。今回の捻挫は、大好きだった彼女ともしかしてまた付き合えるかもって思って有頂天になってたら、相手にはもうとっくに新しい彼氏がいたってくらいの衝撃だった。

あの夜、目の前にいたのが恭子じゃなかったら、もしかして落伝を諦めていたかもしれない。

でもなあ。普段は割と素っ気ないやつにあんな風に泣かれちゃうとさ、なんかやっぱり、大丈夫だとか言っちゃうよな。

玄関を開けて、酒田さんを迎え入れる。

「わざわざ家まで来てもらって、ほんと、すみません」

「つくづくリハビリ職人魂を燃えさせる奴だよな、お前は」

酒田さんが豪快に笑う。酒田さんは、本当はこの足で走るのには大反対だった。でも、金やんと二人で何とか説得して、渋々ＯＫを出してくれた。でも一度応援するって決めてくれてからは、もう二度と悲観的なことは口にしない。

何で急に応援する気になったのか、詳しいことは何も聞いてないけど。

洗濯物を干していた母さんが、慌てて階段を下りてやってくる。

「酒田さん。お世話になりっぱなしで、すみません」

「いえいえ、こうなったら絶対に走れるところまでは持っていきますんで。な、完走しろよ、完走」

こちらに向けられた酒田さんの笑顔が不気味だ。

「あとお母さん、バケツかなんかに氷水いっぱいください」

「わかりました。すぐにお持ちしますね」

母が小走りに台所へと去っていく。俺はスリッパを出して、酒田さんを部屋へと上げた。

「男子高校生の部屋に上がり込んでも、面白くもなんともねえな」

部屋に入ると、酒田さんは中をきょろきょろと見回した。棚の中の漫画や窓の外の景色をひとしきり見終わると、俺をベッドの端に腰掛けさせる。

両足の可動域なんかを念入りに調べながら、酒田さんが尋ねた。

「普段はちゃんと温めてるか？」

「はい」

「無茶して、走ろうとかしてねえよな？」

「大人しくしてますよ。我慢するのが今の俺に唯一できることなんすよね」

「そういうことだ」

酒田さんが頷く。

「まあ、早くも遅くもねえ治り方だな。まだけっこう痛むだろう？」

「――はい」

「焦るな。本番に間に合うかどうかの瀬戸際だからな」

ノックの音がして、母さんがバケツに氷水を張って入ってきた。冷やして足首の感覚をなくしてから、可動域を広げていくリハビリを行うのだと酒田さんが説明する。きいんと冷えた氷水に右足を浸すと、この夏場でもさすがにちりちりと来る。

「うわ、ちべてえ」

今が七月で良かった。冬だったら死んでたかも。

このまま無感覚になった足を動かし、痛みが戻ってきたら、また氷水につける。地道なリハビリの繰り返しだ。

俺の右足を慎重に押している酒田さんに向かって、やっぱり気になって尋ねてみることにした。

「酒田さん、なんで俺が落伝に出るの、オッケーしてくれたんすか。金やんが説得してくれたのは知ってるけど」

すると酒田さんは、意外なことを言った。

「兄のほうじゃねえよ。弟のほう。覚えてるだろ？　金子勇作」

「ああ、はい。怪我した時、事務所まで連れてってくれて。すげえ有名な選手だったって」

「そうだ。あいつが、わざわざ会いに来たんだよ。リハビリ投げ出してから六年も音沙汰なしだったくせに」

「そうだったんすか⁉」

それから酒田さんは、俺の知らなかった勇作さんのことについて詳しく話してくれた。勇作さんが俺と似たような、ポテンシャルに恵まれたタイプの選手だったこと。でも、怪我の後で、先の見えない地道なリハビリに耐えられなくて潰れてしまったこと。金やんが、そんな勇作さんに俺を重ねて、ひどく心配していたこと。

「勇作の奴、プロなら走らせてやってくれとか、滅茶苦茶なこと言いやがったぞ。まあ、あいつが一番おまえに自分を重ねてたんだろうな。同じ神様に振られた同士だし」

「それで、応援してくれることにしたんすか？」

熱心に足首ばかりを見つめながら、酒田さんが再び頷く。

「あいつ極楽とんぼな奴だったからなあ。もうとっくにバレーのことなんて忘れて生きてると思ってたらよ、ずうっと後悔してたんだってわかっちまったわけよ。俺もあいつのことをもっと追いかけるべきだったんだって、苦い気持ちになってなあ」

まるで救急隊員みたいに真剣に、手際よく俺の手当をしてくれた勇作さんの顔を思い出す。ねじれたところのない、清潔な顔つきだった。

あの顔を、勇作さんがリハビリから逃げた後、どうやって手に入れたのかはわからないけど、でもきっとすげえ沢山の出来事を乗り超えたんだろうと思った。

「後悔だけはしねえように走れよ。限界点は、きっちり俺が見てやるから」

絶対に完走できるとは、酒田さんは言わない。けっこう際どいってことだ。それでも俺は走りたかった。ちょっと頑張ればできることじゃなくて、自分を超えて何かを成し遂げた先にあるものを、摑み取ってみたかった。

こんなこと、怪我をする前は考えたこともなかったのにな。他人がなかなか超えられないハードルを少しだけ楽に超えられるってことだけで満足してる、すげえ小さい奴だった。

「本番まで、お願いします」

「おう。任しとけ」

酒田さんが顔の皺を深めて笑った。

その笑顔にも、ひょうひょうとした顔でものすごく心配してくれた金やんにも、勇作さんにも、恭子の泣き顔にも、俺をリーダーとして受け入れてくれたみんなにも応えたかった。

完走、してえな。

何かに対して、出来ると強く思ったことは何度もある。だけど、どうしても成し遂げたいと、心の底から願ったことは初めてかもしれなかった。

だから、出来なかった時のことが、こんなに怖いのかも。

成功するか、失敗するか。先の見えない未来に対する恐怖とは、怪我をして以来、気がつけばもう長い付き合いだ。

とことん向き合うしかないか。

逃げるとものすごい勢いで追いかけてくる。そういうやっかいな奴だしな、ビビる気持ちってさ。

*

週が明けた月曜日、登校の途中で大粒の雨が降り出した。天気予報では午後からだと言っていたのに、時間を読み間違えたらしい。

体育館に行くと、みんなもぼちぼち集まっていて、康太と勇樹はすでにトレーニングに入っていた。最初の頃からは考えられない光景だ。

俺だけは振り出しに戻って、軽いリハビリメニューに終始するしかなかった。悔しいけど、仕方がない。

本多や安田のいる一年生チームも、雨のせいか体育館に集合している。バレー部の朝練も同じ体育館でやるから、どっちにしても本多とは顔を合わせることになるんだけど、朝から眺めるにはあんまり気分のいい顔じゃなかった。

本多は、俺に復活の兆しが見えてきて、軽いアタック練習なんかを始めてからは、何を焦ったんだか、さらに絡んでくるようになった。まあそれも、俺が足首をやっちまったから収まるかもしれないけど。

「おっす」

「おはよう」

みんなのそばまで歩く。なるべく足を引きずらないようにしたかったけど、まだ痛みが残っていて無理だった。

康太の脇に座り込んで、酒田さんに言われた通り、ゴムチューブを使ったトレーニングを始める。

「少しは足首の痛み、楽になった?」

「おう。金曜日に比べると、かなりな」

答えてから、あっと康太の顔を見つめた。

「気づいてたのか?」

康太が目をしばしばとさせる。

「うん。僕も、伊織さんも、勇樹君も気づいてたよ。で、言ったほうがいいのかどうか迷って、みんなで相談して、やっぱり言うことにしたんだ」

「そういうこと。水くさいよ、朔君」

伊織が腿を伸ばしながら、口を尖らせた。

みんな、金曜日の練習が終わった後で、俺の様子について話し合ったのだという。上手に隠したつもりだったんだけど、情けないことに、全然バレていたらしい。

「ばかにしないでよね。私たち、ベンチとはいえ、みんな体育会系だよ? 足首を怪我した人、何人も見てるんだよ? 事情を知ってるっていう恭子ちゃんは、嘘つく時に目が泳ぎまくりだし」

「ごめん。私、嘘つくのものすごく下手だったこと、忘れてて」

恭子がうなだれるのを見て、思わず笑ってしまった。

まあ、そうだよな。このまっすぐな奴に嘘つかせようなんて、そもそも俺の判断ミスだった。

「リーダーの自覚なさすぎだよ。こんな大事な時に足首挫くなんてさ」

勇樹は相変わらずだったけど、おばあさんが使っているという良く効く温湿布をくれた。みんな怒ってるっていうより、仕上げの大事な時期に俺のことを気遣ってくれている。嬉しかったけど、リーダーとしてはかなり情けなくもあった。

「みんなすげえ頑張ってたのに、最後に俺が足引っ張るみたいになって、ほんとすまん。当日までには、復活できるようにするから」

改めて頭を下げる。

「何言ってるの、チームでしょ？　取りあえず、みんなそれぞれ頑張って、たとえ朔君が遅くなってもカバーしちゃえばいいんだよね」

伊織が張り切っている。

「うん。絶対、みんなで力を合わせて完走しよう」

康太も、恭子も、勇樹も、すげえ前向きな顔をしていた。

そうか、俺、一人で恐さと向き合って走るんじゃないんだ。五人で、力を合わせるんだよな。怪我をしていると、その心強さがしみてくる。

大きく深呼吸すると、俺は改めてみんなに告げた。

「今日はちょうど体育館でトレーニングだし、康太は第一区を走るとしても、みんなどの区を走るか、そろそろ決めたほうがいいと思うんだ」

走れない分、ちゃんとみんなが集中できるような流れだけでも作りたくて、昨日から考えていた計画があった。

もう酒田さんとも相談して、ＯＫはもらっている。

今日はあいにくの雨だけど、できれば明日からでもそれぞれのコースを走ったほうがいい。

「そうだね。勘は摑んでおいたほうがいいし」

康太が頷く。ここまでは、みんなも異存なさそうだった。

「みんな、どの区間を走りたいとかある？」

「私は四区を走ったほうがいいと思う」

恭子が手を挙げた。第四区は、同じく女子の受け持ちである第二区より距離も長いし、坂なんかもあって少しハードなコースだ。確かに、伊織が走るよりも、地力のある恭子が走るのが現実的だった。

「そうしてもらえると、すっごく助かる」

伊織がほっとしたように頷く。

「じゃあ、女子は第二区を伊織で、第四区を恭子ってことで。第一区は康太だから、あとは、第三区と五区だな。俺と勇樹、どっちがどっちを走る？」

でもまあ、俺の足がこんな調子だし、やっぱアンカーは勇樹にお願いするしかないか。もし康太が第一区を走ることにこだわらなければ、康太がアンカーで勇樹がスタートっていうのが理想系だけど——。

勇樹が何か答えようとした時だった。にやにや笑いながら、本多と安田が近づいてきた。

「順番決めっすか、先輩」

本多の目は無駄に挑戦的だ。

「そうだけど、何か用？」

「嫌だなあ、元気出してもらいたくて来たんすよ。また跳べなくなっちゃったらしいじゃないですか」

「せいぜい今のうちに跳んでおいてくれよ。すぐに追いつくから」

一瞬、本多の顔が歪む。でもそのすぐ後に、本多は突きつけるように言った。

「先輩たち、俺らのチームと勝負しません？」

「はあ？　何言ってんだ、お前」

「俺らって、俺と安田以外、全然ダメなんすよ。だから、俺たち二人がいても、先輩たちのチームとけっこういい勝負になるんじゃねえかなって」

「何を賭けるわけ？」

伊織が立ち上がった。いつになく、表情が険しい。

「おい、伊織、挑発に乗るなよ」

たしなめたけど引き下がるつもりはないらしく、かえって前に出てしまった。本多は少し黙った後、ねばつくような口調で言った。

「俺たちが勝ったら、朔先輩、バレー部辞めてくださいよ」

「バカじゃないの⁉」

伊織が俺よりも早く叫ぶ。いつもよりかなりキツめの態度だった。

「あ、それじゃあ、ついでに工藤ちゃんにも辞めてもらおうかなあ」

安田も調子に乗って付け足す。

「お前ら、いい加減にしろよ」

立ち上がって追い払おうとしたのに、勇樹が俺の前に立ちはだかった。俺を振り向いて何か満足気に頷いたけど、真意は全く見えない。ただ、何となく嫌な予感がした。

まさか――。

予想を裏切らず、勇樹の妙に熱い声が体育館に響き渡る。

「男と男の勝負、受けた。その代わり、お前らが負けたら、お前らが辞めろよ」

「もちろんすよ」

「ちょっ、何勝手に話を進めてんだよ」

「そうだよ、勇樹君。僕はともかく朔君はバレー部のエースなんだよ？　落伝の結果で辞めるとか辞めないとか、あり得ないよ」

　康太も慌てて、今の話をなかったことにしようとしてくれている。

「そんな大事なこと、この勝負で決めるなんておかしい。男と男の勝負じゃないし」

　恭子も、きっぱりと言い切った。

　でも俺は、みんなに庇ってもらえばもらうほど、ますます自分が情けなくなってきていた。

　やっぱり俺が今の状態で完走するとか、誰も信じてないよな。だからみんな、必死に勝負を避けようとしてるんだよな。

　何より、滅茶苦茶だとはいえ、本多の挑発に及び腰になっている自分が嫌だった。前の自分だったら、即決で受けてた勝負だと思う。しかも今の本多みたいに、勝つ気満々で。

「今の話、なしだから。そんな子供の遊びみたいなこと、付き合ってられないよね、朔君」

伊織が、こちらに問いかける。本多が、俺の返事を待たずに言った。

「信頼厚いっすねえ、朔先輩。誰も先輩がちゃんと走れるとか思ってないみたいっすよ」

歪んだその笑い顔を見て、ようやくわかった。こいつ、最初からこういう流れになるのをわかって挑んできたんだ。みんなをビビらせて、俺の自信をそぐためだけに、あの提案をしたんだ。とことん、腐ったやつ。

だったら——。

「いや、いいんじゃねえの？　受けるよ、その話。ただし、康太は抜きだ。俺だけの進退を賭ける」

俺は、静かな声で勝負を受けた。

熱くなって、見境がなくなったっていうわけでもなくて、気持ちは冷静だと思う。じゃあ、なんでこんな不利な勝負に乗ったんだろう。自問していると、目の前の本多が少し気圧された様子で尋ねてきた。

「マジで言ってんの？　たかが落伝に、本気で部活を賭けるって？」

「お前が自分で言ったんだろ。だったらちゃんと覚悟決めて走れよ」

「俺は——」

本多の歯切れが、とたんに悪くなる。

「なんだよ。いざとなったら逃げるのかよ」

睨みつけると、安田が本多の代わりに答えた。

「いいっすよ。勝負しましょうよ」

「おい、安田」

本多が慌てたように安田を止めたけど、安田は引くつもりがないらしい。

すると、康太も後につづいた。

「僕も、賭ける」

「いや、康太はダメだ。俺だけでいいよ」

止めようとしたけど、康太の顔に迷いはなかった。

「ううん、僕、やってみたいんだ。力いっぱい」

「へえ。すごい自信っすね。工藤ちゃん、俺と勝負するつもりなんだ。ちなみに俺が走るのは一区っすよ。本多はアンカー」

安田が意地悪い笑みを康太に向ける。

「うん。わかった。僕も、ちょうど第一区を走ることになってるから」

康太が頷く。

「男には、走らなくちゃいけない時があるしな」

勇樹が、やたらと熱い声で賛成した。

「本当にいいの？　こんな賭けに乗って」

伊織が呆れていた。恭子は、はらはらとした顔で成り行きを見守っている。

「頼む。俺の我儘だけど、付き合って」

俺は、最後まで渋る伊織に向かって、静かに頭を下げた。

「仕方ないなあ。その代わり、絶対勝とうね」

とうとう、伊織も折れた。

「まあ、せいぜいよろしくお願いしますよ」

バカにしたように笑いながら本多と安田が去って行く。その背中を睨みつけながら、絶対に走りきってやろうと思った。

「あれで良かったの？」

咎めるような、心配そうな声で、我に返る。

「恭子――」

もうこの間みたいに、泣かせたくない。こんな、心配でたまらないって顔も、本当はさせたくなかった。

「大丈夫だから。俺、死ぬ気で完走するし」

言いながら、何だかようやく本多の無茶な提案を受けた理由がわかった気がした。

俺は、もう逃げも隠れもできない状況を作り出したかったんだ。さすがにここに来ての捻挫はキツいものがあった。心のどこかに、走りきれなくても仕方がないっていう甘えがあった。その甘えを、自分の中に許したくなかったのかもしれない。

「何だよ、俺はとっくに死ぬ気で走ってたけど」

勇樹が呆れたように言う。

「そうだよな」

確かに勇樹は、別人みたいに痩せて、相当走り込んできた。おそらく、自主練もしているはずだ。伊織も完走できるようになったし、恭子はフォームまで整えている。康太はタイムを、ここに来て再び縮め始めていた。

俺もやらなくちゃ。本気を超えて走らないと。

改めてみんなの顔を見回した後で、昨日から考えていたことを提案した。

「俺、明日から自転車でみんなと併走していいかな？　各コースごとに、注意点とかいろいろあると思うし。今すぐは走れない分、できるだけみんなのサポートするから」

それに、自転車を漕ぐことはリハビリにもなるらしい。最初は踵をつかって。次に土踏まず、次に爪先で様子を見ながら走る方法だ。酒田さんの許可ももらっている。

「それはいいかも。僕は、賛成だよ。自分じゃ気がつかないところも見てほしいし」

康太が頷く。みんなも。

そうなんだよな。ベンチにいたって、自分のためにも、他の部員たちのためにもできることは沢山あったのに、そんなことを部活では思いつきもしなかった。ただただ自分のことばっか見てて。チーム競技なのに、情けないよな。

本多が俺に対してあんな態度なのも、無理ないっていう風に今は言える。俺、すげえ自分勝手な、才能頼りの嫌な先輩だったと思う。

だからこそ、やっぱり勝負を受けてあいつを負かしたかった。別に辞めさせようなんて思ってない。ただ、けじめとして、俺、ちゃんと成し遂げたいんだ。みんなで、このチームでリーダーとしてやりきって、完走したいんだよ。

じゃあ、俺が負けたら?

その答えは、敢えて考えないことにした。とにかく今は走るだけだ。

「それじゃ、明日からはもうグラウンドに集合しないで、それぞれのコースに直接行って走ることにしよう。ただしウォームアップはきちんとすること」

「おう!」

みんなが答える。

「ところでさ、俺と朔が走る区間だけど」

勇樹が口を開いた。

「ああそっか。まだ決まってなかったな」

こいつのことだ。アンカー走りたいって言うかな。今の俺が走るよりは速い可能性もあるし。判断が難しいところだ。

俺の中で結論を出せないまま答えると、勇樹が意外なことを言った。

「朔がアンカーを走れよ」

「え？」

思わず尋ね返す。

「自分の進退がかかってるんだし、本多がアンカーだっていうなら、こっちもアンカーは朔だろ？」

何か文句あるのかという口調だった。まっすぐこちらへと向けられた視線には、練習を始めた頃の甘えたような雰囲気はもう全くない。

体型と一緒に、ほんと中身まで変わったよな。

一体何があったのかはわからないけど、頼もしい奴になったことだけは確かだ。

「わかった。ほんとは勇樹がアンカー走ったほうがいいかなとも思ったんだけど」

「男と男の勝負だ。野暮は言わないって」

「うん。僕も、朔君がアンカーでいいと思う。みんなでタスキをつないで、絶対朔君に渡すから」

康太も、引き締まったいい顔をしている。

「――サンキュ」

ウォームアップを終えて走り出したみんなの脇で、俺はゴムチューブを使った地味なリハビリにじっくり取り組んだ。

ときどき、遠くから本多がこちらを見ているのがわかった。俺の怪我の程度が気になるんだろう。

絶対、勝つから。

俺はひたすら足の先を見つめながら、ゴールする瞬間だけをイメージしつづけていた。

*

火曜日。落伝まであと三日になった。

今日の朝練は、第一区を走る康太と、第二区を走る伊織の併走をすることになっている。昨日の夜、自転車を漕いでみた感触を酒田さんに電話で相談した結果、今日は土踏まずで漕いでいいと言われていた。

捻挫をした先週の水曜日に比べれば、腫れもほとんど目立たなくなったし痛みもかなり和らいできている。足を引きずる感じもほぼない。

もう走ってもいいんじゃねえの？

気持ちは逸る(はや)けど、酒田さんにはくれぐれも前のめりになるなと釘(くぎ)を刺されていた。まったく、俺のことを良くわかっていらっしゃる親父だ。

まあ確かに、足首はまだかなり硬いしな。

「朔君、おはよう」

第一区のスタート場所は、いつものグラウンドだ。俺が到着すると、康太はもうウォームアップを始めていた。

「おっす。今日、よろしくな」

「こちらこそ、よろしくお願いします」

勇樹も変わったけど、康太も別人みたいになった。見た目の変化は日に焼けたくらいだけど、最初の頃の、おどおどとした人の顔色を窺うような態度がほとんどなくなっている。

俺もそばの芝生に腰を下ろして、じっくりと足首をほぐし始めた。

「お互い、大変な約束しちゃったな」

隣で脇腹を伸ばしている康太に話し掛ける。

「うん。でも僕、何だかワクワクしてるんだ。おかしいかな」

意外な返事だった。康太はメガネを取って汗を拭いた。

大人しそうに見えて、いい意味でプレッシャーが作用するタイプだったんだな。それとも、落伝が康太をそんな風に変えたのか。

それからしばらくウォームアップをつづけた後、二人で立ち上がった。グラウンドにも練習を始めたチームの姿がけっこう見える。陸上部が少し迷惑そうだったけど、毎年、落伝の直前は仕方がないと諦めているらしい。

「じゃあ俺、チャリで校門の前に行ってるから」

「うん、後で」

グラウンドでは併走できないから、自転車に乗って、康太が校門まで走ってくるのを待つことにした。

校舎脇の自転車置き場に移動して、そのままサドルに跨がり、校門前で待機した。自転車を降りて、奥へとつづく並木道を改めて見てみると、色んなことを思い出す。

靭帯をやった時は、普段五分もかからずに歩いていたこの並木道を、亀みたいにゆっくり移動していた。秋だっていうのにやたら汗を掻いてたっけ。リハビリが思ったように上手くいかなかった時の、あのどんよりした気分も忘れられない。

呪ってたよな、自分以外の周りのこと。今思うとほんとにガキだった。

一人で赤面していると、康太が、並木の向こう側から安定したペースで駆けてきた。

うん、安定した走りだ。

康太は、十キロを三十分台前半で走る。第一区は上り坂があるけど、バスケで足腰が出来ているせいか、坂があっても記録はあまり変わらない。ここのところ、再び記録もじわじわと伸びているから、駆け引き次第では、本番で今までの最高記録が出る可能性もあった。

「待たせてごめん」

「いや、全然速いって」

校門まで追いついた康太の後ろから、ゆっくりと自転車を漕ぎ出した。

新寺町を抜けて大橋を渡っている途中で、康太が話し掛けてくる。背中はこちらに向けたままだ。

「安田君って、すごく嫌な奴でしょう？」

「おお、あそこまでの奴もなかなかいねえよな。才能あるって言ってたけど、バスケの実力は？」

「全然、素人。だけどポテンシャルはすごいよ。僕が監督でも、即レギュラーにしてコートに入れたくなったと思う」

強豪のバスケ部で、素人のままレギュラー入りか。康太みたいな努力型にしてみたら、キツい事実だろうな。つくづくスポーツの世界は、残酷だと思う。

「だから、やっぱりすごくワクワクするんだ。部活だとどんなに頑張っても一緒のコートには入れない。でも、落伝だったら、同じ区間を走れるでしょう？」

康太の息には、乱れがなかった。やっぱりこいつ、すげえ変わったかも。多分、朝練が始まったばかりの頃の康太が同じ状況に置かれたら、こんな台詞を言うことはなかっただろうな。

「勝とうな」

後ろから、呼びかける。

「うん」

康太は速いペースで大橋を渡り、もう三ツ池公園の入口まで辿り着いている。さらに公園の周りの道に沿って走りながら、残り四キロというところで、康太が再び口を開いた。

「この辺りから、スパートを狙っていこうと思うんだ」

言いながら、康太がさらに加速する。その背中がふいに大きく迫ってくる。バレーの試合でも、絶対抜けなそうなブロックをする選手がいるけど、それと同じオーラが康太の背中からも出ていた。絶対抜けなそうな背中だ。

うん、すげえよ。俺、お前と走らなくて済んでラッキーだった。

自転車に乗りながら、一人でニヤニヤしてしまう。

公園の入口に戻ると、そのまま登ってきた坂を下らずに、第二区のスタート地点である稲毛三叉路（いなげさんさろ）まで走った。

タイムは過去最高の三十三分。伊織が、スタート地点に日傘をさしてスタンバイしていた。

「二人ともお疲れさまあ」

到着した康太にとびきりの笑顔を向ける。まあ、ヒデが骨抜きになるのもわかるな。

でも、伊織は伊織で、やっぱりただの女子じゃなかった。多分、数学に関して飛び抜けた天才だ。ひた隠しにしてたけど、何かあるっていうのは、滲み出てたもんなあ。

「おはよう。待たせちゃってごめん」

康太が謝ると、伊織は涼しい顔で告げる。

「うん。伊織、暑くて溶けちゃうかと思った。本番はもっと全然速く走ってよね」

康太はやや切れ気味にそう告げた伊織に向かって、何度も首を縦に振っている。

――この二人の関係性については、あんまり深く考えないようにしよう。

「じゃあ行こうか、朔君」

「おう」

学校へ走って戻るという康太と別れて、俺は伊織の後から自転車を漕いでいった。

第二区は五つの区間の中で一番コースが平坦で走りやすいし、距離も五キロ弱と一番短い。このまままっすぐ走って、県道五五号線に入り、ちょうど黒松ヶ最中の工場前で第三区にタスキを渡す。

ゆっくりとはいえ、だんだん高くなっていく夏の太陽の下で自転車を漕いでいると、かなり汗が噴き出てきた。

そう言えば伊織のやつ、全然日焼けとかしねえな。一体、どうなってるんだ？

同時に恭子の日焼けした顔が浮かんできて、なんだか微笑んでしまう。

「そういえば私、サッカー部のマネ、辞めることにしたんだ」

稲毛三叉路の真ん中の道へ入りながら、何気なく伊織が言った。

「そっか」

何と声を掛けていいのかわからずに、黙って自転車を漕ぎつづける。

色々、あったしな。

伊織の元カレであるサッカー部のキャプテンは、もう一年のマネージャーと付き合っているという噂もあった。そんな部に、伊織もいづらいんだろう。俺でも辞めていると思う。

でも伊織は、かなりすっきりした声で言葉を継いだ。

「あ、でも勘違いしないで。私、数理研究部に入部するんだ」

「あれ、そうなんだ」

少し驚いたけど、言われてみれば確かに、伊織ほどその数理研究部とやらに向いている部員もいないだろう。あの才能を隠しておくのは、もはや国益を損ねているぐらいのレベルだと思うしな。

「なんか、すげえいいなあ、それ」

俺も爽快な気分になった。伊織が顔だけ振り返って笑う。

「いいでしょう？　もう隠さないことに決めたんだ。思いきり数学の世界に没頭していいんだって、やっと思えたんだよね」

再び前を向いて走ると、華奢な背中が上下に揺れる。最初の頃、髪型は走りづらそうなポニーテールだったのに、俺が逆ギレしてからは下にぎゅっと結ばれていた。そう言えばあのすぐ後だったかな、伊織がなんか大変そうだったのは。俺はリーダーのくせに何にもできなくて、恭子がみんなを代表して電話をかけることに決めたんだっけ。

伊織のニュースは、それだけじゃなかった。

「空間とか変化とか量とか構造とか、もうやりたいこと盛り沢山で、全部手を着けたいんだけど。日本だと研究が窮屈そうだから、アメリカの大学に進学するつもり」

「マジ⁉」

伊織は、誰もが知る有名大学の名前を挙げて、可能だったら飛び級するつもりだとまでしれっと言った。

「でも伊織、英語って話せるわけ？」

「ううん、でも文法は一通りわかるし。一ヶ月くらいあれば全然話せちゃうかなって」

「伊織なら、そうだよな」

もはや次元が違う。なんでこんな天才が、小首を傾げて天然女子の振りをしてたんだか。成績をコントロールして中の下に抑えるとか、意味わかんねえし。

伊織の走りも、かなり力強くなった。五キロ弱だったら完走は問題ないレベルだ。スピードはそこまで出ないけど、一キロもしないうちに歩き出していた頃に比べると、ものすごい進歩だった。

淡々と走りつづけて、五五号線に入る。あと三〇〇メートルだ。さすがに、伊織の肩が上下し始めた。息が少し苦しげになってくる。

「頑張れ」

「おう!」

伊織が前を向いたまま軽く拳を上げる。

「そう言えば朔君、恭子ちゃんからタスキを受け取るんだね。良かったね」

不意打ちだった。なぜかしどろもどろになる。

「まあ、別に、良かったっていうか、あれだけど」

いよいよ、黒松ヶ最中の工場が迫ってきた。あと五メートル、三メートル、二メートル。

「朔君も頑張れ。恭子ちゃんからのタスキ、いいお守りになるね」

「はい。わけわかんねえこと言ってる間にゴール!」

それでも、明後日の方向を向きながら、恭子からタスキを受け取る場面を思わず想像してしまう。

あいつのこと、泣かせたくねえな。

改めて思った。

「本番、頑張ろうな」

「うん」

伊織が笑って頷く。

走り終わった後、学校までの道のりを、あとはひたすら伊織にからかわれながら引き返した。

「私は納得してるけど、恭子ちゃん、けっこう怒ってるかもよ。本多君達の挑戦を受けちゃったこと」

最後の最後になって、かなり気になるようなことを伊織がちくりと言う。

「え？　そうか」

「それだけ心配してるってことだよ。お熱いですわねえ。犬も食わないなあ」

「だから、そんなんじゃねえって」

第一、恭子にそんな気、全くなさそうだし。

「へえ、そんなのってどんなの？」

「うるっせえったら」

そう言えば本多たちが絡んできた日、恭子は咎めるように俺に一言尋ねた。でもその後は、ずっと黙ったままだったっけ。あいつには、心配かけっぱなしだよな。ちゃんと謝まらないとな。

「もの想いにふけっちゃって。恋する少年って感じだねえ」

「だから違うって言ってるだろう？」

七月の風はちっとも体を冷やしてくれず、何だか俺の顔は、ずっと熱いままだった。

＊

水曜日になった。足首を治すのに焦っているせいか、時間が高速で過ぎていく気がした。落伝まであと二日しかないなんて、嘘だろう？

勇樹と恭子に併走して、残る明日で朝練は終了だ。金曜日にはいよいよ本番を迎える。週間天気予報によると、仙台市は来週の月曜日まではずっと晴れの真夏日がつづくらしい。

黒松ヶ最中の工場前に到着すると、勇樹もすぐにやってきた。勇樹の場合、いつもの七時に集合していると始業に間に合わなくなりそうだったから、一時間早い六時から走り出すことにした。この後を走る恭子には、いつも通り、七時くらいに来てもらうことにしてある。

「おっす。これ、ばあちゃんから、おにぎりの差し入れ」

「おお、サンキュ！」

ビニール袋を受け取ってみると、おにぎりが二つ入っていた。まだ温かいのが嬉しい。

「ばあちゃん、ちょっと舌がバカになってるから味がほとんどないほど薄いけど、気にしないでくれよな」

「いや、ありがたいよ。ストレッチ、するか？」

「もう済ましてきたよ。走ろう」

勇樹はそう言うと、さっさと前を向いた。慌てて自転車を漕いで付いていく。

酒田さんと相談して、念のため今日も土踏まずで慎重に漕ぐことになっていた。気持ちは焦るけど、ここはぐっと我慢だ。

勇樹の背中を追いかけながら、改めて思った。

こいつの姿、幻じゃないよな？

ちょっと前までかなりぽっちゃりだった体型が、二回りくらい絞られている。とはいえ、体力が足りなくなるほどじゃない。瘦せた部分もあるけど、多分、筋トレとかで引き締まった部分もあるんだ。

やるなあ、というのが素直な感想だった。

勇樹の走る第三区も、二区に引き続き平坦な道がつづく。五五号線から右に折れて広瀬川を渡り、さらに右折して柵並街道を学校方面へと折り返すコースだった。起伏がない代わりに距離で言うと十一キロもあり、五区の中でいちばん長い。勇樹が歩かずに走りきれるかどうかという際どい難易度だ。

一時間は切ってほしいけどな。

でも、繰り上げの心配がほぼなくなったっていうだけでも、すげえことだよな。

ぽっちゃりとしていて、絶えず不満を口にしていた元・勇樹の姿が浮かんでくる。

「勇樹、良くここまでコンディション持ってきたよな」

後ろから声を掛けた。

「言っただろ？　男には走らなくちゃいけない時があるって」

相変わらず大げさな言い方だったけど、同意しておいた。

「そう言えば勇樹って、おばあさんと二人暮らしなんだよな？　元気なのか？」

ふと気になって尋ねてみた。俺と康太と伊織で家まで押しかけたことは内緒だから、聞き方に気をつけなくちゃいけない。あれから連絡も取っていないけど、多分元気だよな。あのかくしゃくとしたおばあさんなら。

だけど、勇樹は何も答えなかった。

聞こえなかったのか？

もう一度声を掛けようとすると、ようやく小さな声でぽつりと返事をする。

「具合、悪いんだ」

「そうなのか⁉」

「うん。だから、料理の味も薄いんだ」

「ごめん、俺、全然知らなくて」

あの時はあんなに元気そうだったのに。でも、言われてみたらそこそこ年齢はいってそうだったしな。いきなり具合が悪くなるなんてこともあるのかもしれない。病名とかも、簡単には聞いちゃいけない気がして、そのまま黙る。

もしかして、ただ気丈に振る舞ってくれただけで、俺らが訪ねて行った時も、すでに具合が悪かったのかな。今度、みんなでお見舞いに行きてえな。

「なんかラムネみたいな形のクスリいっぱい飲んでてさ。たまに切なくて見てらんなくなる」

勇樹の声は、珍しく弱々しかった。でも、今聞いた言葉に、少しひっかかりを覚える。

「ラムネみたいな形の？」

「そうだけど？」

胸の中に、ゆっくりとある光景が浮かんでくる。おばあさんは、いったん俺たちに渡そうとしたお菓子の中から、ラムネだけをごっそり抜き取っていた。

——やっぱりこれは取っておくっちゃ。

あの時は何とも思わなかったけど、今になってみると、何かを企んでいるような表情をしていたような気もする。

もしかして勇樹が目撃してるのって、本当にラムネなんじゃねえの？

喉元まで声が出かかったけど、さすがに口に出すことはできなかった。

まさかな。孫を騙してまでやる気にさせるなんて、やっぱ考えすぎだよな。でも、もし俺の考えが間違ってたら、おばあさんは本当に病気だってことになっちまうし。やっぱり今度、お見舞いに行ってみようかな。もちろん、今度も勇樹には内緒で。

五五号線を、市街地方面に向かってひたすらまっすぐに進む。昨日の康太や伊織に比べると勇樹の走りはかなりゆったりとしたペースで、自転車のバランスを取りながら走るのに苦労させられた。

まあ、これもいいリハビリになるか。そのままひたすら走って、ようやく右に折れる。五キロ地点で三十五分かかっていた。そのまま広瀬川を渡って、今度は国道四八号線、通称、柵並街道を学校方面に向かって折り返した。

しばらくは平坦な道がつづくけど、徐々に緩い上り坂になっていく。でも勇樹のコースはちょうどその上り坂の手前で終わりだ。

広瀬川に架かる橋を渡る辺りで、勇樹の呼吸が乱れがちになってきた。肩にも力みが出てしまっている。

「勇樹、なるべく一定のペースで呼吸だぞ。腹式呼吸、忘れんな」

「わかってる」

「あと、肩、力んでるぞ。肩ぎゅーっと上げて、すとん、だ」

「ん」

ぎゅーっと上げてすとんっていうのは、康太が仕入れてきた情報だった。長距離を走ると人間の体は無意識に力んでくるから、その力みを取って、なるべく楽に走る方法だという。やり方は簡単で、肩をぎゅっと上げた時に息を吸い、すとんと落とす時に吐くだけ。力んでいるなと思ったら、この動作を取り入れて、最後までリラックスした状態を保って走る。足にも負担がかかりづらいし、フォームも整えやすいことがわかって、みんなでやることにした。

すとん、と肩の落ちたあとは、勇樹の上半身から力みが抜けた。うん、いい感じだ。呼吸も、辛そうではあるけど一定のペースを保っている。

「俺、ばあちゃんのためにも亜里砂先輩のためにも、ちゃんと走るって決めたんだ」

ばあちゃんはわかったけど、亜里砂先輩って？　あの、仙台市内の高校中にファンがいるって言われてる亜里砂先輩か？　聞こうとしたけど、話が長くなりそうだったから受け流すことにした。

川に沿って、ひたすら交通量の多い街道の脇を行く。一心に走りつづける勇樹の背中が、ランナーっていうより殉教者みたいに見えるって言ったら大げさだよな。

でも実際、そんな風にも見えたんだ。

「俺たち、ちゃんと走りきって、勝てるよな。そうじゃないと、俺困るんだ。ばあちゃんのためにも、そうしてやりたいんだ」

車の音にかき消されずに、その声は俺の耳に届く。ただの甘ちゃんだと思ってたけど、勇樹もいいとこあるよな。だけど、そこまで頑張る気になったってことは、やっぱりマジで重いのかな、おばあさんの病気って。

「勝とうぜ、絶対」

後ろから、背中を押すつもりで声を掛けた。

「男と男の約束だぞ」

「おう」

勇樹と、男と男の約束をするようになるっていうのも、先月の初めには考えられなかったことだ。

この一ヶ月で、ほんと、みんなすげえ変わったよな。

勇樹はその後、かなりペースを落としはしたものの、猪ヶ根（いのがね）に差し掛かる手前まで十一キロを走りきり、一時間十五分かけて無事にゴールした。恭子が手を振って待っていてくれる。

良かった。伊織に怒ってるって聞いて、少しだけびびってたけど、そこまでじゃないみたいだ。

「お疲れさま。勇樹君、走りきったね」

「当たり前だろう？　俺、色々賭けてるからな。このマラソンに」

勇樹が胸を反らして言う。まあ、タイム的には正直、かなり頑張ってほしい気持ちはあるけど、うん。ほんと、完走できるようになっただけでもすげえよ。

「朔君、足の具合どう？」

恭子が真剣な表情で尋ねてくる。

「絶好調」

心配させたくなくて、俺は精一杯強がりを言った。

「俺、学校に戻るよ」

予め用意していたのか、勇樹が歩道に止めてあった自転車にまたがっている。ちゃっかりと準備のいい奴だ。

「じゃあな、二人とも。走るって、愛だからな」

振り向きざま、意味ありげな視線を投げかけると、勇樹は引き返していった。

「何だ、あいつ？」

「さあ」

恭子は瞳を激しく揺らしている。

「大丈夫か？」

「うん。行こう」

いつもみたいに素っ気なく告げて、恭子は走り出した。

スタートから、安定感抜群の走りだった。マラソンに向いているのか、勇樹と同じく基礎体力が出来ていたのか、かなりいいペースだ。担当の第四区は、柵並街道をまっすぐに進んで再び県道へと戻るコースで、距離は六キロ。猪ヶ根を越えた辺りからしつこくつづく緩く長い坂を登るのがキツい。だから、たいていの女子は敬遠するコースだった。

それを自分が走ったほうがいいと思うとか、わざわざ手を挙げちゃうような奴なんだよな、恭子は。

短いけどさらさらの髪が、朝日を受けて光っている。腕とか首とか、肌が露出している箇所は全部、伊織とは対照的にこれでもかってくらい日に焼けていた。

率直で、裏表がなくて、策略も、多分ない。恭子は、俺が初めて出会うタイプの女子だった。

後ろから見つめていると、恭子が出し抜けに尋ねてきた。

「朔君、あの賭け、どうして乗ったの？」

背中が、どんな答えも拒んでいるように見える。

やっぱり少し、いやけっこう怒ってるみたいだな。

何だか叱られた子供みたいな気分になって、少しだけ口ごもる。

「ええと、まあ、一応俺なりに考えてることがあって」

恭子はまったくこちらを振り向かない。

呆れられたかな。怪我した時、あんなに心配かけたのに、さらに追い打ちをかけるようなことをやっちゃったんだし。

ちゃんと説明しなくちゃと思った。上手く言えるかどうかわからなかったけど、この間感じたことを、恭子に伝える。

俺が捻挫をしたことで、心の中に甘えを抱えていたこと。その甘えを、追い出したかったこと。何が何でも、足を治して走りきりたかったこと。誰が信じなくても、俺は完走を信じていること。

黙々と走りつづける恭子の背中に、精一杯語りかけた。それでも恭子は振り向かない。じれったくて、振り向いて笑ってほしくて、思わず大きめの声が出た。

「俺、絶対に恭子のこと、もう泣かせないから」

言った後で、思わず口を押さえる。

なんか俺、今すげえ恥ずかしい台詞を吐かなかったか？

いつの間にか猪ヶ根にさしかかっていて、街道は緩い上り坂に入った。俺も、少し力を入れないと自転車が進まない。照れくさくて、何だか良くわからなくて、足首をかばいながらも必死に自転車を漕ぐ。

恭子が、前を向いたままでようやく何か言った。

「――だったよ」

「え？」

尋ね返したけど、返事はもうなくて、驚いたことにただしゃくりあげるような声だけが聞こえてきた。

やべえ。俺、さっそく泣かせたのか？

一瞬パニックになって、それでも、ただ必死に伝える。

「ごめん。でも、信じてほしいんだよ、俺と同じくらい強く。完走できるって。あいつらに勝てるって」

ようやく恭子が、振り返らないまま答える。

「――うん」

それからの上り道は、二人とも何も喋らなかった。

いや、正確には、俺がなんて声を掛けていいのかわからなかったし、恭子はしばらくしゃくりあげる声が止まらなかったんだけど。

恭子が本当に納得してくれたかはわからない。無言の背中は、まだ怒ってるようにも見えた。

取りあえず、肩の震えは治まったみたいだ。

もう、泣き止んでるよな？

女子っぽくないと思ってたけど、こういうとこはやっぱり思いきり女子だ。俺、永遠に女子のことってわかんねえかも。

金やんが聞いたら、生意気とか言って扇子で殴られそうなことを一人で考える。

柵並街道を渡って、県道に入った。恭子が、一気にスパートをかける。景色がぐんぐん移り変わっていく。俺も、必死に自転車を漕いだ。

道の向こうに、エオネスのガソリンスタンドが見え始めた。あそこがゴールだ。ちょうどエオネスから走り出す三年生の姿も目に入る。あの人も、金曜日に最終区を走るんだろう。

恭子のスピードが、ギアを入れ替えたみたいに、さらにぐんと上がる。ゴールが、みるみる近づいてくる。

ゴールしたら、二人で話す時間が終わっちゃうな。恭子はバスで学校まで行くだろうし。

何か言いたくて、でももう言いたいことも言い尽くして、黙ってるしかなかった。

恭子が再び口を開いた。息が少し苦しそうだ。

「ちゃんと走れたら。私も、朔君も、みんなもちゃんと走ってゴールできたら、言いたいこと、あるから」

生真面目な口調だった。こっちのほうは見てないけど、例の仏頂面をしているらしいことが何となく想像できる。

「いいけど、何？」

もしかして俺、本格的に、今回の件について文句とか言われるのかな。

ビビっているうちに、ゴールまで辿り着いてしまった。恭子がゆっくりとペースダウンして立ち止まり、膝に両手をあてがう。そのまま荒い息を吐きながら、しばらく俯いていた。

「走れたら、ちゃんと言うから、聞いてくれる？」

「——おう」

もう近づかないでくれとか、最低とか、そういう類のことかな。でも、今の口調は、そうじゃ、ないのかな？　いや、でもやっぱ、わかんねえ。

悪い予感とそうでもない予感が、半々のまま心の中で渦巻く。

「ちゃんと聞く」

もう一度、後ろ姿に向かってくっきりと伝えると、恭子は初めて振り返って、真っ赤な目で笑ってくれた。その瞬間が、なんて言うかすげえぐっと来て、慌てて目を逸らす。

中学生か、俺は。

「絶対、走りきって勝つから」

エオネスの看板を意味もなく見つめながら言った。

「うん」

頷いた恭子の声がまた震えている。

ああ、何またやらかしてんだ、俺。

なんか、肩とかも小刻みになってて、持ってきたタオルを恭子に押しつけたあとは、ひたすらエオネスを見つめつづけるしかなかった。

＊

運命のスポーツ大会当日は、天気予報通りの快晴だった。

朝九時少し前の夏の太陽が、地面を照らす。すでに日差しは強くて、肌をじりじりと焦がしてくる。

サッカーや野球と違って、注目度の俄然低い落伝のスタートは、ギャラリーが異様に少なかった。全員何かの競技に参加するって言ったって、各クラスで一定数は待機中のやつがいるはずなのに、グラウンドのスタート地点には落伝を走る生徒たちしかいない。

いや、金やんがいるか。俺の隣に並んで、金やんはタスキをかけてスタートラインに並ぶ康太に声を掛けた。第二区で待っている伊織を除いて、恭子も勇樹も、康太を見つめている。

康太の少し後ろでは、安田が余裕の表情で首を回したり、軽くジャンプをしたりして、体をほぐしていた。

康太、この一ヶ月半で、おまえの知らない男になってるからな。覚悟しておけよ。

心の中で、安田に語りかける。

俺たちはみんな、お揃いのチームTシャツを着ていた。

胸の辺りには、『ベンチウォーマーズ』と赤い文字で大きくプリントしてある。チーム名は康太の発案だった。

昨日、最後の朝練で、瞬きしながらあいつが言ったんだ。

「僕たち、みんな部活ではベンチでしょ？　でも、今日は僕たちが主役で走るってことで、ベンチウォーマーズとかどうかなって思うんだけど」

みんな、その名前を聞いて速攻で賛成した。

一人一人がはっきり口にしたわけじゃないけど、俺たちはみんなワケありで、ベンチに座ったまま悶々としてたんだと思う。でも、それぞれが抱えてるものが、この一ヶ月半で大きく動いた気がするんだ。

普段はベンチウォーマーズだけど、今日は立ち上がって走る。すげえ、いい感じだ。

Tシャツは、伊織と康太が、手芸ショップでワッペンを揃えてつくってくれた。アイロン掛けした文字がところどころ歪んでいるのはご愛敬だ。

「落ち着いていけよー」

金やんが扇子をとんとんと手の平に打ち付けながら叫んだ。そういう自分は、バレーの試合の時より落ち着かない様子なのがおかしい。

「勝手がわかんねえことって嫌だなあ」

ひとりごちると、うろうろとその辺を歩き回っている。

「落ち着いたらどうっすか」

金やんは、俺と本多の賭けのことをもちろん知らない。そんなことを知ったら、二人して並べられて一晩中でも説教されそうだったから、絶対に内緒だ。

右足首は、じっくりリハビリした甲斐もあって、もうほとんど違和感も痛みも感じなかった。酒田さんの許可が出て、軽く馴らすために、昨日の夜久しぶりに走ってみたりもした。

それでも十キロのどこかの地点で、違和感が出ないとも限らない。酒田さんに言わせれば微妙なところなんだそうだ。

念のためにと言って、酒田さんが朝早くに家までやってきて、テーピングを施してくれた。

爆弾を抱えながらだけど、本多には負ける気がしなかった。うん。少なくとも、気持ちでは負けてない。一ヶ月半前とは違う。

体育の三浦先生がピストルを持ってやってきた。スタートの合図を待って、その場がにわかに静まりかえる。

恭子も、勇樹も、金やんも俺も、息を潜めて康太を見守った。多分、第二区のスタート地点で、伊織も俺たちと同じ気持ちでいるはずだ。

「スタート地点について」

先生が声を張り上げて、康太も、安田も、その他の生徒たちも姿勢を低く構えた。

パーン。

乾いた音が、真っ青な夏の空に昇って、第一走者たちが一斉にスタートを切る。

「ベンチウォーマーズ、行けえ」

勇樹が叫んだ後につづいて、みんなして声を張り上げた。

走るのは一人だけど、一人じゃないんだよな。
叫びながら、胸が熱くなる。
康太の背中が、俺たちみんなの気持ちを乗せて、ぐんぐん遠ざかっていった。

# エピローグ

午後三時まであと一分。ひたすら駅のほうを見ていると、ふいに後ろから肩に手を置かれた。

「わ！」

思わず、びくりと震えてしまう。

「あ、わりい。驚かせた？」

「ううん、大丈夫」

そうは言ったけど、全然、ちっとも大丈夫じゃない。

私服姿の朔君は、水色のTシャツにジーンズが良く似合っていて、通り過ぎる女子の中にはちらちらと見ていく人もいた。

何だか急に、自信がなくなる。

私も、朔君と同じようなジーンズだけど、トップスは少し女の子っぽいカットソーにした。大会直前の週末、伊織ちゃんがわざわざ街で選んでくれたのだ。

「でも、まだデートをオッケーしてくれるかどうかわからないし」

「だあいじょうぶだって。即オッケーだから。多分、夏休みに入ったらすぐにでも会おうって、向こうから言ってくるから」

伊織ちゃんの言った通りになるなんて。

朔君は照れたように笑ってる。まともにその笑顔を見ていられなくて、歩き出した朔君の隣に並んですたすたと歩く。

背の高い組み合わせだ。いくらカットソーが女の子っぽいって言っても、ぱっと見は男の子に見えたりしないかな。

俯きかけた時に、朔君がぽつりと言った。

「その服、すげえ似合ってるんだけど」

心臓の音が、わんわんと耳の奥で反響する。落伝で、スパートをかけて自己ベストで走りきった時よりも、激しく打っているみたいだ。

七月十七日、落伝は終わった。それから期末テストの発表やら夏休みにインターハイで全国へ行く部の壮行会やらが行われ、バタバタと夏休みになった。

因みに伊織ちゃんは、数学や物理に関しては文句なしの満点、その他の科目もかなりの好成績で、一躍学年トップに躍り出た。先生もみんなも驚いていたけど、落伝のメンバーは誰もびっくりしなかった。

落伝当日、私たちは、みんなで走った。自分のために、みんなのために走った。抱え込んでいた余計なものを振り切るように、タスキがちゃんとつながるように、安田君や本多君たちに負けないように。それぞれが力を出しきった。

「俺、ようやく疲れが取れたよ。恭子は大丈夫？」

「うん私も。けっこう走り込んでたのに、本番ってやっぱり特別だね」

あれだけトレーニングしたのに、みんな落伝の次の日から筋肉痛で、それから数日間はどことなく体がだるかったのだ。

二人で電車に乗るために、駅へと向かう。今日はこれから、映画を観に行くことになっていた。

デートだ。本当にデートしてるんだ。

「みんな、すごかったよな」

「うん」

緊張しながらも、朔君の言葉に心から頷く。康太君は、安田君より少し遅れてゴールしたけど、本当に僅差で、安田君はかなり悔しそうな顔をしていた。伊織ちゃんも頑張って、トップグループにやや遅れながらも食らいつき、見事に完走した。勇樹君は、緊張からか途中で力みが出たみたいだけど、一時間十分という自己ベストでゴールした。この時点で、少し安田君たちのチームとは差が広がってしまったけど、私のところでかなり挽回（ばんかい）できたと思う。再び差がほとんどなくなったところで、朔君にタスキを渡した。

「でも朔君が、一番すごかったと思う」

「そんなことないけど。でも我ながら、良くやったよなあ」

朔君は、まるで右膝の怪我も、足首の捻挫もなかったみたいに、ぐんぐん走ったのだ。みんな口には出さなかったけど、本当はすごく心配してた。走りきってほしいっていう気持ちもあったけど、将来のために足を大事にしてほしいって思っていたし。

でもあの日、朔君の目はぎらぎらしていて、全然諦めてなかった。

ずっとトップグループを走って、本当に格好良かった。言葉にして伝えたかったけど、顔が赤くなるだけで言えない。

「本多とのデッドヒート、我ながら熱かった。あそこまで行ったら、勝てると思ったんだけどなあ」

朔君の声に、悔しさが滲む。

「でも、すごいよ。同時ゴールだもん」

朔君と本多君は、本当に同時のゴールで、勝負はお預けになったのだ。今度は部活で決着をつけようと朔君が告げると、本多君はほっとしたような、悔しそうな顔で渋々頷いていた。

そのあと、朔君は真っ先に私のところに来た。そうして、聞いた。

「話したいことって、何？」

私は、走りきったあとのアドレナリンの勢いで、本当に誘ってしまった。

「私とデートしてください」

朔君は、驚いたような顔をしていたけど、顔をくしゃくしゃにして笑ってくれたのだった。

「俺も、デートしてほしいです」

朔君が答えてくれたあの瞬間は、一生の宝物になると思う。

少し先を歩く朔君を見上げていても、この状況が未だに夢みたいに思える。

みんな、今ごろ何してるかな。

やってることはバラバラだろうけど、何となくみんな、改めて落伝のことを思い出しているような気がした。

頭上に浮かぶ大きな入道雲を見上げたあと、地上に視線を戻す。

少し前のほうで、朔君がこちらを向いて、待っていてくれる。

こんな未来、落伝の前は、本当に想像もできなかった。

来年の落伝の頃には、私も、朔君も、みんなも、どうなってるのかな。

これも、想像がつかない。

でも自分も含めて、誰がどう変わっていても、驚きはしないと思う。奇跡は一度きりじゃなく、これから何度でも訪れるって信じられるから。

朔君に追いつくと、二人並んで、ゆっくりと歩き出した。まだ知らない、でもきっとどんなことも不可能じゃない未来に向かって。

# あとがき

皆さま、こんにちは。成田名璃子です。

最近は文庫が出るたびに『あとがき』と題して皆様へのお礼をネット上にアップしているのですが、本文のあとにこのような形でメッセージをお届けするのは某社のレーベル以外では初めて、とても喜んでいます（あとがき大好き）。

さて『ベンチウォーマーズ』です。この物語の初出は今を遡ること八年前、二〇一四年のことでした。幸運なことに多くの皆様に手に取っていただき、光栄にも高校生が選ぶ『天竜文学賞』、『酒飲み書店員大賞』という二つの文学賞をいただくことができた思い出の作品です。

その作品を、この度、光文社文庫として再び世に送り出せることになり、本当に嬉しく思っています。

それにしても、八年！　あの頃の自分は何をしていただろうと写真データで振り返ってみたのですが、まだ子供がおらず、都内に住んでいてあちこち旅行に出かけ、けっこうな頻度で落ち着いたお店に繰り出しては美味しい食べ物にありついたりしていて、とても自由で楽しそうでした。子供が生まれてこんなにも行動が制限されるなら、もっともっと好きな場所へ、好きなペースで出かけておけばよかったなあとため息が出ます。

しかし、そんな自分の時間をたっぷりと持っていた当時の私が、好きな場所へ出かけることもせず、せっせこせっせと書き上げたのが『ベンチウォーマーズ』でした。

当時、キャラクターが動く、という言葉を聞いたことはあっても実際の執筆では体験したこともなかったど新人で、百パーセント自分だけの力で物語を動かそうと悪戦苦闘していました。

しかし、本作第一章の視点人物である吉住朔が、友達としゃべっていて冷えてしまったポテトが好きだ、と私に打ち明けてくれた瞬間、作家として新しい扉を開いたことに気がついたのです。

あれ、今、吉住朔が勝手に（作者のあずかり知らないところで）動き始めている。

キャラクター設定というものはもちろん物語を書き始める前にするのですが、私のような横着者は大まかな性格づけがせいぜいで、フレンチフライの好みなどというディテールまではまず設定しません。

これが、キャラクターが動き出すということか。

実に高校生らしいコメントがPCのモニター上に現れた時、物語の外で積み重ねてきた彼の人生が垣間見え、感動でしばらく指が止まりました。それ以降、どこか紙芝居的だった物語が鮮やかに色づき、確固たる一つの世界として動き出したのを未だによく覚えています。

この物語には五人の視点人物が登場します。

バレー部の元エースアタッカーで、今はリハビリ中の吉住朔。サッカー部のマネージャーをしている花岡伊織。強豪バスケ部の中で、補欠でさえもないその他大勢の工藤康太。弱小卓球部でもやる気ゼロの井上勇樹。ラクロス部とアルバイトを掛け持ちしている苦学生の風見恭子。

それぞれにクセのある彼ら五人が、文武両道の名の下に開催されるちょっとキツめのスポーツ大会で、駅伝の選手に選ばれたところから物語は始まります。クラスでの立ち位置も性格もバラバラな彼らですが、一つだけ共通点がありました。それは皆、部活で活躍する選手ではなく主にベンチに控えていることの多いベンチウォーマーだということ。

第一章では、元エースのプライドを捨てられないまま、駅伝のチームリーダーを命じられた吉住朔が、渋々立ち上がります。とっくにリハビリの最終段階だというのに、彼の心の中には治っていない箇所があるようです。

第二章では、学校で一番かわいいと評判の花岡伊織が主人公です。朔が一章で洞察している通り、伊織は見た目どおりの素直な女子ではなく、心の中に人並みではない屈折を抱えています。果たして彼女はどうやって走り出すのでしょう。

第三章では、才能がものを言うバスケの世界で挫折しかけている工藤康太が登場します。第二志望だった今の高校に進んだことで、努力ではなく結果だけを求める父親からもプレッシャーをかけられています。チームの良心でもある彼が引き起こしたクーデターとは？

第四章では、我が道をひた走る井上勇樹が活躍します。めくるめく俺ワールドの住人で、周囲と摩擦を生じがちな彼ですが、意外とおばあちゃん子の優しい一面もあります。最後までメンバーを手こずらせる彼ですが、果たして立ち上がるのか。それとも!?

第五章では、苦学生の風見恭子が章まるごとグレープフルーツを搾ったような甘酸っぱさを味わわせてくれます。家庭の経済状況からアルバイトに精を出しながらも頑張っている彼女。でも憧れの相手には素直になれなくて――。

最終章では、それぞれのメンバーに寄り添いながら、朔が再び登場します。バラバラだったチームメンバーにはその後どんな変化が？　まさかの危機にチーム全員に動揺が走ります。さて、勝負の行方は？

テーマなど深く考える余裕もなく、急に走り出した彼らに引きずられるようにして、最後まで背中を追いかけて書き続けた一作には、わけのわからないなりの熱とフレッシュさが込められていて、改めて読み直してみても、とても面白い胸熱な物語でした。テーマもきちんと込められていて、やるじゃん、当時の私！　と拍手を送りたい気持ちです。はい、手前味噌を通り越して、手前味噌味噌なコメントですみません。小説家というものは、皆ひとしく自分の作品に対して親バカ丸出しになってしまうものなのです。多分。

今回、年月を経ての読み直しとなったことで、ほとんどすべてのページといっても過言ではないほどに修正を入れました。当時とは状況が変わった〝今〟という空気を鑑みての修正もありますし、書き手として文章についつい手を入れてしまった箇所も多々あります。それでも、当時の自分でなければ醸せなかったフレッシュな空気だけは損なわないよう、最大限に留意しました。

さて、本が売れない、と言われて久しいこのご時世です。そのような中、こうして『ベンチウォーマーズ』を再び見いだしていただき、世に送り出してくださった編集のお二人、そしてこの本の再出版にご尽力くださったすべての皆様に、末尾ではありますが深く、深くお礼申し上げます。

そして、この本を手に取ってくださった読者の皆様にも、心から感謝いたします。

高校生の彼らと走る数時間が、どうか皆様にとって心地よいものでありますように。彼らの青いメッセージが、明日の風景を決めるあなたに、ほんの少しでも役立ちますように。

どうか皆様、元気にこの困難な時期を乗り切ってくださいませ。

二〇二二年四月吉日　成田名璃子

本書は、二〇一四年八月刊メディアワークス文庫版に、
加筆・修正を加えた作品です。

光文社文庫

ベンチウォーマーズ

著者　成田名璃子（なりたなりこ）

2022年4月20日　初版1刷発行

発行者　鈴木広和
印刷　萩原印刷
製本　ナショナル製本

発行所　株式会社　光文社
〒112-8011　東京都文京区音羽1-16-6
電話　(03)5395-8149　編集部
8116　書籍販売部
8125　業務部


ISBN978-4-334-79344-9　Printed in Japan



組版　萩原印刷

## 光文社文庫最新刊

| | |
|---|---|
| Jミステリー2022 SPRING | 光文社文庫編集部・編 |
| 流離 決定版 吉原裏同心(1) | 佐伯泰英 |
| 足抜(あしぬき) 決定版 吉原裏同心(2) | 佐伯泰英 |
| 刀と算盤(そろばん) 馬律流青春雙六 | 谷津矢車 |
| 天命 毛利元就武略十番勝負 | 岩井三四二(みよじ) |
| 継承 鬼役 〔三十二〕 | 坂岡 真 |